饿兔子跳

The
Hungry
Rabbit
......
Hops

老晃 著

人民文学出版社

图书在版编目（CIP）数据

饿兔子跳 / 老晃著． -- 北京：人民文学出版社，2025． -- ISBN 978-7-02-018966-3

Ⅰ．I247.5

中国国家版本馆CIP数据核字第2024FT5254号

责任编辑	徐晨亮　孟小书
装帧设计	刘　远
责任印制	张　娜

出版发行　人民文学出版社
社　　址　北京市朝内大街166号
邮政编码　100705

印　　刷　鸿博睿特（天津）印刷科技有限公司
经　　销　全国新华书店等

字　　数　238千字
开　　本　850毫米×1168毫米　1/32
印　　张　11.75　插页3
版　　次　2025年2月北京第1版
印　　次　2025年2月第1次印刷

书　　号　978-7-02-018966-3
定　　价　49.00元

如有印装质量问题，请与本社图书销售中心调换。电话：010－65233595

1

冯医生说忘了问我之前怎么受的伤,我说因为打篮球。

冯医生说:"嚯,王祖贤啊。"

我说:"就知道你要说这个,男的一听我打篮球就要说王祖贤。"

冬冬问:"什么王祖贤?"

冯医生说:"00后不知道王祖贤?上网搜,王祖贤、篮球,有惊喜。"接着转过头来问我:"那你打球怎么伤的?"

我不想说,于是我说:"这事可说来话长。"

冯医生接过话去:"不就打球嘛,知道我因为打球受过多少伤?一句话总结,篮球虐我千百遍,我待篮球如初恋。"

冯医生今天不太一样,之前来查房,他没这么兴奋。我叹了口气说:"行,那你先说吧。"

冯医生拉开架势,果然是娓娓道来——

小学五年级我就打球了,发育比同龄小孩早,身高有点优势,那会儿也没有那么多补习班,放了学直奔篮球场,打到天黑透才回家吃饭,正好赶上看一集《灌篮高手》。小学生嘛,柔韧性好,基本没受过大的伤,唯一一次是抢球膝盖跪地上,导致一定程度的增生。然后是初中,有次去集训,路上和队友飙自行车撞上了,屁股撑他大金鹿车柄上,当时一点不疼,队友把我扶起来说你短裤破了个洞,我一摸,手上都是血,后来就去缝了几针。

到了高一,班主任特别葛,严令禁止我们打球,就指望体育课自由活动时间打一会儿。高二分班换了个班主任,男的,英语老师,又鼓励我们多运动、多晒太阳,打球一下变多了,午休时间也打,食堂都懒得去,派一个人去买包子。想想当时瘾是真大,身体也是真好,一口气吃十个包子还能立马打球。不过由于整体打球次数少,倒也没受过伤。高三就直接忽略了,学校、家长,眼里只有高考,压力山大。

大学是打球的黄金时期,有体力也有时间了,基本每天都打。和认识的人打一般很少受伤,比赛就不好说了。第一次是院系杯,被一个巨高巨壮的家伙胳膊肘直接撑胸骨上,他倒不是故意的,可我养了好长时间,有段时间只要用力吸气胸口就痛。大三那次更严重,跟外校打比赛,突破后起跳投篮失去平衡,落地左膝剧痛,在场边待了一会儿,同学给扶回寝室。当晚去校医院,校医也没好好检查直接给了瓶红花油就打发了。后来就是漫长的养伤时间,走路还行,上厕所可就麻烦了,毕竟当时很少坐便,得单腿"叶问蹲"。到了研究生阶段,感觉自己又行了,结果又是第二节,一个快速反攻上篮,还没落地心里就毛了,明白膝盖肯定是废了,果然又歇了几个月。三次膝盖受伤我是真想放弃了，偏偏宿舍楼下新修了篮球场，篮球架全是进口的，那叫一个性感。不过这回我学乖了，开始戴护膝，也不敢高强度防守跑动了，后面到毕业也没再伤过。

等出国做博士后，工作强度大，也就偶尔到健身房拉伸一下练练器械跑跑步什么的。后来一哥们说每周五下午体育馆有帮中国留学生打球，一听这个我瘾又上来了，就跟着去。太久不打，状态全没了，居然还抽筋，第一场下来还挺失落的。好在每周去一次，状态慢慢恢复，也敢放开打了，结果一得意就给我来一棒，先是左脚大拇指趾甲顶掉，长出来，又弄伤一次，又长出来。

这都不算什么，事情发生在2009年。当时我交了个女朋友，沈阳妹子，高冷型的，请她去看我们打球，想让她看看我多强，队友也懂我，有空篮不上都传给我，我打球的风格是传球大于策应大于篮板大于进球，所以基本助攻多过进球。打了一会儿，休息一下，跑女朋友面前装×，问热不热啊？看我们打球啥感觉啊？她说，那谁好猛啊，进了好多球，你咋老也不进球啊？听到这话我顿悟一个真理：女人看球，只看你进不进，至于你强力拆挡、帅气传球、灵活策应，她一概不管的，只有进球她才觉得你牛。再上场，我变得自私起来，憋着股劲儿，仗着一米八五身高、一百六十体重，各种强硬背打勾手，队友们也感觉到了，起哄说：都拉开，给冯哥单打！我信心满满，先来个奥尼尔推土，再来个姚明舞步转身，这时只听"啊"一声，我瞬间趴地上了。防我的兄弟立马高举双手说：我没动，我绝对没动！我知道他没动，也知道这次肯定是完了，趴在地上，我咬牙切齿以拳擂地,感觉右膝肯定是又废了。女朋友第一时间跑过来,又心疼又着急,我懒得搭理她。这就是我受过最严重的伤,不是膝盖伤,是心伤,自尊伤,面子伤。

说到这儿,他好像难过得说不下去了。

冬冬冲我挤眉弄眼,捂嘴偷笑。冯医生问她:"冬冬,那你呢,也打球吗?"

冬冬摇头,"不打,我喜欢游泳。"

冯医生顿时来了精神,笑着说:"游泳好啊,游泳真的好,我早就想学游泳,平时你都在哪儿游啊?"

就这一下,我全明白了,明白冯医生今天为什么会这么兴奋。我打断他,"冯医生,到底听你说还是听我说?你到底还听不听我说?这跟你的手术也有关系。"

他连忙说:"嘿嘿,你说你说。"

我勉强提起兴致,说:"你打球总伤膝盖,我呢,老毁鼻子。大前年,一场野球赛,我让一男的一胳膊肘砍脸上,当时就眼冒金星,不过没流鼻血,休息几分钟我又上场战斗。一个队友忽然说,哎金子,你脸有点怪啊,其他人也说,金子,你鼻子咋歪啦?我用手一摸,坏了,赶紧拿手机照,感觉不只鼻子,是整个脸都歪了。去拍片:鼻骨骨折,得做复位。医生让我坐椅子上,他拿一根金属棍伸进我鼻腔,然后一、二、三!我和他各自用力,一番折腾终于是把鼻骨撬回了原位。接着他就开始往我鼻孔里塞棉花,一团又一团,感觉怎么也塞不完。之后几天太难受了,鼻子完全不通,吃东西都咽不下去，而且为了防止血倒流晚上睡觉只能坐着。终于到了取棉花的日子，之前做手术的医生不在，另外给安排了个胆子特小的实习生，取完我老感觉鼻子堵，跑去复查，结果又找出三块棉花团！意不意外？惊不惊喜？更惊喜的是，半个月后的一天早上，洗脸，从鼻孔里又喷出一团棉花，都黑了。"

冯医生听得连连大笑。笑得不免有些夸张。

我说："真的冯医生，鼻子真是我的心腹大患！"

冬冬也说："就是冯医生，你可千万别给姑姑做歪了。"

冯医生假装不高兴，学着电视剧里陈建斌扮演的曹操的架势说："不可能，绝对不可能！我知道，女人就活个鼻子。"

护士进来，喊走了冯医生。

冯医生一走，冬冬决定削个苹果吃。削着削着，她问我："姑姑，你觉不觉得冯医生今天，有点怪怪的？"我顿时就笑了——冯医生，人不错，医术高超，这次手术我是慕名而来，他很懂照顾病人情绪的重要性，面对我总是既权威又放松，可面对冬冬这样年轻漂亮的女孩，他的那份轻松，怎么说呢？有点上头。

我岔开话题，问冬冬："你不是要给我看你的小说吗？"

对对对！冬冬眼眸一闪，"可你看了不准骂我。"

她显然很重视这件事，因为她不是随便把小说发到我手机上，而是从包里拿出一个大大的牛皮纸信封——她把小说打印出来了，还装订得整整齐齐！

小说有十三页纸,叫《香水有毒》,这其实是她"非虚构写作课"的结题作业。看到"香水有毒"我没忍住笑出声来,"这啥呀,言情小说啊?"

冬冬说:"'香水有毒'是我妈的网名啊,姑姑你忘啦?"

等我看完,她小心翼翼问我:"怎么样,还行吗你觉得?"

"够生猛的!老师真给了你全班最高分?"

"对啊,老师说,贵在真实。"

我俩就哈哈大笑。

接下来,我毫不吝啬地肯定了她写的东西,又胡乱赞美了一番,其实是想赶紧结束这个话题。冬冬的小文章写的是我们一起经历过的一段不堪往事——那年冬天,她被周媛连哄带骗送进一个戒网瘾学校,那地方简单讲就是个集中营!冬冬在里面受了不少委屈,遭了不少罪,最后是我一时冲动,深入虎穴才把她解救出来的。整个过程很荒谬,像是发生在别人身上的事,很不真实,可她的小说却让我瞬间回忆起了当时的很多细节。我很清楚,正是因为这件事我才会和周媛大吵一架,之后关系一路变糟。那之后,我们都很小心地不再旧事重提,假装已经过去了,可冬冬记得,不只是记得那么简单。捧着这沓纸,我觉得挺扎心的。

冬冬说:"姑姑,你知道吗,一开始它不叫《香水有毒》,叫《我最开心的一次旅行》。"

我心里又是一沉。我不确定这里的"开心"是不是个反讽,可我不想和她展开谈,我决定避重就轻,就问她,那你是打算发在网上吗？她说不发，哪儿都不发，我就是突然很想写这个，老师布置作业的时候说，非虚构，得是真人真事，"要陈述事实，揭示意义"。

揭示意义？揭示什么意义？

我心里很清楚，过去这几年，不光我和周媛的关系急转直下，冬冬和周媛之间其实也是越来越紧张的，戒网瘾学校这件事正是这一切的起点。冬冬把它命名为《香水有毒》，矛头不就是指向周媛吗？我不禁感慨，冬冬，她终于也到了这个年龄，开始审视、反思自己和母亲的关系了。

我们分吃了苹果，又连线打了会儿游戏，冬冬非要爬到床上来，和我依偎在一起。她变得非常温柔，跟我说了好多，她提到小时候她做的一些蠢事，我做的一些蠢事，还有我们一起做的一些蠢事，最后，她忽然有些难为情地说，有个朋友约她去鼓州岛旅行，她有点想去，想去玩几天。我这才明白今天她来的主要目的其实就是想和我说这个，她小心翼翼，绕了那么多弯才终于说出来，我猜是怕我会怪她，怪她在这个时候撂下我不管。我自然是想打消她的顾虑了，就说："好啊，放暑假了，就该多出去走走，我这儿没什么可担心的，屁大点的小手术。"

她好像放松了下来，可很快又再次跟我确认："我不在，你一个人，真的没问题吗？"

"放心吧！"我说，"好好玩，玩尽兴了再回来。"

她承诺会很快回来，还会给我带礼物，又问我想要什么。

我想了想，说："带颗海星吧，要红色的。"

"派大星啊？"

"对呀，派大星！"

我是在进手术室前几分钟接到周媛电话的。

要是我没记错，这应该是两年来她第一次主动打电话给我。她讨厌我，不理我、不关心我，对我们的感情冷处理，这是她对我的"惩罚"。当初，戒网瘾学校那件事明明是她的错，可她非但不承认、不反省，还一次次甩锅给我，最后她说了一句很糟糕的话，深深刺痛了我，她说："冬冬是我女儿，用不着你来管！"

尽管如此，我还是尝试过，尝试过修复我们的关系，可另一件事的出现却让我们之间的隔阂雪上加霜。

高三那年，冬冬突然宣布要放弃出国，到北京来读大学，周媛认为这是我在背后怂恿的。证据之一，冬冬选的是和我一样的新闻专业，对周媛来说，这是个垃圾专业，造粪专业，可这并不是问题的关键所在。早在很久以前，周媛就下定决心要送冬冬出国留学，她把这当成她人生的头等大事，我知道这并非出于虚荣（可能多少也有？），用她的话说，"正因为是女孩，才更应该出去见见世面。"总之，她花了好几年的时间布局，努力筹措资金，和所有够得上的海外亲戚、朋友、同学建立起联系，还有很多其他耗费心力的复杂准备，可最后冬冬突然提出想放弃，周媛当然愤怒，她不光生冬冬的气，更迁怒于我。

周媛说："你们是一丘之貉！阮金，你是害群之马。"

因为这件事我们吵过很多次，最后一次我知道自己过火了，我把话说得太绝了，我想找机会向她道歉，可最终我没那么做。之后我们不再联系，她不给我打电话，我也不给她打，有需要的时候都是通过阮文来传达。

周媛突然破天荒打电话过来，是想问我冬冬去哪儿了。

"为什么她手机一直关机？"一上来她就一通质问，"三天了，怎么都联系不到她人，你们是不是又串通一气对我隐瞒什么？"

我不想给她联系方式，冬冬走之前再三叮嘱我一定要帮她保密，其实就是想瞒着周媛，可等在一边的护士用眼神告诉我，我必须立刻、马上结束这个电话。我给了周媛一个手机号，是冬冬大学班长的，我想劝她别太担心，冬冬都那么大了，能照顾好自己，可她连再见都没说就把电话挂了。

护士说："你来。"

我跟她进了手术室，乖乖爬上一张光秃秃的床，仰面躺下。这里冷气开得很足，我开始害怕了，手也不受控制地抖起来。麻醉师是个眼睛很大、眉毛浓黑的女孩，尽管戴着口罩但感觉人相当漂亮，她很温柔地对我说："别怕啊，很快的。"我问她："为什么手术室这么冷？"她耐心回答，手上却没停，我感觉她在我的脚和脖子上操作了些什么，差不多挺了十几秒，我就什么都不知道了。

再睁开眼睛，我躺在病房里。昏昏沉沉，时间过得很慢，很黏稠，可我没感觉到太多不适，没有撕心裂肺的疼痛，手术和我想的一样，简简单单像做了场梦。

到了晚上，我感觉整个头和脸都麻酥酥的，鼻子完全堵住，呼吸要靠嘴。护士过来说："阮金，该吃止痛药了。"我说我不疼，我想喝汽水。护士笑着说："汽水还不行哦。"

后半夜我才终于体验到手术创伤的威力，麻醉失效后，鼻子、眼睛都开始胀痛，眼泪不受控制，还有挥之不去的头疼，左边疼完了右边疼……最糟的时候我感觉五官都移位了，它们是活的，在我的头颅上随意交换着位置。我掏出 iPad，勉强打了会儿游戏，又上 B 站看《海绵宝宝》，中间不时睡着，醒来，吃药，再昏睡……只能用嘴巴呼吸实在难受，喉咙也因为插管隐隐作痛，但总的来说，一切还算顺利？

之前冯医生叮嘱过我，不要在头一周擤鼻子，不要这、不要那，很多东西都教我如何应对，可唯独这件事他没教我：如何打喷嚏。

我不知道打喷嚏原来是可以张大嘴，让气体完全从嘴巴排出，不经过鼻子的。这一刻我忽然鼻子巨痒，特别想打喷嚏，怎么办？大脑一片空白，有种玩俄罗斯轮盘赌扣下扳机那一刹那的濒死感。最终，我听到的是电影里杀人狂的刀子插进受害人胸腔的声音，噗，深深一刀，扭动，翻转……

顷刻间，我的领子，袖子，胸前，iPad 上，被子上，捂着嘴的手上……全都鲜血淋漓。我赶紧按铃叫护士。虽然吃了止痛药，可恐惧一下穿透了药效，我感觉血液在倒流，从鼻腔流入喉咙，接着就开始咳血——只能用嘴呼吸，黏稠的血液经过喉咙你会本能地咳。我挣扎着坐起来，企图用手接住不停涌出的鲜血。

几分钟后护士才赶过来。看我这副样子她也慌了,赶紧给我止血,又喊另一个护士,让她快打电话给冯医生。

冯医生在电话里问我:"喷血了是不是? 鼻子怎么样,有没有别的不舒服? 头晕吗,心慌吗?"

"没有。"

"但很痛?"

"痛得要命。"

"打喷嚏你要张大嘴打。"

"啊? 这么简单吗?"

"就这么简单。那你之前怎么打的?"

"忍着,不打。"

他在电话那头亲切地说:"傻×。"

挂了电话我开始傻笑。两个护士互相看了一眼,大概怀疑我是不是失血过多神志不清了。唉,其实我想的是,这么惨烈的时刻,冬冬不在,没拍视频,真是可惜了。

凌晨三点多,我正迷迷糊糊,手机振动把我惊醒了。我用肘关节支撑身体,小心起身。这么晚打来电话的竟然又是周媛——她的态度比白天更恶劣了,一口气说了很多,她说那个班长还有其他同学、老师都不知道冬冬去哪儿了,所有人都联系不到她。最后,她厉声质问我:"阮金,你这个小姑是怎么当的? 你们究竟又在搞什么鬼!"

尽管我不爽她的态度,可我不想和她吵,也没力气吵。

我说了实话:"冬冬,她去鼓州岛了。"

"什么?"

"鼓州岛,她去鼓州岛旅行了。"

电话那头,周媛迟疑了两三秒,"所以,你现在承认之前是故意在撒谎骗我啦?"

"冬冬,她让我帮她保密……"

"又来了,又来了阮金!为什么你总是要推卸责任?你一个成年人,她还是孩子,你怎么能让她一个人跑那么远的地方去……"

"不是一个人。"我打断她。

"什么?"她的声音变得紧张。

"她有个高中同学,叫黄杉,她也在北京读大学。"

"我知道谁是黄杉!"

接着,我们都陷入了沉默。我能感觉到她在那头努力压抑着怒火,果然,再开口时她似乎冷静下来,她说她会立刻联系黄杉,可最后还是忍不住又威胁我说:"阮金,你给我听好了,冬冬没事就没事,要是有事,我饶不了你。"

她一挂电话我就赶紧打给冬冬。我知道她已经到鼓州岛了,昨天下午她给我发来一张照片:沙滩上,她背对大海,手上捏着一只猩红的小海星,冲镜头明亮大笑。

我一遍遍打电话,始终关机。打她另一个手机,也是关机。突然之间,它开始了,零零散散的疼痛又回来了,先是左横膈膜疼,几分钟后右边也疼起来,接着扩散到了后背,一阵阵传遍全身。妈的，真搞不懂，我做的明明是鼻子手术，怎么会浑身都疼呢？我吞了两片止痛药，然后打开动画片，戴上耳机，闭上眼睛——

派大星又在怂恿海绵宝宝做蠢事了，一个危险的行动，即将让他们再次陷入困境。派大星是只粉红色大海星，智商极低，无论做什么最后肯定会搞砸，他懒惰，孩子气，口水横流，讨厌洗澡，也不爱洗手，喜欢睡觉，看电视，可我爱他。

过了一会儿，我听到章鱼哥在发脾气，这家伙一贯势利眼，自恋，自以为有才华，却在蟹堡王餐厅站柜台，他不喜欢这份工作，喜欢吹竖笛、画自画像，他讨厌海绵宝宝和派大星，偶尔会对海绵宝宝表达认同，但只在对自己有利的时候。

是的，我爱《海绵宝宝》，很多时候，它都是我的救命药水！

就这样，半梦半醒之间，我瘫在病床上像只瘪了的破轮胎。等再次醒来，天色已经蒙蒙亮了，我决定继续给冬冬打电话，可手机没电了。我充上电，一开机立刻蹦出十几条信息，不是冬冬也不是周媛，是我哥阮文。我心里一惊，正逐条看信息，阮文电话打了进来，他支支吾吾话都说不利落了，可最后那句话我听得很清楚——

"冬冬失踪了。我跟你嫂子，我们刚刚报了警。"

2

我猜冬冬躲起来了。

不确定，可我就是有这种感觉：她是故意"失联"的。

失踪？这不可能，这种事绝不可能发生在冬冬身上，我猜，她应该是偷偷在和什么人谈恋爱，我的第一反应就是这个。

虽然她一点也没对我透露，可这个年纪，突然玩失踪，除了谈恋爱还能是因为什么呢？一次秘密旅行，不想被任何人打扰，这完全有可能，对吧？阮文和周媛是找不到冬冬的，要是听说爸妈报了警，一害怕，没准她更不敢出现了。可如果是我去，她会出现的，我只需要在岛上四处走一走，随时都可能遇上她，她会跑过来拥抱我，告诉我她的小秘密。我有这样的直觉和信心，脑海里甚至有那个画面。我问冯医生我能不能坐飞机。

冯医生说，想都不要想！

我打电话给阮文，告诉他我想去鼓州岛找他们。报警后，他和周媛已经连夜飞去广西东海，下午就会乘轮渡赶往鼓州岛，他们计划先去当地派出所备案，然后就在冬冬落脚的民宿住下来。阮文劝我别去，他小声说报警其实是周媛的意思，他自己感觉事情应该没那么严重。他那边信号不太好，加上他这人一向说话含糊，我只听到"我知道你在住院……手术怎么样？……她不该撇下你……你别来，千万别……你嫂子现在暴躁得不行……我管不住你们俩"这些。他这种含糊其词的态度让我更烦躁了，可也印证了我那个想法，冬冬很可能没失踪，而周媛选择报警更多其实是因为生气。

我说我想打个电话给周媛，阮文也劝我不要。他话说得很委婉，可意思我渐渐明白了，周媛现在火气很大，对我、对冬冬都非常不满，她怀疑冬冬故意"玩失踪"是我的主意。我不禁苦笑，我和周媛，我们怎么就成了现在这个样子？一度我们无话不谈，就像亲姐妹一样亲密。

我在厦门读完大学，毕业没回兰州，这些年在我身上发生了很多糟糕的事，我早已不是离开时那个天真的女孩，我们再想找回之前的那种亲密感，好像没有可能，也没有必要了。

几年前我妈去世，很长时间我都无法接受这件事，一停下来就会陷入无边的抑郁。我一直认为，我们母女如果不是因为有血缘，根本就是两个完全合不来的人。小时候，我妈管教我总是要大呼小叫，和我说事好像不先喊上一嗓子就不行，可对阮文就不这样。重男轻女，习惯性地轻视我、打压我，这些她从来都不肯承认，可事实就是如此。自从父亲去世后，我还不止一次目睹过母亲的崩溃，其中一次是她在超市偷东西被抓，当时她跪在地上，双手抓住我的肩膀，是抓住我用力摇晃，用我来博取围观者的同情，就好像我是个盾牌，而不是抱着我、保护我。当时我才九岁。高考报志愿，她要我留在兰州，可我偷偷改成了离家最远的厦门大学。录取通知书到的那天，她和我大吵，威胁要和我断绝母女关系，后来，几乎同样的情况又发生在了冬冬和周媛的身上。

妈妈去世后我很孤独，才意识到虽然她对我的感情十分粗糙，对我总有很多负面评价，可心里还是很想和我亲密的。她走之后，我缺乏的正是这种有入侵感的关系，一些不管三七二十一要让我为之花时间、花心思维护的关系。有很长的一段时间，我实际上过着离群索居、与世隔绝的生活，大概有五六年，我几乎不和朋友们来往，天天就闷在家里写个不停。我写剧本，也写小说，用周媛的话说，"造了很多粪"。家里经常安静得可怕，我也不养猫。

冬冬来北京读大学，我特别高兴，家里唯一毫无保留喜欢我的人就是冬冬。她到北京后我们经常见面，就像当初我和周媛，我们既是家人又是无话不谈的好朋友。冬冬来北京的那天是李海陪我去接的她，当时我跟李海已经分手好几年了，可我有事他总是第一时间赶来帮忙，说起来，我唯一一次考虑想结婚，就是和李海。

李海的工作主要是跟艺术家打交道，帮着卖些画和雕塑什么的。他家在东南沿海，整个家族都做鱼粉生意，而他在还很小的时候就暗下决心，长大后一定要远离那种"臭烘烘的环境"。我是在厦门实习的时候经人介绍认识他的。

有天晚上，我们在鼓浪屿约会，推着自行车在一条偏僻小路上散步，一个蹲在路边的男人突然起身拿刀威胁我们，让我们交出手机、手表和钱。李海直接就给了他一拳。那男的愣了一下，接着突然抱住李海，飞快捅了十几刀，跑之前还不忘把自行车上的包拽走。李海血越流越多，我吓坏了，扶着他走了几十米，一路大喊呼救。一个推板车卖凤梨的老人闻声跑来，二话没说就把李海送到附近的诊所。李海最终脱离了生命危险，除了肚子上留下很多细小的疤，并无大碍。这件事当年曾被厦门的报纸列为十大案件之一，凶手至今没有落网。

那天晚上，我本来是打算和李海提分手的，可我相信任何一对情侣在遇上这种事之后都不可能选择分手。那之后我们又撑了一年多，可争吵却更频繁了，全因为一些鸡毛蒜皮的小事：

1. 我想打车，他非要坐地铁，理由是地铁更快，可坐地铁累呀。

2. 我要去厕所找不到，导航越走越偏，让他去问问人，他说我就是喜欢麻烦别人，我说找不到啊，按导航走找不到啊。

3. 点菜叫服务员，他说你叫唤什么。叫唤？是嫌我嗓门太大吗？

4. 去景点，他手机导航越走越偏，我穿高跟鞋跟着走了两个多小时，我说，让你去问问人就这么难吗？他说，我这不正给你导航呢吗。脚后跟都磨出血了，我说，你是真不愿开金口啊，你不问我问。他又说我，不是你说想出来走走吗，那就多走走呗。

5. 周末出去玩，他哥们儿定好了行程，我问他行程是什么？几点出发？他说你别操心这些，跟着我们走就行了。大哥，不看行程我怎么知道要带什么？就又吵起来了……

真的就是鸡毛蒜皮，可每次发生都让我胸闷、心慌，有时候气得不行快哭了，他居然兴奋地硬了起来，说："我想和你磕炮。"

我火冒三丈，"你是不是有病！"

他也很委屈，"人家都说，情侣之间没什么是这个不能解决的，这总比冷战好吧？"

我说："我不高兴了，你就不能好好哄哄我吗？你到底怎么想的？"

不过我也发现了，李海吵架的时候比平时要帅。平时他总嘻嘻哈哈，做各种傻×表情，时不时还会从身后抓一把甩我脸上，兴高采烈地大叫："让你吃屁！"真的跟弱智一样，可一吵架他就嘴抿得紧紧的，眼神犀利，说话也有理有据，连平时没注意的下颚线都清晰了许多。发现这个之后，有时我会故意找碴儿惹他生气，他到现在还一无所知。

一度我觉得李海这人肤浅得要命，我们没有深刻的交流，甚至连争吵和痛苦也都浮于表面，后来我渐渐明白了，这是因为我们从没有特别爱过对方，两个人都没有过那种感觉，一百分的爱，一百分的仰慕，没有过。可谈这些太形而上了，后期造成我们越来越不亲密的一个重要原因是我反复尿路感染。

有一次，做爱后我发现自己尿血了，去医院用了抗生素、中成药、洗剂，很快就痊愈了，尿检也恢复正常。过了几天，李海要出国，为了给他一个完美告别，我们又做爱了，可没两分钟我就感觉下面热辣难忍。去医院，做尿检，白细胞正常，细菌比正常值高一倍，我要求医生开最强力的药把它消灭，于是又打了三天抗生素。去妇科做各种检查，开了塞的药，打了吊针，还是灼热，然后是腰酸，小腹痛。当时李海在迪拜，我一个人精神压力巨大，经常觉得扛不住了想哭。过了些天，跟妇科医生说的一样，我又痊愈了。她告诉我女人尿道短，这个病很常见，我自然明白这个不患寡而患不均的道理，每次难受的时候都安慰自己，别人能熬过去我凭什么不行？常常在路上看经过身边的一个个女人，看着电视上、广告牌上光鲜靓丽的女人，我告诉自己：这些人都和你一样得过尿路感染，看看她们现在！

可下一次很快又卷土重来。夏天最热的那几天，一次我们做爱后停水了，我只能大量喝水排尿，又用湿纸巾擦，可还是很害怕。我派李海出去买纯净水，很快他就回来了，买了一大兜，全是冰的，气得我破口大骂，让他烧热了给我用。就那几分钟他都不能等，非要打把游戏，猛回头已是一锅滚烫的开水！他说："没事没事，我再去弄点冰块回来。"我说："外面的冰块都不知道什么水做的，容易有细菌。"他反驳说："可你平时洗澡用的不也是自来水吗？"

我说："你快滚去买！"

他满头大汗，懊恼地说："早知道就不碰你了。"

他又去买了两大兜纯净水，我迅速倒在盆里，盆是开水烫过的，洗了两遍。可很快我就感觉一直想上厕所，果然又复发了。接下来的半年又复发了几次，每次都是在做爱之后。渐渐地李海也变得和我一样紧张了，每天早晚都要洗澡，办事前后还会加洗。可就算这样，还是复发。

我和李海一起去看了几次医生，医生还是说女生尿道短无法避免，让我们注意个人卫生。我说这些我都知道，而且已经非常注意了！出了医院，李海跟我说了句话，一下把我给逗笑了，他说："你让我感觉自己特别不洁。"

我大笑，狠揉他的脸。很少有男的会把"不洁"这个词用在自己身上，那一刻我觉得他太可爱了。最后一次复发，好了一周左右，我跟李海说："禁欲吧。"

后来，我们一前一后都来了北京，他认识了很多新的人，我们也都意识到被抢劫这件事的宿命意味并没有那么浓重，而自从我们再无性爱后我一直都很健康，也许，这才是真正的宿命。我们和平分手，渐渐成了有一搭没一搭的熟人。

有一次，冬冬问我："小姑，你跟海哥究竟为什么分手啊？"

我愣了片刻，敷衍说："他不是那个合适的人。"

"嗯，我也觉得你们不合适。"冬冬说，"海哥人倒是不错，你知道吗，每年中秋节他都给我爸寄大闸蟹和美心月饼，你们分手几年了？十年有没有？每年中秋，真的是每年，我们家根本不用自己买月饼和螃蟹，哈哈哈哈哈。"

我也笑了，这确实是李海能干出来的事。

"可你不嫁给他也是对的，"冬冬说，"海哥就是个老男孩，我猜啊，就算到了七十岁、八十岁，他还是会找年轻漂亮的女孩谈恋爱的。不过话说回来，你也不能因为他就再不谈恋爱了呀？你说实话，干吗非要一直单身？不孤独吗？"

实际上，后来我谈过，还谈了不少，但全都无疾而终。

到北京的第二年，做项目的时候我喜欢上一个很有才华的编剧，人蛮帅的，头脑也相当灵活，嘴巴还很甜。对我来说，他最大的问题甚至都不是向我隐瞒了已婚的事实，而是他身上的那种谄媚感——这是我后来慢慢发现的——他羡慕强者，遇强则厌，男人不该这样，一个搞创作的男人，尤其不该。后来，我又很轻易地爱上过其他人，女同事的哥哥，主动邀请我搭顺风车的邻居，单位新来的实习生……可这些新恋情很快都因为各种问题难以为继，就像他们送我的玫瑰花一样迅速干瘪，再后来，一个对象和下一个对象之间空窗期越来越长。不过，面对冬冬的质疑，我还是选择了敷衍，"没办法，没遇到合适的。"

"放屁！"

我大笑，假惺惺地问她："那你说，是为什么？"

冬冬没笑，神秘兮兮地靠近我，把我的脸转向镜子，然后一字一顿地说："我觉得你有颜值焦虑，这些年，你的自信、洒脱，慢慢都被狗吃了。"

她说得对。可我反问她："所以你的意思是，我也有我的美？"

她上下左右盯着我研究了半天，然后才煞有介事地说："问题根本不在这儿，美不美是个主观感受，你瞧你，身材不错吧，够高挑还有点小肌肉，皮肤也好，不够白但是很光滑呀，头发又黑又浓密，可怎么说也算不上大美女，对吧？身体健康但姿色平平，可那又怎样？这世界上有那么多男人、女人，也不是只有漂亮的才有资格谈恋爱吧？"

见她说得理直气壮，我问她是不是当美女也有当美女的烦恼，不妨说来听听。

"没有，没有烦恼！"冬冬斩钉截铁地说，"人们老说，什么女孩子长太好看了就会被忽略别的优点，容易被骚扰，得不到真心，烦不烦啊？我没这感觉，大家对我都挺好的，都想和我交朋友，喜欢我的男孩前赴后继，我当一百年美女也不够。"

我点头苦笑，向她承认了自己内心的阴暗：人生百事不顺，问题不出在我的脸，而是灵魂，我怀疑我早已经丧失了爱的勇气和能力。随后，我们进行了长时间的、直率的、毫不留情的对话，她告诉了我她的一些重要经历（主要是高中时期的），还有内心最真实的想法，我也讲了自己这些年对感情的失望和怀疑，还有，我的容貌焦虑最早是怎么开始的。

当时我还在读大学，有个从初中就一直很仰慕的学长，有次不知怎么又联系上了，短信里他说，至今还对我在篮球场上的飒爽英姿记忆犹新！我听了很得意，当即就邀请他来厦大散步，他特别爽快就答应了。我一直觉得，自己虽然称不上美女，可化个妆、换套衣服也还算清秀，没想到见面后他很不自然，说话也是很尖锐的提问，后来干脆看看手机说还有事要先走。我不甘心，更多的是错愕和不解。在我一再追问下,他突然来了句:"那我们,只那啥不那啥可以吗?"

我一时没反应过来,"什么啊?什么那啥?"

他盯着我的眼睛看了半天,才说:"我意思是,我们要不要去找个钟点房。"

这下我明白了,全明白了。那啥,他甚至连"做爱"这个词都不敢坦率说出口。我喉咙里发出一声干笑,"所以,你临时决定来见我,只是想跟我上个床?就因为,你记得我上学时打篮球的飒爽英姿?"

"你不高兴我可以现在就走。"

"为什么?"

"什么为什么?"

"你明明就对我没感觉,可还是想来一发,这有意思吗?"

"想听真话假话?"

"真话。"

"因为,你是射手座,我还从来没和射手女……"

"够了!"我打断他,"你可以走了。"

他真的转身就走了。我被留在原地,整个人都碎了。不知道耻辱和失落哪个更致命,但我特别难受。当时我有个网友,是邻校的男生,常主动找我讨论问题,一直表现得很欣赏我的样子,但一直没见过面。想着一个懂得欣赏我才华的男生或许能让我舒心一点,鬼使神差,我主动邀请他说,不如出来陪我散散步吧。他果然很积极地来了。他肯定是事先洗了澡,香皂的味道很好闻,自来卷的头发也蓬松可爱，可面对我他却沉默了，再没有那么多问题热切地问我。我陷入尴尬，甚至忘了刚刚的悲愤，就一直主动找话题，可他只是很应付地回答。最后我说，我要回去了，他这才如释重负地点点头。一回去我就发现，他把我微信删了。

我真的太失落了。高中男朋友和我在一起时一直想着他的初恋，我们分手不久他们就又在一起了。他那个初恋当时还给我发了好多信息，其中有句话我至今记忆犹新——"我们都和别人逢场作戏过，却是彼此最钟情、最正确的人，祝福我们吧。"我看着这句话好久好久，久到手机屏映出我扭曲的脸。祝福你们？好啊，可以啊，那我呢？这是什么狗屁言情小说吗？女一号男一号分开多年，心里一直念着彼此，那我呢？浓浓的配角感让我放声大哭，那也是我的感情啊。和冬冬说到这里我还是忍不住想哭：这些年，我得到的感情要么是逢场作戏，要么是留有余地，我就这么不配被人爱吗？

那天，因为聊了这些，我感觉跟冬冬的关系又近了一步，我们变得更加亲密，所以，当我意识到她瞒着所有人去鼓州岛很可能是去见一个人——我越来越确信她是交了新男友——这么重要的事她竟对我只字未提，我不高兴，同时又无比失落。

我打电话给她的闺蜜黄杉。没想到，黄杉根本就没去鼓州岛，她还在北京。

黄杉解释说，她确实计划好了要和冬冬一起去鼓州岛，为此还做了详细攻略，可最后临时有事又决定不去了。她一口气说了这些，对我的问题却很不耐烦，没说几句就挂了电话。这很奇怪。而接下来,一件让我万万没想到的事情发生了。

短短两天,"女大学生鼓州岛离奇失踪"突然成了网上最热的新闻,连护士们都在讨论这个,这是因为,有人在网上公布了一段十四秒的监控录像——

深夜,鼓州岛,防波堤上,失踪女大学生拖着一只红色拉杆箱一路狂奔,还两次往身后看。

画面模糊不清,愈发令人毛骨悚然。

事情的性质变了。

3

目前网上有几种说法。

第一种说法是,"失踪女大学生"患有严重抑郁症,严重到要去鼓州岛自杀的程度。持这种看法的人还提供了一个所谓的"证据",他们翻出冬冬在贴吧发的长帖,里面详细讲述了她"一个朋友"被精神疾病困扰的事,她向大家求助:如果这个朋友出现了自杀倾向,她该怎么做? 在网上,"我一个朋友"往往就是讲述者本人,网友于是揶揄她,说她是在编故事、博同情、刷存在。一个叫"把一切交给主人"的女网友讲话尤其难听,冬冬和她争辩,结果被挖苦是"典型的躁狂型抑郁症","想死快趁早"。被羞辱后,冬冬没有过多解释,只说了一句:"所以你们是真的希望我去死?"

冬冬没有抑郁症,她说的"朋友"其实就是黄杉,这她跟我说过,说过黄杉的病,也说过和网友吵架被围攻,当时她情绪稳定,还跟我总结说:"一个人上网,被恶意攻击是不可避免的,别走心,走心你就真输了。"

抑郁症？去岛上自杀？这种可能首先就该被排除。

让我感到困惑的是，为什么大家会认定这个网名"冷库大青蛙"的发帖者就是失踪的女大学生？爆料人显然知道内情，这人在网上叫"零零零"，他（她）的用户信息除了年龄"128岁"，什么都没有。我怀疑是黄杉。

第二种说法更耸动，也更吸引眼球。分析者（网名"游隼2015"）认为，失踪女大学生很可能已经在岛上遇害，嫌疑人就是她入住的那家民宿的老板，他给出的依据是四年前发生在鼓州岛的一桩旧案，当时的情况和冬冬失踪有很多惊人的相似之处，而那起案件的嫌疑人正是那家民宿的老板陆渐平。这个帖子一出，网友的讨论很激烈，大家一致认为警察应该立刻追查这条线索。可不久又有人出来爆料，说"游隼2015"和民宿老板有私人恩怨，每当岛上出现类似案件，他都会第一时间对民宿老板发出"嫌疑人指控"。为了证实自己的说法他还发了几个链接，全是"游隼2015"之前的帖子，的确都是针对民宿老板的。意识到如此严厉的指控竟然是公报私仇、挑动网暴，一部分人转而开始质疑和攻击"游隼2015"。

第三种说法偏现实主义，和传销有关，不少人认为这是目前最为现实的一种可能。女网友"我是杰哥的人"发的长帖获得了最多关注和讨论，她男朋友也是在广西失踪的，就在不久前。这个男孩和冬冬同龄，失踪前找工作，那边回应去了月薪过万，管吃管住，具体做什么却含糊其词，女朋友认为不靠谱，不想他去，他不听劝非要去。男孩从咸阳机场出发，到南宁吴圩机场下飞机后还给女友打电话报了平安。当晚七点，女朋友问他（叫他小杰好了，根据女孩的网名）到地方没有，电话无人接听。过了很久小杰才回，女朋友不放心要求视频，小杰说手机屏摔坏了，匆匆挂断电话。第二天早上七点多，女孩打电话，小杰又是匆匆几句就找理由挂断。到了中午，女孩开始不停联系小杰，但发信息、打电话对方一律不接不回。直到晚上九点多小杰才解释说胃痛睡了一天，手机没电关机了，可女孩要求共享位置他又借故推托。

接下来，女孩说再和小杰聊天明显感觉对方语气不对，不像本人。她假装配合，想套他话，可套不出什么来。到小杰"失踪"刚好十天的时候，他开始问家里还有亲戚朋友同学借钱，说是干活时弄坏了厂里的精密仪器，要赔六万多，这基本就是落入传销集团的明确信号了。女孩急了，强烈要求打语音，小杰接了，但说话时明显旁边有人。女孩当天就飞去南宁报了案，警察说会定位小杰的位置。女孩在派出所待了一天，直到下午五点多警察才告诉她，小杰手机定位出现了三个不同位置：长春、西宁、都江堰。一个有经验的老警察跟她解释，这种情况说明他的手机被加密、特殊处理过，也就是说，人应该已经被控制了。

后面还有很多波折，我没心思看了，直接跳到最后。结果是，有一天老警察突然通知女孩去派出所，说人找到了。女孩去派出所一看，十六七个男的手抱头蹲在院子里，那个窝点被端了，小杰也在其中。女孩问他有没有挨打，他说还好，就是看守太严了，没机会跑，每天被逼着打各种电话，连去厕所都有人监视，还有不同的

"主任"轮流上课,要他们想办法骗钱,不照办就禁水禁食,但暴力殴打的情况还是比较少的。警察赶到时,一开始小杰不敢轻举妄动,怕是那些人冒充警察做戏,测试他们的忠诚度,后面看见好多警察、警车,还有扛摄像机的电视台记者,有个老警察喊他名字问有没有这个人,他才举手。

女孩的叙述以"很可惜,最后我们还是分手了"结束,获得很多人的赞赏。我也觉得这女孩挺棒的,胆大心细,有情有义,但我心里始终坚定地认为,无论这个世界上有多少人因为传销失踪,冬冬也不可能是其中之一。她怎么可能去搞传销呢?她不是那种会为钱头脑发热的人,我相信任何对她有较深了解的人都不难做出这个判断,所以,当我看到一个网名叫"元耳朵"的人的评论,我简直要气疯了。元耳朵只可能是一个人,就是阮文。

元耳朵在评论里让"我是杰哥的人"看一下私信,因为他发给她的私信她都没回,他说他急需她的帮助,同样的话他连发了六遍。我第一反应就认为他是阮文——元耳朵,不就是"阮"嘛。不过,出于谨慎,我还是先给他发了私信,假装网友问了些问题,结果正如直觉告诉我的那样,他就是阮文。也就是说,直到现在阮文还认定冬冬只是误入了传销陷阱,这能不让人发疯吗?当爸爸的,这么不了解自己的女儿,这也太悲哀了。

最后一种说法更离谱,一些人认为是冬冬自己策划了这起"失踪事件",她想抛弃现在的生活,改头换面,重启人生。这完全是无稽之谈。我知道,现实中确实有那种自导自演"人间蒸发"的人,这些人往往怀有深刻的痛苦和不得不为的绝望处境，而冬冬，无论她遭遇了什么，我都相信她不会选择用这种方式伤害自己，伤害家人。

几个月前，她刚刚在学校附近租了间公寓，是我帮她付的押金和第一季度房租。当时她跟我说想从宿舍搬出来住，我觉得很突然，问她是不是受排挤了，被霸凌了？她立刻否认，还笑着说，谁敢霸凌我啊？我不霸凌别人就不错了，我只是想体验一下独立的生活。尽管我隐约感到不安，可还是陪她去找房子。我们一口气看了十几个房子，最后的那个公寓很小，是个开间，只有三十几平方米，窗子朝西，可冬冬第一眼就说喜欢，她说离学校够近，窗外还能看到轻轨和漂亮的泡桐。我担心紧邻地铁太吵，冬冬说不怕，她就喜欢窗外能看到忽然经过的列车，这感觉很棒！

庆祝她乔迁的那天，冬冬告诉我，她在抖音注册了账号，已经直播了好几次，每次粉丝都噌噌涨，"我有种预感，很快我就能还你钱啦！"那天她特别兴奋，滔滔不绝说了两三个小时，对未来充满憧憬，而我全程都很压抑。我问她，你出来住就是为了方便搞直播？我知道这么说她会不高兴，可我必须问清楚，实际上我是想打消她直播的念头，我说这样不安全，要是让周媛知道了她肯定又会大发雷霆。我是故意提周媛的，果然，听到这个冬冬沉默了。可是，就在我以为我要说服她了，她突然对我发了通脾气。在我的印象里，那应该是冬冬第一次对我发那么大火，那已经不是单纯的情绪宣泄，更像是在指责，她指责我为什么变得像周媛，为什么也要对她的生活、她的选择指手画脚，为什么就不能像以前那样无条件地支持她？她这突如其来的强硬让我很惊愕。冷静下来后我决定妥协，我没再坚持，还向她道了歉，而她立刻接受了我的道歉，又高兴起来。

我认为，无论如何冬冬都不可能主动"人间蒸发"，目前唯一有价值的反而是"游隼2015"提供的那条线索，就是民宿老板有重大嫌疑。就算他们之间真有私人恩怨，这条线索也不该被轻易放过。我当即给他发了一封措辞谨慎的邮件，希望他能提供更多关于民宿老板以及之前那起少女失踪案的信息。在等待回复时我上网，打开地图，搜索冬冬入住的民宿"花与爱丽丝"，还有她被监控拍到画面的南方橡胶厂北大门的位置，我发现，这两点之间的那条路笔直通向一公里外的鼓州岛西码头。

为什么当时她要舍近求远，跑向码头？如果说情况很危急，为什么她不向民宿里的人求助呢？这起码能说明一点：那家民宿有问题，她不信任那里的人。

我闭上眼睛，想象那个疯狂的场景：深夜，拉杆箱，狂奔……

我切换到摄像头的视角，然后是冬冬逃命的视角，最后，又无法遏制地想象了一下那个在黑暗中追踪她的，凶手的视角。

凶手？为什么我会这么想？

4

傍晚时，我领到足够七天的止痛药和消炎药，立刻去办了出院。我决定不回家，直接去冬冬的公寓。我有那里的备用钥匙。我迫不及待往回赶，幻想一进门就看到她在屋里，她根本没有失踪，她好好的还在。

一进门就闻到一股烟味儿。开始我以为是幻觉，但并不是。

这味道让我不安——冬冬不抽烟，她甚至不允许我在这儿抽。有人来过，这个人可以在这里放肆地抽烟，而冬冬并没有阻止他。

我四处看了看，没找到烟灰缸。

窗台上，绿萝叶子全耷拉下来，我浇了水，但愿它能起死回生。我把水壶放在写字台上，这个写字台是我去宜家买的，黑胡桃木，颜色很耐看，是我送冬冬的乔迁礼物，后来成了她做直播的地方。因为直播，短短几个月冬冬成了网红，这真是让我始料不及。

一开始她自己也没意识到她会火，只知道粉丝数每天都在增加，这让她很兴奋。接着，有个头部网红的工作室突然和她接触，直截了当说想把她签了，承诺能把她这个号"做大做强"，让她挣很多钱。接着是第二家、第三家……有一天，冬冬给看了我一份名单，问我哪个更靠谱。名单上多数是传媒公司，我都不太熟，但其中一个是业内很有名的艺人公司。这本来是件好事，可我却愁死了。从我因为她发火而妥协，没能及时阻止她直播的那天开始我就错了，大错特错。现在再想说服她放弃，为时已晚，我只好表现出为她高兴的样子，但我说，出于谨慎还是先别着急做决定，毕竟她还在读书，签约成为艺人，直播带货，好像不妥。那之后，每次直播她都会事先拉起一块灰布做背景，这也是我给她的建议，不暴露房间的真实样貌以免被变态盯上，分析出住址。这一点冬冬倒是果断采纳了我的建议。

后来，我又和冬冬认真讨论了那个问题：要不要告诉周媛。

我再次硬着头皮搬出周媛，其实是不死心，还想说服她放弃直播，可冬冬说这件事她早就想清楚了，她要瞒着周媛。

虽然我忧心忡忡，思虑万千，可说实话，我蛮喜欢看冬冬直播的。

镜头前，她是个很有亲和力的人，很酷，却不做作，又酷又有亲和力，能把这两者融合在一起绝对是个天赋。冬冬的直播内容主要是仿妆，抖音上同类型博主其实很多，而她却能在短时间内脱颖而出，不得不说是个奇迹。她会从素颜开始，慢慢把自己变成一个"别人"，有时是大明星，有时是电影里某个令人难忘的角色，有时是女人，有时甚至是男人，比如罗伯特·德尼罗，她扮德尼罗惟妙惟肖，还能学他在《出租车司机》里的样子跟我飙台词，"你在和我说话吗？"能把我笑死。冬冬小学五年级就开始学油画，一度是想过要考央美的，虽然中途放弃，可基本功还在。她房间里除了油彩粉底眉笔之类还有石膏像和各种面具、几可乱真的假发、假胡须和假鼻子……我一直为冬冬的这个本事着迷，尽管她多次跟我解释，对有美术功底的人来说这都不算什么，况且还开了美颜、打了灯，她的仿妆也就对付一下直播，想出门以假乱真，分分钟露馅。可我还是觉得她好厉害，好了不起啊。

每次直播她都有条不紊，手上的步骤非常清晰，而说话就像脱口秀，逗得人前仰后合。天生丽质，幽默风趣却又技艺超群，这就是她能在短时间内收获众多粉丝的原因。我还常常有种感觉，直播时她是把自己想象成在面对一个什么人，不是网友也不是粉丝，而是一个非常具体的人，她是在和这个人对话。我猜，应该是周媛。

我花了很长时间洗澡，因为一边洗我一边失声痛哭起来。冬冬失踪了，身处一个她日常生活起居的地方，我尤其无法接受这个现实。

换衣服的时候我打开她的衣橱。她的衣服大多是深色，比如那件帽衫，很柔软也很舒服，可我穿有点小。我找到一件睡衣，上面有只可爱的小熊。我打开台灯，坐下来，研究她的梳妆台。我拿起一支口红，拔下盖子，深红色，几乎是全新的。她不常用这支口红。化妆包里有支快磨秃的眼线笔，粉盒里的粉也快用完了，防水眼影，唇彩，眉钳，还有一条发乌的银手链。我打开下面的抽屉，发现一个用红橡皮带勒住的以梵高《向日葵》为封面的笔记本。我把它拿出来，从头到尾翻了翻。是个记账本，冬冬把她的每笔收入和支出都做了记录，字迹清晰有力。没有可疑的支出。

第二个抽屉里除了一盒用掉一半的卫生棉条，什么也没有。这时，我又闻到了该死的烟味儿！我不明白，这里没有男人的痕迹，没有多余的牙刷，没有大号拖鞋，也没有烟灰缸，可烟味就是阴魂不散。哪儿来的？

我走进厨房。灶具种类不多，几乎还都是崭新的，看来我不来的时候她很少自己做饭。我走到冰箱前。她买了新冰箱贴，柯南，全是柯南，躺着的，站着的，六个柯南，全瞪着闪闪发亮的大眼睛和我对视。我打开冰箱，里面只有半袋吃剩的吐司和一瓶一升装的延世牛奶。吐司发霉了，牛奶刚好今天过期。我关上冰箱，又试了试抽油烟机，风力很足。以前，我妈的男朋友经常在抽油烟机前抽烟，他会站在那儿连抽两三根再回去睡觉。我妈住院期间他一直在病房陪护，就睡在一张狭窄的行军床上，白天他给她削苹果，皮又薄又匀。有几次我早上遇到他时，吃惊于他的胡子长势之快，而且花白。黎叔，母亲去世后我和阮文都再没见过他，他就这样莫名其妙出现，又莫名其妙从我们的生活里消失了。

油烟机下方的地上有个垃圾桶，奶白色，小米的，感应翻盖。我突然想，如果真的有个男人来过，如果他也是习惯站在抽油烟机前抽烟，那烟头应该就会被随手扔进这只垃圾桶。我立刻打开看了看。果然，一大堆烟头！中间还有个小东西。可我走神了，心里还想着我妈和黎叔的事，想着黎叔花白的胡须，一时不能确定自己看到的是什么。

我蹲下，凑近看——

瞬间，我的脑袋嗡嗡作响。

是支验孕棒！

我把它拿起来，仔细看——

没错，一支用过的验孕棒。

这不可能！

我蹲在地上发呆，大脑有些缺氧，很难描述那是种什么感觉。

我起身冲进卫生间，翻那里的垃圾桶，果然又找到另一支，而结果是一样的——使用这两支验孕棒的人应该很清楚，她怀孕了。

手机一直在响。是阮文。

攥着手机，我手脚冰凉，我不敢接。我该怎么跟阮文交代？他女儿，他交给我照顾的女儿，在我眼皮底下出了这样的状况，我竟然一无所知。可阮文坚持打来，我不得不接。

阮文让我发几张冬冬的近照给他，这是周媛给他安排的新任务：在岛上贴一千张寻人启事。冬冬在医院陪床时给我拍了很多照片，也自拍了很多，我挑出几张发给阮文，想了想，又把她在鼓州岛海边的那张也发给他。有那么一刻，我差点脱口而出告诉他，海边那张照片就是冬冬最后的样子。阮文的迟钝再次让我意外，看到那张照片他竟然没问这是什么时候、在哪儿拍的。

挂断电话，我吃了两片止痛药，头越来越疼，鼻子也一直发酸。我煮了一大碗姜汁可乐，趁热全喝了。之后，我对整个房间展开地毯式搜索……

有个男人来过。

来过就一定会留下痕迹。

我不会放过任何蛛丝马迹!

一个小时后,我终于有了发现:卫生间门后的洗衣篮里有件男式衬衫,蓝色格子衫,加大码,上面有浓重的烟味。一个意外收获是,我找到了冬冬的另一部手机,就在衬衫的口袋里,压在洗衣篮最下面。

所以,确实有个男人。

此人身材高大,抽烟很凶。

我回到垃圾桶前,拿出一根烟头,我想知道这个男人抽什么牌子的烟。三五、双冰。这个抽凉烟的神秘男人,他来过冬冬的住处,睡过她的床,还让她怀了孕。

我给冬冬的备用手机充上电,然后开机。有密码。我先后试了冬冬的生日、周媛的生日,阮文还有我的生日,都不能解锁。我上网查苹果手机的解锁方法,最简单的办法是恢复出厂设置,可那会损失数据。我再次陷入沮丧和惶恐——

冬冬发现自己怀孕了。

这个男人显然也知道。站在抽油烟机前,他抽了很多烟(我数了一下,有十六个烟头),他在想什么? 是想做出某个重大决定,对吗? 要孩子? 不要孩子? 无非是这样。而最终的结果是,冬冬瞒着所有人去了鼓州岛,去见他,之后就在那里离奇失踪……

这个男人肯定和冬冬的失踪有关。

你究竟是谁?

5

沈佼给我们分配座位。她让我坐她旁边,她还捏了捏我的手,我明白,她这是要我坐在童涛对面。童涛是位制片人,不是我们这个网大的制片人,是导演姜洋拉来给自己撑腰的业界前辈,之前他们合作过两部独立电影。姜洋坐在童涛旁边,对着沈佼。

沈佼的八面玲珑我永远学不来,我陪她参加过无数饭局,见识过各种难对付的人,明星,大佬,骗子,无论多棘手的局,她总能不动声色地照顾到每一个人。今晚她很兴奋,眼眸很亮。虽然她要我坐在她旁边,可基本不怎么跟我说话,一直和两个男人讨论前年夏天去戛纳电影节的事,她给他们倒酒,三人在包厢里吞云吐雾,聊到从巴黎开车到戛纳很累,但沿途风光很美。其间她只问了我一个问题,你是不是还不能喝酒?我说是,还不能喝。

今晚这顿饭,表面上是庆祝我手术成功、顺利出院,可真实目的是劝童涛退出项目。没错,这是场鸿门宴。我不想来,可沈佼拿我当由头组了局,又专门开车接我,我不得不来。他们聊他们的,我全程游离，一直低头看手机。

最近两天，警察开始重点调查那家民宿的老板陆渐平，他成了头号嫌疑人。"游隼2015"的猜测并非空穴来风，可他一直没回我邮件。陆渐平被调查的消息是阮文告诉我的，他还告诉我，周媛直接去找了陆渐平，面对面质问他，这符合她一贯的行事作风。陆渐平表示愿意对搜救提供一切可能的帮助，但坚决否认自己和冬冬失踪有关。阮文说他对陆渐平印象极差，这个人非常可疑，他不光有性犯罪前科还坐过牢，这些年他经营民宿，因为骚扰女房客被投诉过很多次，可警察说他有"不在场证明"——冬冬被监控拍到的时候，陆渐平正在民宿餐厅和几个内蒙古来的客人看球，他们一直喝到了天亮。但阮文认为，这并不能排除陆渐平的嫌疑，比如，他也可能有同伙，而我担心的却是，这个时候阮文和周媛住在嫌疑犯经营的民宿，会不会有危险？另一方面，如果事后证实冬冬一直被陆渐平囚禁，比如一个隐蔽的地窖里，得知真相后，阮文和周媛将会承受怎样难言的痛苦？

我上网查陆渐平的资料。

网友果然厉害，对他的扒皮不仅深入还很细致，此人的确劣迹斑斑，前科不仅仅有性犯罪，更早其实还有持械伤人和麻醉抢劫，照片上他冷森森的眼神让我浑身不舒服。阮文告诉我，其实警方还掌握着更多监控视频，冬冬最后被拍到不是在南方橡胶厂门口，而是在鼓州岛的西码头。目前警方的推测是，当晚冬冬在慌乱中跑到了西码头，很可能在那里坠海，存在被人推落的可能，但也不排除是意外。我和阮文都认为不可能出现那样的意外，冬冬是个游泳健将，初中就在区上的比赛得过奖牌，还曾多次横渡过黄河，就算真的意外坠海，她绝对有能力自救，不可能就此失踪。

阮文还告诉我，周媛雇了当地渔民每天在近海打捞，主要在西码头附近，一个民间搜救组织也自愿加入，他们动用了最好的装备，投入很多人力，但至今一无所获。这其实是个好消息，打捞到尸体，反而是所有人都不想面对的最坏结果。

阮文刚到岛上的时候反复问警察，冬冬会不会是落入了传销集团？警察解释说，虽然外界都说广西传销泛滥猖獗，但其实只在几个地方流行，鼓州岛上基本没有，这一点他们可以肯定。阮文还问到能不能定位手机的问题，警察说他们已经在做，可暂时没什么发现。我努力消化这些新信息，心情十分沮丧。

沈佼突然拍拍我的手，说："来吧金子，我们敬童老一杯。"这是我们事先约定的信号，意思是，该我上场了。

我举起酒杯（里面是可乐），说了声："童老！"可之后一时语塞，竟忘了接下来该说什么，就呆呆看着沈佼，好像她能给我力量。

沈佼，她是我老板，但从前她是我高中同学，好闺蜜。沈佼很有商业天赋，读大学时，我们曾一起当枪手考四六级，还帮高职和成人大专的学生考高等数学，一门课收八百，每到期末都能小赚一笔。这门生意是沈佼起的头，她头脑灵活，意志坚定，想法多，办法也多。我们这么干了两年，只有一次我在考场被抓了现行，因为准考证照片上的人和我长得太不像了。那时我非常担心，到了睡不着觉吃不下饭的程度,怕被学校开除,人生尽毁。那件事最后也是沈佼去摆平的,我至今都不知道她是怎么做到的,我问过,问过很多次,她都不肯说。

当初,沈佼考北广(就是现在的传媒大学)想说服我也去,可我为了能离家更远,离母亲更远,最终选择了厦大。和李海分手后我离开厦门来到北京,就是投奔沈佼,兜兜转转,我们又聚在一起。

来北京的最初几年,我一直和沈佼合作写剧本,靠这个过活,从片酬只有两万的电影频道电视电影写起。多数时候是我在写,沈佼则负责给我们找项目、谈片酬,还有最最重要的,追讨尾款。虽然参与的项目大都不了了之,可我们确实赚了点钱。说起来,那应该是我毕业后最轻松自在的时光,工作上有沈佼开路,她总能给我们找到性价比超高的活儿,我根本不用操心写剧本之外的任何问题,还总是受到细致的照顾。有一次,在她家开剧本会,我突然发烧,沈佼不让我回家,而是为我熬鸡汤,买睡衣,让我静卧休养。

后来,我渐渐觉得写这种东西没什么前途——委托创作,往往会严重磨损一个编剧的信心和自尊,那不是令人愉快的创作,更多只是不断向现实妥协——就决定暂停合作,自己在家搞起了原创。这对沈佼不公平,可我没办法。半年后,沈佼不知从哪儿搞到一笔钱,想拉我成立个编剧工作室,我考虑再三,最终还是拒绝了。又过了半年,我写完了剧本,却怎么也卖不出去。我一口气又写了第二个、第三个,还是卖不出去。我对自己非常失望,脾气也变得很差,为了不崩溃只好继续写,一天又一天,一年又一年,一切都在以缓慢的、难以觉察的速度离我而去，结果显而易见：我这个人才华有限，却选择了一条不归路。

那几年，沈佼交了些新朋友，她不再满足于当没有话语权、处处受欺负的小编剧，开始跟人合伙做低成本恐怖片，结果竟然挣到了第一桶金。那时我一个人蜗居在燕郊，经济上入不敷出（靠写一些乱七八糟的影评专栏度日），因为抑郁症还不得不长期服用药物，而沈佼和一个香港人结了婚，拿到一笔天使投资，飞快成立了自己的公司，之后乘着行业扩张的东风越做越大。现在，我其实是在给她打工——是她主动请我"出山"的，我不能说这是她对我的施舍，但事实如此。

眼下这个项目，投资人、导演、沈佼，其实都对童涛很有看法，当然出于不同的原因，大家希望他能主动退出，和平解决问题，可这谈何容易？作为甲方老板，沈佼表示她不便把话说得过于直白（我不明白为什么不可以），而姜洋和童涛一路摸爬滚打到现在，多次受惠于他，更难以启齿，所以，今晚扮黑脸的任务就只能交给我这个小策划。可我还没来得及依计行事，童涛突然说起"鼓州岛少女失踪案"。

他说得很投入，一张嘴就停不下来，一开始措辞还比较谨慎，后来兴奋起来，声音变大就越说越不着调了："你们知道当年的海天盛筵吧，里头不少其实是大学生，很多还是名牌大学……这个案子背后，嘿嘿，肯定有故事……"

这声"嘿嘿"之龌龊，让我险些当场炸裂：一个无辜的女孩失踪了,很可能正身陷囹圄,濒临极度险境,无数人在为此揪心,可也有些人,他们只把她当成饭局谈资,还肆意污蔑诋毁,以此为乐。我越想越气,终于忍无可忍,一句"你闭嘴"脱口而出。

童涛转过身来,"对不起,你说什么?"

我站起身,抓起酒杯一饮而尽,大声说:"童老师,我觉得眼下最好的解决办法就是您退出这个项目。"

我的声音可能太大了,童涛愣了一下,下意识地咧嘴笑起来,可笑容很快就消失了。他忍了三秒,开始冲我发火:"阮金,你他妈有资格跟我说这话吗?说你是三流编剧、四流策划都是给你脸了,懂吗!你问问小姜,要不是我在中间做工作,他早被你那些乱七八糟的意见逼疯了!"我没打断他,任由他滔滔不绝说下去。他又慷慨激昂了几分钟,最后总算意识到在座其他两个人都没表态,这才恍然大悟,骂道:"明白了,我他妈终于明白了,你们早串通好了是吧!合着今天晚上我才是那个傻×!"

沉默,所有人都沉默。童涛盯着我,突然抬手把啤酒泼我脸上。那可是大半杯冰镇扎啤!姜洋慌忙起身把他拉到一边,我反倒松了口气,就这?

沈佼一言不发,拽我去了卫生间。

看着镜子里的沈佼,我心里不免忐忑,我等她冲我发火,可她只是飞快抽了很多纸巾,帮我擦脸,又轻声关切地问:"金子,你没事吧?"

这句话到底是让我绷不住了。我一把抱住她,几乎要哭出来了,差点就想跟她说:"那个失踪的女孩,是冬冬。"

沈佼认识冬冬,我们一起吃过几次饭,每次都是沈佼请客。她俩对彼此的印象都很不错,沈佼不止一次说过,冬冬要是当演员肯定能成大明星。而冬冬有一次跟我说:"小姑,你觉不觉得,佼姐哪个地方有点像周媛? 不过,她比周媛可洒脱多了。"有段时间,冬冬喜欢对周媛直呼其名,不叫妈妈。

也许是因为被我紧紧抱住,沈佼彻底心软了,她拍拍我后背,"没事,让他发顿脾气这账就平了,躲也躲不掉的。这个圈子,谁也弄不死谁。"

后面这句话她是用海绵宝宝的声音说的,我瞬间笑出了声。

我和沈佼,我们都超爱《海绵宝宝》,而她有个神技能,就是模仿海绵宝宝,准确地说,是她很会模仿配音演员陈浩配的海绵宝宝。我们因为特别激赏这个配音演员,就去查,才发现他不光配了海绵宝宝,还给甄子丹和周润发配过音,尤其甄子丹,配过非常多次。以前,心情不好的时候我就会给沈佼打电话,让她扮海绵宝宝陪我聊天,我当然是派大星,虽然不像。我俩有时候也会闹别扭,像海绵宝宝和派大星打擂台那次一样——他们互相怄气,打到后面派大星裤子掉了,海绵宝宝穿着粉色(派大星的颜色)内裤,而派大星穿着黄色(海绵宝宝的颜色)内裤,于是两人都很感动,抱在一起又和好了。

沈佼在电话那边喊:"派大星! 你的内裤是黄色的,你没忘记我……"

我用派大星蹩脚的声音说:"其实我刚买的时候是白色的……"

我们就大笑特笑,赶紧和好,互相把最近攒的没来得及说的话一口气说完,说着说着还情不自禁流出眼泪。后来我们关系淡了,她就扮得越来越潦草,会经常一场戏词没对完突然从海绵宝宝抽离,变回沈佼。到最后我甚至央求她:"让海绵宝宝再和我聊一会儿好不好? 就五分钟好不好? 两分钟好不好?"

她就说:"派大星,你的内裤是黄色的。"声音干巴巴的。

过了很久我才意识到我和她的关系出了什么问题: 我缺乏因而很渴望一对一的关系,就像海绵宝宝和派大星那样一对一的关系,因为有阮文的存在,我和我妈甚至都不是一对一的,我和我爸也不是,而在爱情关系里,即便是在我比较专注的时期,我也很少感受到那种确凿的一对一关系。作为最亲密的朋友,沈佼给过我这种感觉,但后来我知道了,那其实是因为我对她的过度关注和依赖产生的幻觉。沈佼察觉到我这种想法之后就开始后退,但她是不想要这种一对一的关系,还是不想和我结成这种关系,我不确定。随着后来我们日渐疏远、地位悬殊,更永远不可能弄明白了。但此刻,又听到久违的海绵宝宝的声音,我非常感动。

走出卫生间时我已经冷静下来,可看到童涛和姜洋站在电梯口等我们,我又不自在起来。沈佼捏了捏我的手,朝他们走去,她已经切换了另一副面孔,神态自若地和他们说着什么,我看到两个男人同时笑起来,都笑得十分乖巧。为了避开这份尴尬,我决定溜走。我从楼梯间下了楼。

我一边走楼梯下楼一边打电话给阮文。他的声音听上去很疲惫。他说岛上来了很多媒体的人,有正经媒体也有乱七八糟的自媒体,全在瞎打听,骚扰他也骚扰周媛,最后他问我在冬冬公寓有没有什么发现。

"没有。"我撒谎说。

听筒里是呼啸、杂音和阮文一贯的迟疑,他说:"金子,有件事我得和你商量一下,以后还是我打给你吧……你放心,有任何新情况我肯定第一时间通知你……"

我直接问他:"是因为周媛,对吧?"

"你嫂子,她现在,真的很脆弱……"阮文停下来,好像在犹豫,也可能是在离开房间,避开周媛,片刻后他才压低声继续说,"前天晚上,她请人来给冬冬招魂,然后这两天她整个人都怪怪的……"

"什么?"我怀疑自己是不是听错了,"招魂?"

"岛上有个神婆,当地人都说很灵……"

我没听清他后面说了什么,因为,对面的大玻璃上忽然映出了一个飘忽的人形,我吓得腿一软,直接从楼梯上滚了下去……

浑身都痛,可我不敢出声。

怕阮文听见,我摸索着捡起手机,胡乱说了句:"我要忙了,再打给你。"赶紧挂断了电话。

6

第二天早上醒来，一睁眼我做了个决定：我要辞职。

我感觉这个决定是我在睡梦中做出的，醒来后却变得愈发坚定——我没办法再工作，继续每天打卡上班，我做不到。吃完早饭，我正想给沈佼打电话，她却先打过来了。

听上去她兴致很高，对昨晚的事只字不提，上来就跟我说笑，说有人一大早推销项目，她绘声绘色描述那人的措辞，又说不知道他从哪儿弄到我电话的，可能是车友群。沈佼的意思，要是我想投资赚点小钱，不妨试试。我哪有这心情，随口说："咱们这行已经穷途末路到这种地步了吗，会不会是骗子？"

"骗子？"沈佼笑了，"行情这么差，骗子早转赛道了。放心，我清楚那几个项目的底，干净，稳赚不赔，就是回款周期比较长。怎么样，考虑一下？"

见她说得如此认真，我明白了，她这是想给我一个赚钱的机会，安抚我，算是对昨晚的补偿。所以说，海绵宝宝还是爱我的。我本来是想提辞职的,这下却心软了,我改变主意,对她说:"沈佼,有件事我想跟你谈谈。"

"你是不是要辞职?"

不愧是沈佼!对我了如指掌。

"我想,请个长假。"

"多长算长?"

"一个月。"

我以为她肯定会不高兴,会骂我没良心,临阵撂挑子,没想到她立刻就答应了。"一个月没问题,但我有个条件,"她的语气变得严肃,又像个老板了,"我要你立刻修改导演交来的新一稿剧本,而且只能给你三天时间,三天必须改完,有没有问题?"

我只思考了一秒钟,就说:"没问题。"

"真的没问题?"

"真的没问题。"

"还有,"她说,"不管这稿你改得好不好,最后用不用,我都不能给你署名,可以吗?"

我立刻就猜到,她应该是和童涛达成了某种协议,童涛会出局,作为附加条件,我也必须滚蛋。写剧本却不给署名,对一个编剧来说是最严重的剥削,这不公平,这种事不该发生在我和沈佼之间,可我已经不在乎这些,因为事情解决得如此干脆甚至还大大松了口气。剧本我早就有思路,状态好的话,我能一天就给它改完,而且有把握让它脱胎换骨。现在,我只想尽快搞定它,给沈佼一个交代,然后专心、投入地去办我的正事。

凌晨一点,只剩我还在公司加班。剧本我改好三分之二了,感觉加把劲,再有几个小时就能完工,这是我身心最愉悦、最满足的那种时刻。突然,一阵异样从下身传来……五雷轰顶。我飞速冲去厕所,在刀割般的疼痛中尿了出来。又尿血了。

我很恼火,开始猛灌咖啡。

很久没有性生活了,也没有尿路感染复发过,我这是怎么了?因为焦虑吗?第四次去厕所的时候我的心情沮丧到了极点,竟敏感到以为隔间藏着人,但很快我就意识到那不是幻觉,真有人,而且是个男的,他正努力避免被我发现……

我飞快起身,冲水,推门,走到镜子前洗手,过程中故意弄出很大动静,我是想警告他,告诉他我没在怕,可心脏却无法抑制地狂跳起来。走出厕所,我两腿发软,不得不用手扶住墙。我突然生起自己的气来。

我怕什么?

我凭什么怕!

怕的不应该是他吗!

这是一幢位于市中心的甲级写字楼,摩天大厦,现代文明的象征,一个区区偷窥狂,一个下流猥琐男,我凭什么怕他?只思考了几秒我就做出决定——我打开手机摄像头插在牛仔裤口袋里,又回到厕所门口。妈的我要等他,等他出来,我要给他点颜色瞧瞧。

几分钟后，果不其然，我听到隔间门被轻轻推开……

我的直觉没错，这个人脚步不但很轻，还相当缓慢，我能感觉他正一步步向我靠近，突然间我又害怕起来：要是，他有刀呢？

我飞快四处查看，可大厅里确实没别人了，这会儿再想逃根本来不及。直到我看见走廊的监控摄像头表示"工作中"的红灯亮着，才稍稍踏实了一点。我忽然闻到一个味道，淡淡的香味，这香味来自女人，而不是我害怕的男人。不是男人会用的香水。

四目交汇的瞬间，她整个人好像猛地收缩一下，猛地缩小了，同时发出"哼"一声，不是尖叫，而是哼唧。不是个男的，是个姑娘，是公司的小网管。

我记得她，她应该也记得我。去年冬天我笔记本老莫名其妙死机，最后是她帮我修好的。眼前的局面让我犯了糊涂：为什么刚才听到动静我会本能地恐慌，觉得是个男人在偷窥，她现在又在害怕什么呢？我飞快思考，猛然想到一种可能。

为了证实我的猜测，我大声说："你站着别动！"

我冲进厕所。在她刚才待的隔间里，果然发现了还没装好的摄像头。她并没有乖乖站在外面，而是跟进来，站在我身后，可怜巴巴望着我。我已经不怕了，可心里非常不爽。

"我以为楼里没人了。"她小声说。

"你蠢不蠢！"

我大声骂她，而她开始哀求，求我千万别报警，一个劲管我叫姐。我命令她把摄像头拆下来，她乖乖照做了。其实我看错了，我以为摄像头是那个伪装成插座的小白盒子，竟然不是，摄像头是它旁边的那颗螺丝钉！她费了挺大劲才把它拆下，露出墙面的部分是颗普通的螺丝钉钉头，可隐藏在墙体里的却有一大串，她先是用手，后来上了钳子才把它拽出来。

她小心翼翼把它交给我。我很不客气地说："你喜欢搞这个？"

她顿时慌了，拼命摇头。

"明白了，"我说，"拿去卖钱的。"

她哇一声哭了出来，"姐，你放过我吧，我错了，可我没办法啊，你知道公司欠我多少加班费吗？我又不能真去找劳动仲裁，我会丢掉工作……"她哭着解释说她一个人要负责整栋大楼西翼的网络维护，这个工作量至少需要两个人，可人力资源那边总说没预算，为此她不得不每天加班，有时工作到深夜就在机房随便对付一宿，"我才二十五岁啊，瞧我这法令纹，黑眼圈……"

"意思是你没错是吗？"

她赶紧解释："不是，我不是这个意思……姐，你相信我，我不是变态的，我只是想赚点外快啊。我错了，都是我的错……我保证，我发誓，不会再有下次了。"

我问她上游、下游都有谁，公司里还有没有其他同伙。

一听这个她更慌了，拼命摇头，坚决否认，显然以为我会报警，事情会闹大。她擦擦眼泪，过来拉我胳膊，我甩开她的手，"我不报警，可你得告诉我这事怎么开始的，什么时候开始的。"

她愣了。

我说："说吧，我不报警。"

她将信将疑，但最后还是全说了。她说最早是一个校友群的同学拉她下水的，他们有个工作群专门协调流程，买设备、搜集素材、视频制作再到销售，每个人都有明确分工……她只负责安装设备，其他都不用管，分成也少，可钱到位挺快的。她说了很多，毫无隐瞒，最后还特意强调了一点，说拍的东西不会被上传到暗网，而是制作成小视频，卖给特殊的买家。

"特殊的买家？"

她狂摇头，显然后悔说漏了嘴，"这个打死我也不能再说了，你忍心让我死吗，姐？"

我从裤兜里抽出手机，滑了几下，播放录到的对话，还故意把音量调到最大。她顿时面如死灰。我感觉差不多了，就说："你别慌，我说了，不报警，你死不了的。我问你，苹果手机不知道密码，你能解锁吗？"

她很迷惑，但立刻点头，"能。"

"多久能搞定？"

她似乎终于意识到我会对她网开一面，赶紧激动地说："姐，你要急，我立刻弄，你放心。"

"要多久？"

她畏畏缩缩看我一眼，"说不好，我得先看一下，苹果要麻烦一点……不过姐你放心，我们群里有大神，要是我搞不定……"

"就你自己！"我打断她，"里面的内容不要看也不要动，明白吗？如果你……"

"明白。"她连连点头，"我搞定手机解锁，你删除录音。"

看着手上的针孔摄像头，我心想，它怎么能这么小？妈的科技进步就被你们用来干这个？无名之火再次涌起，我问她有没有男朋友，她说没有，我说真没有？她说真没有。我还是不信，又问她有没有被什么人胁迫。听我这么说她竟然不高兴了，"你是不是觉得，没有女的会做这种事，除非她背后有个控制她的男人？"

我无言以对。她这话让我很不安，感觉一下失去了控制权，我虽然愤怒，却试图为她的行为寻找理由开脱，因此陷入了被动。果然，她擦擦眼泪说："手机我肯定给你搞定，内容绝对不看，我保证。"她接过手机放进口袋，最后又说："每个人都有不可告人的秘密，没谁经得起真正的审视，对吧。"说完转身就走了。

我不禁打个寒战，心里涌起一丝恶心。我可以拦住她，我可以和她辩论，我能赢，可那又有什么意义？

回到座位，过了很久我还是平静不下来。公司，在这家公司里有个男人，也许不止一个，他们喜欢看女人撒尿，喜欢看和自己朝夕相处的女同事撒尿、大便，他们没胆，怕惹上官司，就利用一个小女生为他们做这些龌龊事，而我利用了这件事，只为达成自己的目的，我不会报警反而会帮他们隐瞒……这真的，让我想吐。

还改什么剧本？

去他妈的。

现在，我只希望她能信守诺言，尽快解锁手机。我相信，通过这个手机我一定能挖出那个男人，那个让冬冬怀孕的男人，那个和她一起去鼓州岛的男人。想到这儿我怒火冲天，又生起冬冬的气来，我生气不是因为她谈了恋爱却不告诉我，而是因为她没向我透露这个人的一丁点信息，这意味着，她是有意向我隐瞒的，也就是说，这个男人有让她难以启齿之处，会是什么呢？很多种可能：

这个男人很老？

这个男人已婚？

这个男人……我认识？

越想越不安，必须立刻采取行动。这时，我再次想到了黄杉。

黄杉肯定能提供一些有价值的线索，那天她在电话里反应很奇怪，既然冬冬曾计划和她一起去鼓州岛，她很可能知道那个男人是谁，甚至见过他。事不宜迟，我立刻打电话给她。她没接。我发信息，连发了好几条她都没回。我暴躁，焦虑，感觉一分钟也无法再忍受，接着才忽然意识到，现在是他妈的凌晨三点。

每次提到黄杉，冬冬总说她是学校里最受孤立的女生，也是打架最多、最狠的女生。尽管有这样的铺垫，见到她本人我还是吓了一跳：她长得像个老外啊，常参加户外极限运动的那种，又像是帕米尔高原上的少数民族，鼻梁高耸，眼睛很大却分得很开，骨架也很大，但最为明显的特征是她皮肤，她的皮肤超白，头发亮金，眉毛、睫毛也是——那不是染的，是白化病。冬冬从没跟我提起过这一点。

学校放假了，可黄杉还一个人待在宿舍，她说人都走了，难得清静。尽管电话里很没有礼貌,可见面她却十分热情,又是烧水又是沏茶,还拿出个头很大的葡萄干款待我。她说冬冬常说起我这个作家姑姑,她还看过我写的小说和早年一部电视剧,她讲话语速很快,透着莫名的亢奋,可没过多久她的态度陡然一变,因为我打断她、问她:

"那你知道冬冬是和谁一起去的鼓州岛吗?"

"我哪知道啊!"她大叫起来。

无论从哪个角度看,她有这样的反应,都太突兀了。我觉得她没说实话。

她开始抱怨,抱怨天气,说太热了,她又不敢开空调,那会让她偏头痛发作,现在她头就很疼,太阳穴突突跳。我明白,她这是在下逐客令,希望我能识相点,主动滚蛋。得先缓和她的情绪,我笑着说:"饿死了,跑了两个小时才到这儿,早饭都没顾上吃,请我去食堂吃个饭吧,我好多年没吃过大学食堂了。"

"冬冬很崇拜你。"吃饭时黄杉这么对我说。神奇的是,她又重新变得愉快和兴奋起来,就好像刚才的不愉快根本没发生过,"你记不记得,当年你在《兰州晨报》上开过一个专栏,你推荐的电影我们都去看,你推荐的书,小说,我们也找来读,我和冬冬,这些对我们影响挺大的。"

《兰州晨报》,我记得。那时我丢了工作,为了交房租不得不接了很多乱七八糟的专栏,其中晨报这个是我最不认真对待的,这不是因为他们给的稿费极低,而是因为那个责编对我的态度十分傲慢。

我不想聊这个话题,就问她最近怎么样。

"你睡得好吗?"

"不好。"

"每天能睡多久?"

"不一定。"

"怎么不一定?"

"看心情。"

"吃饭怎么样?"

"想吃就吃,不想吃饿一整天也没感觉。"

"有没有心慌、心悸的时候?"

"有时候会胸口发闷,但不严重。"

"出冷汗吗?"

"没有。"

"会低血糖吗?"

"没有。"

"你抽烟吗?"

"不抽。"

"你规律吗?"

"什么?"

"月经。"

"不规律。"

"上次是什么时候?"

"不记得了。"

"你不记日子吗?"

"需要记吗?"

"最好记下来。你用哪种避孕措施?"

"啊?"

"你有男朋友吗?"

"没有固定的。"

"没有固定的?"

"不信吗?"她诡异地笑了笑,"你别看我这个鬼样子,想上我的男的多了去了,从小到大,哼,男人……他们已经把我搞得对那事完全没兴趣了。"

我心里一惊。我故意问她这么冒犯的问题,其实是想验证冬冬公寓的验孕棒是不是她用的,而答案很明显。我不死心,继续问她:"你去过冬冬的公寓吗? 最近,两周之内?"

"她从来没请我去过。"

"真的吗?"

黄杉苦笑一下,"你到底怎么回事啊? 关心我吃,关心我睡,还关心我有没有意外怀孕,你这样真的……就很莫名其妙你知道吗?"她摇摇头,"有时候我感觉就是因为你们这种人,你们这种莫名其妙的关心,才让我觉得活着好累啊。从现在开始,别再问我问题了,行吗?"

"对不起。"我点点头,叹了口气,"总感觉活着很累,做什么都没意思，也没意义，感觉自己是个没用的人，我也经常会这样。偶尔跟朋友聚会，忍不住突然就发脾气，不耐烦，稍不如意就摆脸色，故意伤害别人，得逞之后又觉得自己特恶心。"

黄杉哦了一声，淡淡地说："那我们可完全不一样。"

"不一样？"

"你是脾气臭，我是真有病。"

"有病？"

她拨弄一下头发，露出左耳，"我这个耳朵，聋的，"又拨开头发，露出右耳，"这个耳朵幻听。我总听到有人叫我，喊我名字。有时候声音很近但很小，好像那人故意压低声、夹着嗓子；有时很远，听不清，却持续不断。我还常出现幻觉，有一次，在实验楼厕所的天花板上，我看到红色细线吊着很多滴血的心脏，我走到哪儿它们就蔓延到哪儿。在家的时候，我妈不放心，让我和她睡一张床，可一关灯我就会感觉身边躺着的不是我妈，是个蓝色的大甲虫……"

她绘声绘色说着，我无法分辨她是不是故意夸大其词想吓我。

我问："这些情况是什么时候开始的？"

她说是小学，小学四年级，她被陈英和李可乐当着全班的面挖苦，她们叫她白毛女，现在克同学，将来克老公。有一次，她们把她杯子里的水换成尿，她喝的时候还被拍了视频，发到同学群里。到了五年级，有一次她被学习委员袁静请到家里做客，袁静请她吃火龙果，突然把她摁在桌上，往她头上浇墨汁，一边浇还一边开心地说："让我来帮你染头发！"这些她都瞒着母亲，她说很小爸就抛弃了她，而母亲是个懦弱的女人，没办法保护她。初中她努力考到别的学校，以为会好起来，结果又被男朋友背叛，前后两个男朋友，都是一睡完就把她甩了。一直到高一她才终于交到个好朋友，陆芳芳，但她爸在参加婚礼回家的路上酒驾出了车祸，死了，她跟母亲转学去了昆明，她就又没有朋友了。再后来，到了高二，她才遇到冬冬。

听着这些糟心事，我心里很不好受，显然，因为白化病从小到大她备受欺凌，这样漫长的伤害不是什么人都能承受得了的。

"所以，你很早就得了抑郁症？"我问。

她眨眨眼睛，"按医生的说法，那叫双向情感障碍，一会儿抑郁一会儿暴躁，不知道，也许吧。"

"那冬冬上抑郁症论坛的事你知道吗？"

"知道，"她点点头，"那个视频一出现在网上，我第一眼就认出是她了！时间、地点都对得上，还有她跑的动作，还有行李箱……是她没错。"

"所以你就在网上曝光她，说她有抑郁症，去岛上是想自杀？"

她愣了一下，一脸厌恶地说："你突然跑来，就是想来骂我的是吗？"

我顾不上她的不快，继续追问："她在网上说了你的事，你很不高兴，对吧？"

"我当然不高兴了。"

"可她没有抑郁症，对吧？"

她看了我几秒,"你肯定觉得是冬冬要我守口如瓶让我保守秘密,对不对? 可我真不知道她是跟谁一起去的鼓州岛……但我猜,八成是个男的。"

"你知道他是谁吗? 你见过他吗?"

她没有回答,将目光投向窗外,望着一棵大槐树发呆。她沉默了好久,最后慢慢转过脸来,直勾勾盯着我说:"有人在网上冒充她,她跟你说过吗?"

我的目光没有离开她的双眼,表情也没有丝毫变化,因为我不想让她看出我内心的惊恐,我连眼睛都不敢眨,说:"有人冒充她?"

她点点头,"几个月前,有个男的突然在路上拦她,非说他们是网友,关系还不一般,可冬冬跟我说她根本不认识这个人。当时我差点就报警了。"

我让她说详细点,什么男的? 多大岁数? 长什么样?

她停下来,拿起水杯喝了口水,然后就跟我讲了几个月前发生在冬冬身上的这件"离奇怪事"——

奇怪的男孩第一次出现是在一个下午。我问具体日期,黄杉说是三月。

那天,冬冬去培训中心帮老师送材料,她老感觉后头有人跟着,回头看了几次,可路上人很多,大多是学生,她不确定跟踪自己的是哪一个。后来走到培训中心大院,一进去她就藏到树后,想等那人出现。很快,她听到急匆匆的脚步声,接着就出现了一个中年男人，那男的看她一眼，飞快朝培训中心大楼走去。她跟他进了楼，结果发现那人是个老师，是去办事的，但被人跟踪的不快感觉并没有因此消失。很快，又发生了一件事，终于让她确信确实有人在跟踪她。

那天冬冬坐公交车，上车时车厢很空，可有个男孩偏偏走到她旁边坐下来。全程冬冬都感觉怪怪的，虽然男孩什么也没做，甚至都没正眼看她。等到了终点，所有人都下车，男孩却迟迟不起身，冬冬必须越过他的腿才能离开座位。下车后，她故意走到一个人很多的购物广场，果然发现男孩又出现了。她假装过马路，走一半突然退回来，结果男孩也退了回来。冬冬当时就确定了，跟踪自己的就是这个人。她很慌，假装在报刊亭挑杂志，男孩也不走，就坐在长椅上玩手机。冬冬找到个机会，趁大巴挡住男孩视线，才飞快逃走了。

不久，男孩又在公交车上坐在冬冬旁边。和上次一样，他戴着棒球帽、黑口罩，不搭话也不看她。冬冬紧张得要命，一直偷偷给黄杉发微信。这次，在终点下车时男孩先起身了，可他突然递给冬冬一张纸条，冬冬没接，男孩干脆把纸条塞她手上就跑了。

几天后又发生了同样的事，坐公交车，男孩坐在冬冬旁边，一言不发。这次黄杉也在车上，她和冬冬是分开坐的，这是她们事先商量好的。下车后黄杉告诉冬冬，她拍到了，拍了视频，不过只有侧脸。两人边走边讨论，突然发现男孩出现在路口，黄杉火了，准备过去问问他到底想干吗。男孩见冬冬不是一个人，扭头就走了。

看到这一幕黄杉终于确定,冬冬没有精神分裂,这个跟踪狂不是她臆想出来的。

之后外出,冬冬尽量找同学一起,一直相安无事了有半个月吧,有一天男孩再次出现,还是在公交车上,下车前他又在冬冬手上塞纸条,然后飞快跑掉。纸条冬冬和黄杉打开看了,上面写的是些很抓马的东西,比如:"宝宝,昨晚梦见你了……""为什么你在网上谈笑风生,现实中却冷若冰霜?""今天你比平时更好闻,我心跳得好快……"

最下面,他留了手机号。

黄杉说,当时冬冬不知是气的还是吓坏了,浑身发抖。黄杉也很气,她让冬冬打那个电话,跟变态男把话说清楚。

"她打了吗?"我紧张地问。

"她没打,是我打的。"

"你打的?"

"对,我打的。她不敢。有时候她挺尿的。"

"那你打了电话,男孩接了吗?"

"接了。"

"他说了什么?"

"电话一通我就跟他讲,我说你再纠缠我朋友我要报警了。他不说话,但也不挂。我火了,开始骂他,他在那头哼哼唧唧,开始我还以为他在哭,结果他突然咯咯咯笑起来,说我嫉妒冬冬,说我想拆散他们……当时我开着免提,冬冬听到气死了,抢过手机跟男孩说:'我根本不认识你!干吗装得跟我很熟的样子?我不喜欢你,对你没兴趣,你再纠缠我就报警了!'后来,后来太搞笑了。"黄杉冷笑两声,摇着头说,"当时我不是用我手机给他打的电话吗,这傻×就每天晚上发短信骚扰我,没完没了,太恶心了。我没报警,把他拉黑了,但我留了些截图没删,你想看吗?"

我说好,发给我,我需要看一下。

黄杉把截图发给我。我一字不落地看着,开始只觉得荒谬,可越看越毛骨悚然,脊背发凉。其中一条,男孩是这么写的:

……我社恐,放不开也正常。你天天黏着她,假装保护,其实是嫉妒,对吧?别不承认,我说你有、你就是有。我跟了她一个月,我坐在她旁边,没跟她说一句话,甚至都没转过去看她一眼,可她一直在偷偷看我。我们心灵相通,她就是喜欢这种感觉。可你把一切都毁了。你说我坏话了,对吧?你肯定骂我是变态了,所以她才在电话里吼我,还说什么报警。可我知道,她是言不由衷的。不过,那天她当着你的面吼我、凶我,我真的是寒了心。你告诉她,我们完了,结束了,我不再喜欢她了。告诉她,现在后悔也晚了。

保重吧!渣女。

然后是另一个截图:

漂亮女孩多的是,我能找到更好的。之所以对她这么执着,是因为她跟我小时候暗恋过的一个女人很像,除了我的女神比她皮肤更白,腿更细、更直……被我喜欢只是因为她身上有别人的影子,说出真相,你很失落吧?

我和她完了。无所谓,下一个更乖。

至于你,活这么大,有人追过你吗?我猜没有,所以你才看不惯我。

她不喜欢我可以拉黑我,可你问问她,为什么我不跟着她了?你连人心里的矛盾性都不自知也不敢承认,不能客观认识事物的矛盾,是限制人智力的主要原因。

他在说什么我搞不懂,让我真正感到恐慌的,是第三张:

我天生就有反侦查意识,不知道比你们强多少!如果我不想让你们发现,你们这辈子都不可能意识到有个人一直跟在身后。

别再回我了,骂我只会暴露你的浅薄。而且,你错别字太多了。

如果她真心待我,结局就不会是这样。你来回传达,最好照原样传,别给自己乱加戏那只能显得你没品!还有一些私密的东西我没法跟你讲,只有她和我我们两个人知道,赛博空间的碎片,记录了我们永恒的秘密……

读这些东西让我浑身发冷、发抖。

脑海里一闪而过的是这几天另一个热门新闻——那个因为女朋友提分手,就把她养的七只小奶猫一只只从楼上扔下去摔死的男孩。杀猫男,跟踪狂,本质上是一类人,对不对?这种人,人们喜欢简单地称之为"反社会人格",我不确定,我不知道"反社会"到底是什么意思,唯一能确定的是,假以时日,这种人肯定会做出更残忍、更可怕的事来。被这样的人跟踪了整整一个月(也可能更久?),冬冬承受着怎样的心理压力,我想都不敢想。

"如果我不想让你们发现,你们这辈子都不可能意识到有个人一直跟在身后。"光是回想这句话,就足够让人崩溃了。

我问黄杉:"后来呢?"

黄杉想了想说:"有一天,冬冬突然找我,说她感觉有个人在网上冒充她,那人用了她的照片跟一些男的聊天,所以她才会被认错,被那个变态男纠缠——那男孩认错人了!她怀疑是她宿舍的什么人干的,不确定,但那人对她很熟悉,清楚她的作息规律和出行时间……我说,那报警吧,把她揪出来。她却犹豫了,说什么如果真是室友干的,把她揪出来她肯定会被学校开除的。我说,这种人被开除不是活该吗?可冬冬却说,她不想因为自己让一个人失去读大学的机会,听到这个我就说,你他妈这就有点圣母婊了吧,她就笑起来,可心情还是很沉重。我就劝她,那你干脆搬出去住吧,她说她也是这么想的……"

渐渐地,我开始听不清她在说什么。

墙上的挂钟指向一点十五分,我盯着它,大脑一片空白。

外面有什么地方传来隆隆声,好像是工地上的打桩机,沉闷的巨响碾压着我的神经,像一根巨大的钉子锤进了我的脑袋。

来找黄杉是对的。

此时此刻,我才终于意识到是谁害了冬冬,是谁让她陷入危险而不可见的旋涡,黄杉的那句话在我脑海中反复回旋、炸裂——

"有人、在网上、冒充她。"

7

那个冒充冬冬的人,就是我。

说"冒充"并不准确,我没有那样的意图,可是,利用她的照片在网上和陌生男人聊天的人,的确就是我。不可思议,对吧?不可饶恕,对吧?但的的确确就是我。

这件事还要从头说起。

分手后,李海和我一直还保持着联系,虽然我不再爱他,可相互间的信任还在,每次他感情上出了什么问题,或早或晚的,他都会跑来找我诉苦。他第一次离婚前的分居阶段来找我的时候,诉说了和妻子的种种矛盾,还有不舍的心情,我不记得当时我给了他什么建议,他扭头开始说我:"阮金,你这人问题就在你不但不像个女的,你严肃起来我还很想叫你一声爹。"不过,等下次他又追求谁受挫或是想放弃谁心里纠结不下,还是会打电话让我帮忙拿主意。遇到这种情况,我总是尽可能帮他分析,然后坦率、直接地给出我的看法。只有一次,他跑来找我说他又想结婚了,对方是个在美院读博的韩国留学生,家里很有钱。我说,先别说你了,我正好有事想和你谈谈。

我跟李海说,几天前我去检查乳腺(这个检查我是每年必做的),门诊医生给我开了B超单子,做B超的医生做完后突然要再给我做个阴超,说是以防万一。我感觉有点怪,犹豫了一下,可心里觉得医生是权威,应该听他的,就说好。

说到这儿,我停下问李海:"你确定要往下听吗?"

李海紧张兮兮地说:"你是不是查出什么病了?"

我说:"你别紧张,是女人的事。"

他这才大大咧咧地说:"又尿路感染了对吧?交新男朋友啦?"

我让他别插话,先耐心听我说完——

"我特别恨自己当时什么都不说,这么软弱,又不断怀疑自己是不是搞错了。情况是这样的,以前做阴道超声都是裤子脱一半,负责检查的也都是女医生,动作很麻利。这次是个男医生,他让我把裤子全脱了,内裤还帮我拿起来放到一边,检查时姿势也和以前不一样,他先要我平躺,然后又叫我侧躺,屁股撅起来,手放在头上——我当时就觉得很不对劲。侧躺的那段时间真是太煎熬了,起码有两次,我感觉屁股上热热地贴过来什么又飞快移开了,可没好意思回头看。我自己也软弱,又尴尬,当时什么都没说。医生用了很长时间做这个检查,比之前时间都长很多。"

李海急了,连连说,这他妈也太奇怪了吧。可他知道我这人一向神经过敏,又安慰我:"医生眼里病人就是坨肉,应该不至于,不至于不至于。"不过,最后他还是陪我去了医院。

我们先问分诊台投诉医生该去哪儿,接待我们的是个中年护士,听我讲了经过就带我去了书记办公室。书记是个男的,膀大腰圆,说话慢条斯理,我不得不又把经过讲了一遍。书记听完让我写个书面投诉,说只有这样才能正式受理。李海态度很坚定,当时就要找那个医生过来对峙,这让我挺欣慰的,可书记没让那个医生来,说不符合程序。

写完投诉材料,我和李海下楼走到街上,胖书记又打电话叫我们回去。我们返回书记办公室,发现B超主任,还有那个医生都来了。面对这个阵势,我本以为自己会紧张到说不出话,可那个医生看起来有些心虚,手在抖,我就有底气讲了。我再次完整说了一遍经过,然后问那个医生检查姿势为什么那样的。医生没说话,主任主动解释说,每个医生都有自己的检查习惯,又说看了我病例,一侧卵巢偏高,侧躺有利于检查,至于没有第三者在场这一点,医院并没有强制规定,而手举过头,应该是为了方便身体伸展什么的,总之,我的疑问主任都一一做出了解释,是否合理我就无法判断了。肇事医生从头到尾一句话都没说,既没有道歉,也没有辩解,最后书记就让他先走了。

出来后,李海说我表现得很勇敢,他好几任女友都经历过类似情况,咸猪手啊,言语骚扰啊,基本都是忍忍就算了,只有我,眼里不揉沙子,最后,他大大咧咧总结道:"我没说错,你就是有爹之风范！"

接下来，李海又打了好几次电话问我进展，每次都喊我爹，加上院方的态度始终比较良好，慢慢这件事带给我的心理阴影也就淡了。可有一天，医院突然来电话，说我投诉的那个医生被发现在他装修的新房上吊自杀了，人没死，已经抢救过来了，就告诉我一声。

我蒙了。

为什么要给我打这个电话？

显然，他们认为那位医生自杀和我的投诉有关。

接下来很长一段时间，我不能接受自己从受害者到施害者的陡然转变，我反复回忆，努力确认，可始终觉得我当时的直觉没错，那个医生，他某个时刻的眼神我忘不了，他自杀也可能是另有隐情？但我没有勇气去医院求证。

那段时间我过得很糟，经常天人交战，反复质问自己：难道真是我错了？是我导致了一个无辜医生的自杀？他是个被我误解和伤害的好人，这种可能性反复钻进我的大脑。

由于那个糟糕的阶段一直不肯过去，有时候实在受不了，我就会去沈佼那儿借宿，找她倾诉苦闷。那时我和沈佼关系还很不错，每次她都会做一大桌拿手菜，陪我喝大。当时她住甜水园，一个人租了个两居室，虽然是老房子可社区氛围特别好，很有九十年代老北京的那种生活气息，我还挺喜欢去她家的。

有天晚上，她突然喊我去她家，到了又是一大桌菜。举杯之时，她突然一脸严肃地告诉我，她去医院问过了，也搞清楚了，那个自杀未遂的医生，他自杀根本不是因为我，而是因为一段和女同事的婚外情。我听后崩溃大哭，心里的石头总算是落了地。

那天晚上我们喝了不少红酒。我太想喝醉了，很快就上了头。抱着沈佼，我又哭又笑，心里非常感激她，那一刻，真的，我以为我们的友情又回来了。

我们一直聊到很晚，全都吐了好几番，才各自回房倒头大睡。

半夜，有道光把我弄醒了。

我睁开眼睛，感觉头痛欲裂、口干舌燥，很想喝水。这时，我发现卧室门大敞着，可我明明记得睡觉前把它关上了。我看了看拉严的窗帘，顿时毛骨悚然——弄醒我的那道光不可能是外面的车灯。这时，我听到客厅传来细微的响动，不知为什么，直觉告诉我那不是沈佼，而是一个男人。

我一闪念：是不是我睡着后沈佼找男人来了，她情人很多，但很快就意识到不可能。我赶紧闭上眼睛，假装睡着，完全不敢动。过了一会儿我听到一个声音，像是有个人在慢慢扭动隔壁沈佼房间的门把手。我壮起胆子摸到手机，给沈佼发微信："有人进来了。"

她没回。

又过了一会儿，再也听不到任何动静了，我判断那人进了沈佼的房间。我不想坐以待毙，就冒险打了110。我是躲在被窝里打的电话，接线的是个女警，她问我住址，可我只能压低声说话，讲了几次她都没听清。这时我浑身是汗，怕惊动那个人，不得不挂掉电话，为了避免警察突然打回来，还关了机。当时我脑子基本是短路了,那些别人说的、网上流传的奋起反抗的情节,根本不可信,真遇到这种情况你心里除了恐惧,什么都没有,大脑一片空白。我甚至不敢哭。

过了很久——其实我丧失了时间感——我感觉那个人来我这边了。

紧闭双眼,不发出声音,这就是我当时唯一能做的。脑海中闪过一种可能:那个人,那个男人,他可能会猛地冲过来摁住我的头,用刀切开我的喉咙……我吓得魂飞魄散,却一点办法也没有,只能继续装睡。那个人并没有走过来,而是安静地站在房门口,我感觉他在用手电照我的脸。一分钟后,他又照了我一次。其间他就那么站着,没发出一点声音。

过了不知多久,我听到他回了客厅。

他在那里停留了一会儿,五分钟,也可能更久,接着我听到入户门被轻轻打开,又慢慢关上。当我意识到整栋屋子再没有声音,我听到了自己的心跳。一直坚持数到一百我才腾地蹦起来,冲过去把卧室门反锁上。

我抓起手机,开机,正要给沈佼打电话,她的信息过来了:"他走了吗?"

"好像走了。"我双手颤抖着回信息。过了很久,我也不知道到底是多久,她发信息说:"去客厅吧。"

一到客厅我们就抱头大哭,一边哭一边赶紧报了警。

过了很久很久,感觉至少有一个小时警察才来。两个男警察。

他们先简单询问了一下情况就开始勘查现场,最后确认贼是爬窗户进来的,阳台上有他的脚印。警察中年纪较大的那个让我们清点一下财物,看看少了什么。

贼只拿了我和沈佼包里的现金,这没什么,恐怖的是,他还拿走了沈佼的钥匙!他是从阳台进来从房门出去的,出去时还把门反锁了。小警察说了些你们可够幸运的之类的话,感觉是想安抚我们,却让我们更害怕了。老警察就在一边问我们是干什么的、哪里人啊,语气很轻松,好像这种事没什么大不了的。

因为贼拿走了房门钥匙,沈佼当时就给房东打了电话。

第二天一早,房东找人在阳台外加装了防盗网,也换了门锁,可我和沈佼都明白,这地方不能再住了。沈佼去亲戚家待了几天,很快就搬走了。后来她告诉我,那个人进她房间的时候她其实听到了,她的反应和我一样,就是装睡。那人用手电筒晃了她三次,她能感觉他慢慢走到床头边,最近的时候离她应该不到一米,她能听到他的喘息,闻到他嘴里喷出的难闻气味。她觉得那个人其实知道她在装睡,可他就那么站着,看着,并没有采取行动。那一刻,她觉得自己就要死了。我说我也是,那人也用手电照了我。回忆这个细节让我们都非常害怕,后来我一直想,那个摸进房间的贼,为什么他什么都没做就走了?只有一个可能,发现屋里有两个女人,他反复权衡了其中的风险,如果那天晚上只有我或只有沈佼,情况就不好说了。他站在房门口犹豫的那三分钟,他用手电筒照我们脸的那几秒,他的某个闪念,实际上决定了我和沈佼的生死。

即便现在想起这件事我还是会忍不住后怕,脊背发凉,以前我是个不怕黑的人,那之后直到现在,我睡觉从不关灯。

那是我想从记忆里挖掉的一天。它意味着我第一次对独身生活感到恐惧,有段时间我甚至考虑离开北京,因为走在熟悉的街上我不再感到安全,坐出租车我不再和司机闲谈,走夜路会忍不住一直往后看,有时睡着觉会猛然惊醒,看到床头站着一言不发的黑色人影。

如果没有那天,冬冬应该还好好坐在我对面,因为,就是在那之后我注册了"百日甜",我想要一个强大的爱人,这就是整件事的开始。

"百日甜"是个交友软件,最早其实还是冬冬推荐给我的。她说,你现在最需要的就是大量社交,广泛接触男人,这玩意儿简直就是为你量身打造的!当时我还开玩笑说,只能百日甜啊?这合理吗?这吉祥吗?可冬冬说,谈个恋爱能甜蜜足足一百天,已经很幸运了好吗!

她甚至手把手教我怎么用。

折腾几天之后我发现了问题所在:我目的性很强,可男人们目的性更强,他们有的比较谨慎,旁敲侧击半天才会亮明主题,有的则上来就问:约吗美女?还有的干脆直接上裸照,生殖器旁边放个易拉罐。什么意思?是想让我给他们割包皮吗?

就在我考虑放弃的时候,有个人加了我,我一看,嘿,匹配度高达99%!他主动和我打招呼,说话挺有礼貌的,我想了几秒,决定再试最后一把。没想到我们竟然一口气聊了半个小时,他挺会逗我笑的,没有那些不着四六的调情,我抛出去的话题他也都接得住。后来,他说想看看我的生活照,没P过的那种,我想都没想就发过去一张,是我运动时的照片,攀岩,我自己感觉还蛮帅的,是我最满意的一张近照,可他突然来了句:"这真是你啊?"

"什么意思?"

"真是你?"

"是我啊,怎么啦?"

"啊,微坦。"

我以为他是在调侃我平坦的胸部,后来查了一下百度,才明白他是说我体重过大,不是重型坦克,是微型坦克。男人侮辱女人的方式,真是千奇百怪、不可理喻。不过,受到如此粗鄙的羞辱我并没有发火,相反,我很想和他好好谈一谈。可是,当我字斟句酌写好很诚恳的一段话,发出时才发现,他已经把我删了。一开始我以为是他限制了回复,结果真是始料未及,整个没了,晚上十点还在,突然就没了,就好像刚刚发生的事都没发生过,这个人根本不存在一样。我气炸了。这也太侮辱人了。

我要报仇!

说干就干,我用另一个手机注册了新号,至于网名"饿兔子跳",它其实是软件随即生成的,这大概是社交软件对用户隐私的某种保护措施,比如,我看到有个家伙叫"寄居蟹拿大顶",还有叫"荷花砍头行动""绿茶减脂火烧连营"或者"番茄拜火教"的,而我点击生成的时候，就蹦出了这个让我颇为心动的名字："饿兔子跳"。我越想就越觉得神奇，"饥饿的兔子跳起来"，这不就是我吗？我本人的精神写照！这是互联网、大数据赐予我的名字！接着，我又急中生智把习惯的卡通头像换成了冬冬的长腿照，准备钓鱼——就是这个小小的动作，彻底改变了后来的一切。

果然，很快就有男的主动跑来搭讪了，全都很主动，很热情，爱意满满，然后是更多，简直源源不断，可他们都不是我的目标。终于，第三天晚上，我钓到了那个嘲笑我又把我删除的家伙，他叫"鲇鱼梦见未来"。呵呵，鲇鱼兄弟，你就等着我火力全开吧！既然锁定了目标，我反而变得很有耐心，我先是让他感觉我有点喜欢他，对他很感兴趣，等他渐渐上了头，我才突然出击，痛痛快快羞辱了他一番，用到了我能想到的最肮脏、最卑劣的字眼，接着以迅雷不及掩耳盗铃之势（天哪这个古早的网络用语），我把他删了。

以其人之道还治其人之身，复仇之箭，一击命中。

爽啊！

这件事很荒唐，本该到此为止，可是，当我完成了复仇，准备注销"饿兔子跳"这个号时，有个男孩和我配对成功了。是他先跟我搭话的，他叫我小姐姐，他说：小姐姐，你睡了吗？我没有迟疑，立刻打开了他的相册：茂密蓬松的头发，略微下垂的眼尾，一笑牙齿雪白，活脱脱一个野生小栗旬啊！头脑一热我就和他聊了起来，结果，一直聊到了天亮。

第二天中午，一觉醒来我神清气爽！

小帅哥发消息向我道午安，我愉快地回了个午安。到了晚上，他又主动找我聊天，并急切地说："兔子姐姐，我感觉我已经迷上你了。"我傻吗？他迷上的当然是冬冬，准确地说，他是被冬冬的美照给迷住了。我第一反应就是把他拉黑，然后清空、注销账号，这么做才是对的，可这时我又犯了另一个致命错误，我一时心软没那么做，不但没有还和他聊起来，聊了整整一夜，然后是又一夜，又一夜……

我因为外貌被人取笑、嫌弃，可换上冬冬的头像吸引了一个男孩，却因为他长得帅和他放肆聊天、大胆调情……我和那些浅薄、粗鄙的男人，有区别吗？当时我还真的认真思考过这个问题，结论是：有区别——我被男人的英俊吸引，这是人之常情，可我不会因为一个男人不帅就挖苦他、羞辱他，甚至以此为乐，对吧？

时间过得飞快，一个星期转眼过去了，我乐此不疲，拒绝见面也绝不视频，借口是不想太快，为了把戏做足还对他说了些诸如"我是个慢热的人"之类的屁话，感觉像是在欲擒故纵。其实我非常心虚，不得不特别谨慎小心，为了不暴露真实身份坚持不见面，可谈话内容却越来越露骨。这整个过程中（三周左右）我享受到了久违的被年轻异性狂热追求的愉悦，当然，也有强烈的不安和羞耻，更重要的是，到了后期他执意见面几乎到了发狂的程度，我开始慌了。一天晚上，都凌晨三点了他突然给我发来很长的信息，第一句话就把我吓死了，他说："兔子姐姐，对不起，有件事我一直在骗你，其实，我是个残疾人。"

我不得不先深呼吸几下，才敢往下看。

他说："初三的时候，有次周六补课，我在校门口遇到个同学，他和一个外校男生争女朋友，不知怎么打起来了。其实我和这个同学关系也一般，可当时脑子一抽就冲上去，没想到对方掏了刀子，直接就捅我，伤到颈椎神经，司法鉴定二级伤残，颈椎4、5节受损，高位截瘫，现在出门得坐电动轮椅……所以，我给你发照片，都是半身。对不起兔子姐姐，你能原谅我吗？"

我真厌了，半天不知道回什么。可这种情况不回也说不过去吧，于是我故作轻松地说："看不出来，当年还挺猛的呢你。"

他秒回几个笑脸，"是啊，刚当上混混就翻车了。"

我问："后来他怎么判的？"

他说："未成年，没判，就赔了点钱，多少不记得了……他家也穷。"

这时候我就只能没话找话了，我说："我有个哥哥，以前也很猛的，有次给我出头想教训几个十四五岁的小混混，结果混混拎着西瓜刀跟他玩命，我哥见势不对撒腿就跑，后来和我说，这一跑是他人生的一大污点，被几个小鬼追几条街，可心里确实也是怕，毕竟小鬼砍死人都不用负法律责任的。"

他大笑着说："是啊是啊，妈的。"

这个瞬间，我感觉那种尴尬紧绷的气氛给打破了，可随后他半天都没再说话。过了很久，他突然发来一句："兔子姐姐，其实，遇到你之前我已经不想活了，药我都准备好了，是你让我又有了活下去的勇气。见个面吧,求你了。"

求你了。

求你了。

求你了。

我真怕出什么事,就把他删了。

这是现实世界给我的一次严厉警告,可我竟然轻易放过了自己。

尽管也有隐约的担忧,可当时我确实没太想过后果,没认真想,因为这个游戏真的太刺激,太上头了,它危险、不道德,而危险和不义也带来加倍的刺激。一旦突破心理防线,我反而变得更主动也更有策略,我开始有意识地丰富社交平台上的个人信息,使"饿兔子跳"这个 ID 更像是个真实存在的人,"她"既有冬冬靓丽的外貌,又有阮金敏捷的头脑。隐藏在这个虚拟身份之下,我发现我写剧本、讲故事的天赋也得到了前所未有的发挥,是的,我创造了一个不存在的人,一个迄今为止我写过的最精彩的角色!我要做的只是动动手指,登录,打破虚拟和现实的边界,只要我足够小心,我可以永远是她,"她"既不是冬冬也不是阮金,而是一个理想的"第三个人":饿兔子跳。

我疯狂爱上了这个游戏,难以自拔。

其间我也动摇过。有一次,洗漱时看着镜子里的自己,我突然感觉身体里有种东西在疯狂向上涌动,我意识到自己疯了,我怎么能干出这种事呢?我怎么能允许自己如此堕落?我告诫自己,你必须到此为止！老老实实去找个真正的男朋友，建筑一段良性的亲密关系，彻底结束这一切。之后我确实也采取了一些措施：每周五次去健身房骑动感单车，摘掉框架眼镜戴起隐形，逼自己社交，参加一个又一个我根本不喜欢也不想去的聚会……可是，真的太累了，得到的奖赏又极为稀薄，这种"健康的生活方式"并没有让我变得更好，反而让我的心理严重失衡——现实中，不管我怎样努力，我有兴趣的人就是对我没兴趣，我甚至怀疑如果我是男人可能也不会爱上我，包括升级的我，优化的我，任何一个版本的我。

很快，我又重蹈覆辙。

我给自己定了几条规矩，其中最重要的就是：在不得不见面之前，无论多么不舍，都必须果断将对方拉黑、删除。这很卑鄙，让我感到羞耻，可羞耻有时也会令人逆反，成为行动的催化。我心里很清楚，这个"游戏"不可能给我带来良性的关系，可慢慢地我学会了在这种基于欺诈的关系里只吸取有价值的部分，对我有利的部分，令我身心愉悦的部分，我尽情享受它，近乎贪婪，然后在危险来临前全身而退。

万万没想到，这个"游戏"我竟然暗暗持续了两年。

几个月前冬冬开始直播，我第一反应就是恐慌，所以才想说服她放弃，可因为她冲我发火，我妥协了。之后我结束了那个游戏，但接下来她在短时间内收获了大量粉丝，又让我的担忧再次达到顶点。我一直害怕会发生什么，比如事情败露，冬冬唾弃我，但我没想到噩梦最后不是落在我头上，而是直接降临在了冬冬的身上！

黄杉告诉我的一切都让我害怕。我怀疑冬冬去鼓州岛是和一个男人见面，可之前我从没想过这种可能：她去岛上见的人，就是曾和我"网恋"过的男人中的一个。这种可能性是如此明显，为什么我没有更早意识到？

我强迫自己冷静，努力回想，用冬冬的照片和"饿兔子跳"这个网名，两年里我究竟接触过多少男人？太多了。太多太多了。多数人我转眼就忘了，可现在，我不得不在这片幽暗的记忆池里打捞可疑人物。

慢慢地，我发现有三个男人开始不断浮现……

我手机里还存着他们的照片。我请黄杉辨认，但很小心。我问她这三个人里有没有那个跟踪冬冬的男孩？她回说，没有。听到这个回答我心里多少有些安慰，可"跟踪男"的出现足以向我证明，网络和现实之间的那面墙早已破裂、坍塌，有人从"饿兔子跳"的网络空间侵入到了现实，其中一个，至少一个，接触并伤害了冬冬。

必须找到他，找到那个绑架者。

我应该去见他们，这三个嫌疑人，我必须亲自动手，逐一将他们排除。我在日记本上写下他们的名字，在后面都打上一个问号——

伯爵？

赖小光？

卢群？

8

我和警察打过交道。很多次。这是我第一次感到怕警察。

一上午，我满脑子里想的都是那三个嫌疑人，他们的样子、声音、说话方式，他们和我"交往"时的种种举动、决策和小的细节，我回忆并分析，试图找出谁更危险，谁更具有黑暗的一面，谁最有可能是那个因为对"饿兔子跳"怀恨在心而对冬冬下手的人。

昨天晚上，我从书架上找出旧手机（之前和他们联络用的那个），又仔细翻看了所有聊天记录（万幸，我都没删），回忆起的一些事坚定了我对这三个人的怀疑，我越来越确信自己不是杞人忧天或想象力太过丰富，盗用冬冬照片这件事是我亲手在生活里埋下的可怕种子，现在，它结出了恶果。强烈的负罪感压迫着我，让我呼吸困难，可我提醒自己，现在不是你内疚、自责的时候，你要冷静，多多考虑该怎么做才能不动声色地和他们重新建立联系，怎么试探，排除谁、锁定谁……思考这些搞得我既兴奋又惶恐，我不敢想如果猜测最终得到证实，我该如何面对？会发生什么？如果冬冬出事真是因为我，是我将一个凶手引向她，是我把危险注入了她的生活，我能否承受这一罪孽？这种时候，我尤其不想见到警察，所以，当前台过来说一位警官正在接待室等着见我，我一下就慌了。没想到是个女警察。

该庆幸她不是穿警服来的，否则我会更恐惧。

看上去她有四十多岁，短发，肤色偏暗，肩很平，而背部十分挺拔，整个人有种职业运动员的净爽气质。我转身躲在角落，先做了几下深呼吸，感觉能控制好情绪和表情了才走过去。我问她找我什么事，她说她叫辛捷，是为阮冬冬的事来的，但立刻又解释说她不是负责调查这个案件的警官，而是受人所托私下来向我了解一些情况。

受人所托？

受什么人所托？

其实，我脑子里立刻就蹦出了一个答案，可拿不准要不要马上问。

"你别紧张，阮金，"她掏出警官证递给我，"我只想问你几个问题，你是她亲姑姑，她在北京就你这一个亲人，你应该明白，我迟早都会来找你。"

我实在不想在公司里接受警察的盘问，就问她："楼下有家咖啡馆不错，警察可以去咖啡馆吧？"

她笑了，"你别紧张。"

我们在咖啡馆才坐了十分钟，她已经问了我无数问题。显然，她事先经过准备，因为她的问题在逻辑上是层层递进的，很有技巧，通过几个问题的答案互相对照,她在判断我有没有撒谎。很快,我意识到她对冬冬情况的了解超出了警察目前该掌握的,比如她一上来就问到冬冬的前男友刘冰,问他最近有没有回过国?有没有和冬冬联系过?还有,她问到冬冬租房的事,她甚至知道房租是我付的,又问我为什么要给冬冬租那个地段的公寓,她有没有和什么人同居,等等。她是怎么知道这些的?

我终于还是忍不住问她:"是周媛找的你,对吧?"

她看着我,像在思考,但更像是在审视。在我马上要忍无可忍的时候,她忽然换上一种刻意的轻松口吻说道:"没错,是周媛找的我,我和她是老同学,有段时间我们两家是邻居,门对门。可这不重要,重要的是我们都想尽快找到冬冬,对吧。我来就这个目的,没别的,你没必要紧张。"

没必要紧张?这所谓的调查不就是调查我吗?查我什么?周媛怎么能这么对我?同时我又非常害怕,对自己说出口的每句话都很不满意。从我意识到辛捷在对我使用审讯技巧,我就非常小心,回答问题时避重就轻,但尽量确保说的都是实话,因为只有这样才不会被她的问题绕进去,可继续下去我肯定会遇到不得不撒谎的时候,我会犯错,会露出破绽。在一个警察面前,我的心态不知不觉切换成了罪犯,这让我越来越不舒服,胸口阵阵发闷。好在这时我收到一条短信,其实是垃圾短信,可我借口公司有急事必须马上去处理,没想到她说:"没关系,那我等你。"

她真的就在咖啡馆等了我一下午。逃避已无可能。我提出请她吃晚饭,边吃边说。她说:"行,但我得先抽根烟,憋一下午了。"

看她吐着烟雾,我问她:"你是刑警?我还没见过女刑警呢。"

她说:"以前是刑警,但现在是户政科的民警。"

我继续没话找话:"那,工作量肯定很大吧?"

她看了我两三秒,忽然忍不住笑起来,"行了阮金,你别套我话了,我正休产假呢,可周媛有事,我得来啊。"

"产假?"我有些狼狈,没掩饰住诧异。

她又笑了,"我这个年纪,有的人估计都当奶奶了,我才刚当上母亲。"

我尴尬地说:"高龄产妇,很不容易吧?"

"你是觉得非得接这个话,还是真的想知道?"

我狼狈地摇摇头,"可是,哺乳期啊,你是不是就别抽了?"

"你说得对。"她熄灭了手上的烟。她看着我,思考片刻,然后说,"冬冬的事,周媛说的一些情况我并不完全相信。我来找你,就是想尽可能多地了解阮冬冬的情况,尤其是最近的,她失联之前的,这你得帮我。"

"周媛都跟你说什么了?"

"她说你有事瞒着她。"她盯着我的眼睛,"她说,冬冬要是自己躲起来了,那你肯定知道她在哪儿。"

"要是那样就好了。"我苦笑,"第一,我确实不知道冬冬现在人在哪儿;第二,周媛这样,我觉得我有权拒绝回答你的问题。"说完我准备走人。我不是装装样子,我是真的受够了,可辛捷疾走几步,拉住了我。

"任何一位母亲遇到这种事，都会崩溃、会失控，你不能怪她。"

"我没有怪她，我只是……"

辛捷点点头，"我知道，你也很担心周媛。"

她又点上了一根烟，接着从周媛小时候经常搬家说起，突然变得婆婆妈妈起来，之前的冷峻都不见了。她谈到周媛早年的一些情况我还是头一次听说，我很震惊，比如，周媛上高中前经常搬家，光初二就搬了四次，整个小学、中学时代她都没有朋友，只有妈妈。她们之所以如此频繁地搬家，是因为她的父亲有酗酒和赌博的问题，离婚后她爸还一直不断骚扰她们母女。有一次，辛捷和周媛正手牵手逛街，周媛爸爸突然从街对面冲过来，一巴掌打掉周媛手上的冰激凌，揪着她的衣领骂她，就因为他刚输了钱，心情不好。这种日子直到有一天他喝个烂醉，骑电动车钻进拉沙子的卡车轮子底下被碾死才彻底结束。我知道周媛早年丧父，可没想到真实情况是这样。

作为一个警察，辛捷说话确实很有策略，短短几句话就能激起很多想象，最后她说："所以你要明白，有过这样的经历，周媛性格里确实有很极端的一面。说出来你可能不信，其实她已经十五年没给我打过电话了，所以，现在她来求我我没理由不帮她。"说着，她忽然话题一转，问我，"能带我去冬冬住的地方看看吗？"

事已至此，我很难再找理由拒绝。

我们回到写字楼，乘电梯来到地下停车场，上了她的车。这个过程中我产生了一些动摇，我意识到告诉她冬冬的一些情况，一些我可以说她也迟早会问到的情况，也许是必要的。但首先，我想让她明白周媛对我的怀疑是基于一个误解。我告诉她周媛计划送冬冬去英国读书的事，她准备了很多年，已经安排好了一切，事到临头冬冬却突然要来北京读大学，可这并不是因为我，而是因为刘冰。当我说："高一她在校园广播站当广播员，两人就是那时候开始的。"辛捷突然兴奋地打断我，"巧了，高一我和周媛也一起在广播站做过播音！"

我看着她。

她咧咧嘴，"对不起，你接着说。"

我告诉她刘冰比冬冬大，所以他比冬冬早两年考到了北京，也许是距离产生了作用，冬冬对他的痴迷反而与日俱增。后来，冬冬来北京的态度越来越坚决，可高考成绩却并不理想，来了也只能上很一般的大学。周媛找她摊牌，说可以再给她一次机会，不料冬冬当场拒绝，周媛暴怒，和她大吵，她让冬冬写个保证书，以后再别跟她说话了，说她们母女还不如陌生人。冬冬说她不写，周媛要写就自己写，结果周媛一赌气真就写了，写好签字，又让冬冬签。冬冬看她来真的，气也上来了，飞快写了一句话，然后签上名。周媛看到她写的是：我是你女儿，可你爱的是你女儿不是我。整个过程，从始至终阮文都坐在旁边看电视，体育频道转播的斯诺克比赛，一句话也没说。冬冬后来告诉我的时候说了一句话我永远忘不了，她说："你说我爸怎么了？他真的是我爸吗？"

我告诉辛捷，我当时就觉得冬冬很厉害，"我是你女儿，可你爱的是你女儿不是我。"这句话,托宾小说里也写过类似的,妈妈大雪天离家出走,对丈夫和儿子们说的最后一句话是:真后悔认识你们。

辛捷听完叹了口气,没有说话。

我问她:"你和周媛是好闺蜜,为什么中间十五年都不联系? 发生了什么? 一定发生了什么,对吧?"

辛捷没有回答这个问题。她继续沉默,像在想着什么。过了一会儿,她突然问我:"你和你哥关系怎么样?"

"哪方面?"

"冬冬放弃出国,他是什么态度?"

"他的态度就是没有态度。"

"什么叫没有态度?"

"冬冬出国他支持,不出国他也不反对,他那人就是这样,他们家的事无论大小,其实都是周媛做决定的,阮文就只负责执行。"

"听上去像个好老公。"

"你管这叫好老公?"

"不是吗?"

"你和你老公也这样?"

"我们……离了。"

"……那孩子?"

"我决定生,他不想要,我们双方都很坚定……"她停下来,转过脸来看着我,"这个有机会我们可以好好聊,现在说回正事,你哥,阮文,他和周媛的感情怎么样?"

这个问题很突兀，可我还是认真想了想。

和现实中所有的夫妻一样，阮文和周媛的真实关系对我来说，很神秘。或者说，我只能用神秘这个词来形容。周媛，当年她那么漂亮（现在也是），追求她的人不乏有钱的，有权的，帅的，选择嫁给我哥这种沉闷的男人，简直不合情理。阮文是哪种人呢？就是那种总是在场却又总是缺席的男人，就是没有女人希望自己老公是这种人的那种人，估计阮文自己都不希望女儿跟自己这种类型的男人结婚。阮文和周媛，按理说，这样的两个人根本没道理走到一起。还有就是，他们家庭内部的运行方式，大事小事都是周媛一手掌握，这一点我妈在世时就一直看不惯，这种情况在很多家庭司空见惯，当然会带来一些问题，这些问题在冬冬中学时代被一再隐藏和掩盖，却在她离家读书后渐渐浮出了水面——未经周媛同意，阮文动用冬冬的留学基金和朋友合伙开了公司，不但不赚钱，还一直血亏，这件事造成他们夫妻之间很深的矛盾，可以说是雪上加霜，可不知为什么，纷争慢慢又平息了。我问过阮文究竟发生了什么，他不肯说。这些我都知道，可我不想在一个陌生人面前评价我哥嫂的关系。

见我半天不开口，辛捷突然说："阮文在外面有人，这你知道吗？"

我笑了。这真就是我的第一反应，下意识的反应，因为我根本不相信。阮文，出轨？这怎么可能呢？我简直都忍不住想大笑了，但我绷住表情，平静地说："我不知道。"

"你不相信，对吧？"

"对，我不信。"

"可这是事实。周媛很早就知道了。她给我打电话，第一件事就是让我去查那个女人最近几个月的通话记录。我不想查可我必须查，因为我必须搞清楚冬冬的失踪是不是和那个女人有关。"

我吓了一跳，"结果呢？有关吗？"

"我觉得没有。"

她跟我讲了理由，她告诉我那个女人的一些情况，没什么特别的，她是阮文公司几个合伙人之一，离过一次婚，自己带个九岁的男孩，阮文偷偷和她在一起已经快两年了。

"两年！"

"对，也可能更久。"

我感到震撼，大为震撼！我需要时间消化这个大八卦，可辛捷没有停，继续说："我认为她没有动机伤害冬冬，她的通话记录也没什么疑点……"

"等等，"我打断她，"她是不是叫李雪？"

"你不是不知道吗？"

我确实不知道，可你要说我哥出轨了，阮文，他出轨了，那对方就不会是别人。李雪是他前女友，那都是十几年前的事了，她和阮文是高中同学，当年差一点就成了我嫂子。李雪大学毕业去了旅行社，还和我哥谈恋爱的时候曾邀请我们全家去九寨沟旅游，那是个活泼开朗、能说会道，也很会照顾别人感受的女人。我能看出来，她很爱阮文，可阮文最终却选择了周媛，或者说，不是他选择了周媛，是周媛选了他——她是从李雪手里把他抢走的。

我很意外阮文会出轨，一来我认为他不是那种人，二来，他有那个胆量吗？以阮文的个性，他根本就应付不来那种复杂的局面。我只能大胆推测，除了久别重逢后李雪很主动，阮文和周媛真实的感情状况也已经恶劣到了一定程度。不过，从一个外人嘴里听到这件事我还是很难过，我为阮文难过，也为周媛，当然也为李雪。我一直觉得，哥嫂的婚姻并不幸福，和现实中很多夫妻一样，他们只是努力维系着表面的稳定祥和，可真实情况已经溃败到了这种地步，还是让我不知所措。

我很喜欢李雪，可我也许更喜欢周媛。

大学毕业那年，有一次周媛专程跑到厦门看我，刚好李海也在，我们在大学路一个海鲜小馆吃饭，周媛带了家乡特产三炮台，她特意要来开水亲手冲泡，还给李海敬茶，拜托他一定要照顾好我。当时我差点就哭了。我人生的第一台电脑是周媛从深圳寄给我的，它陪我看过全套《老友记》《康熙来了》和上千部电影，打过植物大战僵尸，还写了毕业论文。

毕业后我留在厦门的那段日子，有次周媛到厦门做培训，两个月吧，当时我一个人租房住，她经常过来陪我，给我擀面条，炖羊肉。这期间我们发生过几次特别激烈的争吵，我们互不相让，都觉得很受伤，后来她培训结束，走的时候竟不辞而别。再后来，因为距离拉开慢慢我们的关系又缓和了。她告诉我，她第一次很看重我，是因为过年有亲戚在我家聚餐喝酒，见到新媳妇免不了要灌酒，阮文不敢顶撞长辈，只有我站出来帮她挡酒。

周媛生了冬冬之后，我们聊天就再也离不开冬冬了，身体怎么样、学习怎么样……周媛经常抱怨，说冬冬的性格一点也不像她，非常予取予求，比如她或阮文的朋友来家做客，送冬冬东西，她从来不客气，都是直接拿下，有时候看到大人头上身上戴着特别的东西，还会主动伸手要。周媛觉得懂事的孩子就该让妈妈买，而且要等客人走了私下跟妈妈说。我告诉周媛，我在这一点上跟她一样，可我并不觉得这是什么美德，想要又不说，憋在心里无声发酵到酸，有什么好的？反而冬冬不受拘束，从来不怕被拒绝，被拒绝了也不会心存怨恨，下次照样我行我素，她从小就行事主动、目中无人，这其实非常难得。周媛听了略感欣慰，还说我以后要是当了妈妈，肯定比她强。

我作为和周媛介于晚辈和平辈之间的人，一直觉得她是个很不错的女人，性格坚韧，目的性很强，所有重大决定都充满感性力量，可冬冬对她的评价却差很多。有很长一段时间，我觉得要求一个女人必须成为母亲是这个世界上最大的陷阱，回想我自己的妈妈，如果她不是我妈，我对她可能也会有更高一些的评价吧，我自问，如果我当了妈妈，既不可能比得上我妈，也不可能比得上周媛。

摧毁这一切的，其实还是她送冬冬去戒网瘾学校那件事，我觉得她一定是昏了头。冬冬确实有网瘾，可无论如何周媛不该设下"网恋"的圈套，没错，她假冒一个少年，和冬冬网上聊天，搞暧昧，然后又以此为由把冬冬送进了集中营，这太恶劣了。更糟的是，当我把冬冬解救出来，当我希望周媛能坦诚面对自己的过错，她却没有恢复理智，反而把矛头指向了我。她这么做不仅伤了我的心，其实也伤害了冬冬，也许周媛心里是内疚的，但她却用她一贯的强硬回应我，这让我无法原谅。矛盾一旦产生，隔阂只会越来越深，最终形成一道鸿沟将我们隔绝。往事错综复杂，难以启齿，我该怎么和辛捷解释呢？

辛捷把车停在公寓楼下。上楼前她又抽了根烟。

"给我也来一根。"我说。

在抽烟的这几分钟里，我们都没有说话。

一走进公寓辛捷就四处查看，她非常仔细，不放过任何角落，这给我带来极强的压迫感。跟在她身后，我的心情非常复杂，像是在目睹自己的一部分被人侵犯。我观察她，分析她，随时小心回答她提出的问题，通过这些提问和质疑，我也试着用一个警察的视角，重新审视冬冬的住处。

"你说她单身？"

"对。"我坚持之前撒的谎。

"你确定？"

"你看出什么了？"

"这地方不错，不大，可挺温馨的，能看出来，她花了不少心思……瞧这书架，这些书，它们的排列方式还有这些娃娃……她喜欢这儿，很想营造一种家的氛围……我有种感觉，她不是单身，她在谈恋爱。"

我吃了一惊,有吗? 为什么我没感觉到?

书架? 从书架上能看出这个来? 那里整齐摆放着很多非虚构类书籍,有些赫赫有名,还有法律、哲学和心理学方面的书。我正快速浏览,辛捷拿起一个白色相框捧在胸前仔细端详起来。那是冬冬初三那年他们一家三口去上海迪士尼拍的照片,那天是冬冬的生日。看了一会儿,她由衷感叹道:"周媛的基因真强大,冬冬长得也太像周媛小时候了。"

"是啊,她们都是超级大美女。"

辛捷眼睛还盯着照片,却突然问我:"她搞直播是不是赚了些钱?"

我心里一沉,"你怎么知道她在搞直播?"

"周媛告诉我的。"

"她知道?"我大吃一惊。

"是啊,你觉得她不知道吗?"

"我以为……我和冬冬都以为,她不知道。"

辛捷点点头,"没错,这就是周媛,永远也别低估了她。她知道,她什么都知道,她很不喜欢,很不高兴,可她说她还没有想好该怎么和冬冬谈这件事。你还没说,冬冬直播收入怎么样?"

"还行,才开始没多久,几个月吧,好像有些打赏的收入。可她不是每天都播,你知道她直播的内容吧,她说天天播,太毁皮肤了……"

"仿妆。"辛捷点点头,"那有没有那种,特别死忠的粉丝? 比如出手过分大方的人，榜一大哥什么的。"

"榜一大哥？"

"你不会不知道什么是榜一大哥吧？你可是个编剧。"

怎么早没想到这个？我心里一阵懊恼，想到这个的应该是我啊，我决定等她一走就先查查这个，但现在我只能实话实说："应该有吧，我没留意。"

"冬冬平时很听你话吗？"

"她是成年人了，我们也不是那种长辈、晚辈的关系。"

"那她搞这个，你什么态度，反对吗？"

"你说直播？"

"对，信息公开，也很容易树敌。"

我说我不反对，我说这是冬冬自己的事，我没理由反对。尽管我心里清楚，当冬冬开始直播的时候，给我带来了多么大的恐慌。

辛捷还在不断提出新问题，有些问题开始变得刁钻，但我始终很冷静地回答。慢慢地，她的问题开始集中在冬冬的感情生活上：刘冰是个怎样的人？家境如何？他和冬冬的感情怎么样？后来为什么分手？分手时有没有发生什么不愉快？学校里是不是还有其他男孩在追求冬冬？校外有没有？面对一个警察，我发现我越是把冬冬的一切说得更多就越感觉自己对她完全不了解，她变得越来越飘忽，难以捕捉。

关于冬冬的亲密关系，我只确切地知道一个人，就是刘冰。刘冰和冬冬分手发生在一年半以前，当时刘冰面临毕业，他放弃考研，决定出国，几次想和冬冬提分手，却腻腻歪歪、吞吞吐吐，冬冬弄清他的意思后表现得相当干脆，并没有强行挽留。

"你觉得，刘冰可疑吗？"辛捷问。

她终于直截了当地问了，我也直截了当地回答她："人在英国，即便在国内，我也觉得他和这事没关系，他不是那种人。"

"哪种人？"

我想了想，说："大一的时候，冬冬带他见过我，两三次吧，我对他印象还可以，标准的帅哥，干净、清爽，但是是那种，他哥们看到他和冬冬在一起会说'你镇不住你女朋友'这种话的那种男生，一种庸俗的说法叫什么，小奶狗？"

"所以，你是觉得刘冰配不上冬冬？"

"不是配不上，是不匹配。"

"这不一样吗？"

"不一样。"

辛捷让我把刘冰的联系方式全给她，包括微信、电话、Facebook，只要是我知道的都告诉她，然后她问我："冬冬走之前，有没有跟你说起过什么让你觉得反常的事情？"

"没有。"

"你不要回答得这么快嘛，"她看着我，"感觉就好像你在等着我问这个问题一样，你整晚上都是这个状态。"我想解释，想敷衍过去，可她又继续追问道："她本来约好要和一个叫黄杉的女同学一起去鼓州岛，为什么临时找了个借口自己去了？走之前，她没跟你透露过？"

这次我故意停顿了两三秒，然后才说："我昨天去见了黄杉。"

"你昨天去见了黄杉？"

"对。"

"那她有没有跟你说，有人在冒充冬冬？"

这个问题突如其来，我汗毛都立起来了——难道说，辛捷此次来访的真正目的是这个？显然，她比我想的更早也更深地介入了这件事。我不敢迟疑，立刻假装淡定地说："说了，可我不太相信。"

"不相信？为什么？"

"因为，冬冬从没跟我提过。"

"……她什么事都跟你说吗？"她的语气又变得像是在审犯人了，"假设这件事是真的，有人在冒充冬冬，利用她的照片在网上行骗，她知道了，可她没告诉你，而是让你帮忙租公寓，从宿舍里搬出来，那她有跟你解释过为什么搬出来吗？她没跟你解释，对吗，问题是，她没解释难道你不问吗？怎么可能不问呢？"

这一连串问题咄咄逼人，让我彻底慌了。她在怀疑我，是的，她怀疑。情急之下，我只好岔开话题，问她："阮文出轨的事，冬冬知道吗？"

"不知道，"辛捷冷静地说，"周媛认为她不知道，可究竟知不知道只有等找到她听她自己是怎么说了。阮金，你不要岔开话题，你还没有回答我的问题。"

9

直到十一点半辛捷才离开,她说接下来她会重点去查一下刘冰。临走她撂下一句话,她把每个字都咬得很清楚,是想让我明白这并非建议而是一道命令:最近别离开北京。

我走到窗口,看到她上了车,可她并没有马上离开。不久车窗落下,烟雾飘出。我猜她应该是在打电话,打给周媛,向她汇报今天的发现。情况很明显了,辛捷在怀疑我,怀疑我和冬冬的失踪有牵连,可以肯定的是,她会再来,也许很快就会。我感到一种无形的巨大压迫,我被盯上了,作为嫌疑人被一个警察盯上了,这种感觉我从未体验过。让我感到最难以承受的是,她是周媛"派"来的,这让我变得非常孤立。

我打开冬冬的抖音,播放她置顶的那条视频,同时显示出评论区,想找找看有没有表现异常的粉丝,可是,再次看到她鲜活的样子、听着她熟悉的声音,泪水渐渐模糊了我的视线。

冬冬还很小的时候,每次开学我从家走她都嚷嚷着要送,送一次就大哭一场。有一年暑假结束，我走的时候她还在睡，我们特意很小动静，怕吵醒她，可才出门她竟大哭着追上来，说我偷偷摸摸走，是不是永远都不回来了？周媛、阮文都哭笑不得，我偷偷问周媛，你出差她也这样吗？周媛说没有，一次都没有。

有一次，我生活费不够了，周媛偷偷塞给我几百块，冬冬看到说要截和，因为周媛不让她买新衣服，却给我钱。我逗她说，那姑姑没钱吃饭了怎么办？冬冬说，我是小孩，你是大人，你自己想办法吧。有段时间我和冬冬都迷上了轮滑，每天晚饭后都会去小学操场上玩，冬冬喜欢喝旺仔牛奶，如果我买来的是别的，她就坚决不喝，她说这叫宁缺毋滥。突然回忆起的这些小事让我心惊肉跳，很多东西都是在消亡或快要消亡时我们才会思考它究竟意味着什么……这些我以为早已遗忘的细节，现在想起来，好像当事人已经不在，而我在缅怀她一样。

那条置顶视频，冬冬讲的是她和一个女生互抽耳光的事，她一边教大家如何快速处理脸部的水肿问题，一边云淡风轻地说着那段经历。那个同级不同班的女生怀疑她勾引了自己的男朋友，主动跑来挑衅，结果两人互抽对方六个耳光。冬冬说："这种类型的水肿，在第二天早上是最明显的，想避免，头天晚上就必须冰敷！"她把这两件事联系在一起说，非常黑色幽默，好多网友都问她，那后来呢？后来，冬冬说，我告诉她我没勾引她男朋友，是她男朋友在骚扰我。网友问，那她相信了吗？冬冬说，没法不信，抽完耳光我给她看了那男孩发我的微信，然后，冰敷去水肿的办法还是她教我的，没错，最后的结果是我俩一笑泯恩仇，成了特别好的朋友。

这件事冬冬跟我说过，那个和她因殴斗结缘的女生，正是黄杉。关于高中时代的八卦，冬冬跟我说过好多，她被各种乱七八糟的男生追求，整个初中、高中部都流传着她很多奇闻轶事，有些近乎传奇。冬冬确实很招男孩子喜欢，而她总能干净利落地处理掉。"都是跟周媛学的，"冬冬大笑着跟我说，"这方面，她教了我好多妙招，有些挺损的。"

冬冬，她确实是越来越像周媛了。她们都是中等偏高的个子，肩膀略宽，头身比很好，脸蛋小且精致，和一头厚实柔软的长发相得益彰，原本就轮廓匀称，加上迷人的微笑和明亮的眼睛，更显得整个人容光焕发。她和周媛的美都颇具一种"女性"气质，尤其是对比我，她们都喜欢化夸张的眼妆，戴卟呤卟呤的首饰，而我向来一头短发，有着雌雄难辨的体型，总穿大一号的T恤、运动鞋，包括出席正式场合的时候。

和周媛不同的是，冬冬有些美妙的天赋，比如，她超爱吃糖、吃辣，可皮肤一直很光滑。我不能说她一直很瘦，但她四肢纤细修长，和圆鼓鼓的小腹搭在一起非常漂亮，尤其是穿紧身牛仔裤或连衣裙的时候，就像伊丽莎白·泰勒老公形容的那样，"你神圣的小肚脐，你圆圆的肚子。"冬冬也颇以自己的小腹曲线为荣。

冬冬有时候很刻薄，比如，我去约会却不在意穿搭，她就会很不客气地说："不想征服他就干脆别去了。"她的性格属于暴躁易怒型，经常因为一些小事就暴跳如雷——没有及时吃上饭，别人评论她用了她不喜欢的词，约会对方迟到，她说了什么别人反应慢半拍或会错意，都会引爆她的坏情绪。她的表达方式也常令人不适，比如她喜欢用反问句："你没看到我正在做吗？""你不能自己去查啊？"我常常觉得，冬冬没办法和情绪敏感的人相处，因为她自己就是一颗易燃易爆的大炸雷。

冬冬在不少平台上都有账号，一开始只有抖音，随着粉丝数增长，多个平台对她发出邀请，她会把相同内容复制发在所有平台上，这很耗费时间，可她乐此不疲。她的微博有38万粉丝，她在豆瓣标注自己看过579部电影，还为其中307部写了令人费解的短评，她最爱看的电影类型是惊悚、喜剧和犯罪，她说她不喜欢诺兰，认为他越拍越抽象，失去了初心，她读过531本书，听过238张专辑，常听的依次是：古典、摇滚和爵士，她不爱听民谣。

熟悉冬冬的人都知道，她有网瘾，是的，戒网瘾学校并没有"改造"她，反而让她变本加厉，她可以早上十点到晚上两点一直抱着电脑度过，如此一周，不知疲倦。相比手机，她更喜欢用电脑，她打字速度超快，甚至超过了我。她其实很少认真读书，豆瓣标记的531本书里百分之九十都是日漫。她喜欢一位比利时昆虫博主，尤其爱看他把各种蝴蝶、甲虫或蜗牛放在手臂上、脸上展示。她还超级迷恋矿石，连续三年都买了地质博物馆的年票，一有空就一个人跑去看石头。她喜欢定格动画，尤其是黏土，这方面也称得上是半个专家。在豆瓣她加了37个小组，比如：我爱假新闻、烧仓房、敦煌你睡过吗、摩天轮爱好者、黑色电影、买来如山倒读书如抽丝、父母皆祸害等等，在大多数小组里她都只潜水，不发言。

数据显示，冬冬的粉丝81%是女性，集中在北上广，其次是杭州、南京和成都，她经常和粉丝亲热互动：

——希望参与你的2019。

冬冬：速来，不来是小狗。

——明年多发vlog好不好？

冬冬：好的好的。

——希望你快乐，最近虽然高产，可隐隐有种掏空自己的感觉。

冬冬：做内容就是会掏空自己的哈，但掏空了还有！

——看到姐姐哭好难过啊，和姐姐一样也是渴望爱情的一年。后天就要考试了，考完这一年才画上句号。

冬冬：我哭是因为在看《请回答1988》！我好好哭，你好好考！！

——求教一下，这个头发怎么打理的啊？打工人睡觉起来头发炸窝了。

冬冬：请关注NOT A DOLL（公众号），我明天发教程。

——我考上了教师编制，终于要自己赚工资了。

冬冬：不错哟，老师你好。

冬冬喜欢拍照，这方面也很有一些天赋，平时只要有好看的背景或光线，她一定会咔咔自拍，并随时随地P图，然后发朋友圈——冬冬胸口别着一颗珍珠，冬冬穿小黑裙摆了个造型，冬冬站在夕阳中的红色大桥上，冬冬抚摸一只忧伤的大金毛，冬冬给你一个热辣的梦露飞吻……冬冬跟我说过，她能从被观看、被欣赏中获得源源不断的力量和满足。她总说自己没什么创造力，有的只是发现美的眼睛，这我不同意，她是属于互联网的一代，她就是她的作品，她自己创作、展示自己，这也是一种能力。在另一条置顶视频里，她解释了自己为什么喜欢网络世界，她说对她而言这就是宇宙的中心，她足不出户就能洞悉一切、获得一切，网络就是她的流奶与蜜之地。

看了太久，眼睛开始疼了，我不得不去床上趴一会儿，结果竟然睡着了。醒来已是凌晨三点。我打开电脑，开始翻刘冰的脸书。

一年前，刘冰高调宣布了自己和新女友的恋情，还贴了一张他和女孩的合影——他出国留学就是冲她去的，女孩是他的初恋，初中同桌，英文名叫 Jennie。为了投奔这位初恋，刘冰抛弃了冬冬，可后来（几个月前）又找她，试探着想要复合，对此他的说法是，那位初恋并不是真心爱他的。真羞耻啊。不过，这可能也侧面反映了刘冰的为人，他不太聪明，也不果断，但很诚实或者说是愚钝。冬冬当时跟我吐槽，那天她哭了，她说她不会和刘冰复合的，"没感觉了。是，我哭了，我承认我还喜欢他，但已经不是男女之情的那种喜欢了。"

想到这儿，鬼使神差，我跑去打开了 Jennie 的脸书，之前我从没想过要这么做。这个陌生女孩几乎一下就引起了我的兴趣，一连几个小时我从头到尾浏览她的网页，看到的东西让我心情很复杂。

刚到英国那年 Jennie 还很小（她初中没毕业就出国了），显然无法适应异国他乡的孤独，发照数量很少，也很少展露笑容。后来她在公寓外捡到一只脏兮兮的小狗，洗干净竟然是雪白的，她给它取名"淘大"（是酱油吗？）。淘大被原来的主人遗弃是因为它生了一种罕见的皮肤病，Jennie带它去宠物医院，还详细记录了整个的治疗过程，其间两次提到了外婆的去世。淘大一度恢复得很快，可六周后突然病情恶化，毛全掉光了，看上去非常悲惨，作为主人，Jennie接受了宠物医生的建议，在安乐死同意书上签了字。她把它埋葬在公园的一棵老橡树下，之后又有很长时间没再更新任何内容。

Jennie回归社交平台是前年夏天，当时她已经二十一岁，能流利使用三种语言，拥有经济学学位，还刚刚通过了会计资格考试——为了奖励自己，她开始学皮划艇。此时的她整个人完全长开了，拥有傲人的身姿和强健体魄，性格也变得开朗。在她的脸书上，搞笑，一张刘冰的照片都没有。刘冰去英国，在网上大秀恩爱的阶段，Jennie甚至都没提到过他，一次都没有。最近一年，Jennie常发的是她和一个黑人男孩在欧洲各地旅行的照片，尽管她没明确说，可显然他们才是情侣。这两个年轻人充满阳光的状态让我十分羡慕，可我也看到一些人糟糕的留言，主要是针对她男友的肤色，话说得不仅仅是刻薄，更多其实是恶毒、谩骂和诅咒。这些说怪话的基本都是中国人，男性居多，其中有几个明显是长期追踪她的。Jennie偶尔会调侃这些人几句，但她说她永远不会删除留言，而那些人迟早有一天是会后悔的。遇到有人恶言相向，Jennie从不对骂，一次都没有，这让我觉得她的内心十分强大而且稳定。我在想，那些躲在各种各样网名之下暗戳戳留言的人里，有没有刘冰呢？冬冬有没有和我一样，偷偷看过 Jennie 的脸书呢？我猜她肯定看过。如果冬冬在这里，我们肯定会立刻开始讨论 Jennie，我相信冬冬和我一样，都喜欢 Jennie。

最终，我得出结论：刘冰不是那个潜在的威胁，他只是对情感的认识非常浅薄，Jennie 不是他女朋友，所谓义无反顾投奔初恋完全是他的一厢情愿，如果他因此发疯非要报复什么人，也应该是针对 Jennie 或她的黑人男友，千里迢迢为难前女友、为难冬冬，那不合逻辑，也没有意义。冬冬的失踪和刘冰直接相关的可能性极小，辛捷的调查方向不对，可我不能告诉她问题其实出在我身上，是我害了冬冬。

有一次，冬冬半夜突然打电话给我，她说她刚看了一个西班牙电影，吓得睡不着，让我过去陪她。那电影讲的是一个公寓管理员，白天是好好先生，待人和善得体，下班后却利用手中的钥匙潜入女住户家中，藏在床下。这还不是最吓人的，最恐怖的是，等女人熟睡后他就会从床下钻出来，用她的牙膏、牙刷，然后睡在她身边，直到天亮前才悄无声息离去。这电影的可怕之处是它的代入感极强，只不过，一般人会代入那个可怜的女受害人，而我却突然意识到，那个男人，正是我这种人的化身。

为什么我会选择冬冬？

是啊，为什么我要选择冬冬？

我完全可以选择一个别的什么人，对吧？资源太多了，随便上网一搜就有一大堆，二十岁的，三十岁的，四十岁的，模特，会计，运动员……每个喜欢在网上晒照片的漂亮女孩，你都可以轻易取得她们的信息，偷走她们的脸，拿来张冠李戴、欺世盗名，你甚至可以每次都换一个！为什么你非要选择冬冬？只是因为"方便"吗？还是说，在潜意识里，我认为选择冬冬是最安全的？可问题不在我选择了谁，而是为什么我会这么做。

虫子在往里爬，在一点点啃食我的灵魂，我想深入洞穴直面自己的丑陋、怯懦和贪婪，杀掉那些虫……可慢慢地我意识到，现在，我最该做的不是唾弃自己，而是振作起来，展开行动。是的，你必须行动，用行动来弥补这一切！现在，我手上有三个嫌疑人，我应该调查他们，这件事必须由我来做，而且要快。

凌晨三点，我用旧手机，以"饿兔子跳"的身份给他们发了内容完全一样的信息：

"我回来了。"

一分钟后，我又补充了一句：

"我想见你。"

10

最先回复的人是伯爵,这符合我的预期。

我和伯爵,最早我们是在玩游戏的时候认识的。有段时间我沉迷于网络游戏,注册账号也用冬冬的照片做头像,名字就是"饿兔子跳",而伯爵在游戏里叫"红伯爵"。第一次组队这家伙就凶我,不是嫌我反应慢就是嫌我捡错东西,一直莫名其妙找碴儿。忍了几次之后我开始撑他,他一凶我就撑,到了后来他只好赔笑,可又笑得太猥琐,我就继续骂他直到他求饶为止。隔天再组队,他学乖了,说话办事都变得很靠谱,队友就起哄喊我"伯爵夫人",夸我治理有方。那段时间我是这种角色扮演游戏的重度玩家,在游戏里见过不少现实中已婚或有恋爱关系的人找情缘,男的女的都有。我有个同事,97年的小帅哥,性格挺好的,做朋友没的说,仗义热情,他在游戏里也有个情缘,前前后后他给女孩充值充了好几千,结果两人网上情缘半年多,女孩提出奔现,他才承认自己是有老婆孩子的。我都惊了,平时根本看不出他已婚啊,还有娃。在我还是菜鸟的时候，也曾被一个男的热火朝天聊骚了好一阵，后来公会会长告诉我那男的下个月要结婚了，气得我开帖骂他，人家还反驳我说："情缘是情缘，现实是现实，古风游戏，三妻四妾怎么了？"

三妻四妾怎么了？这话我印象很深。

现实中很多男的，一表人才，受过高等教育，办事有分寸，也不乏正义感和责任心，殊不知腔子上顶着的却是一颗根深蒂固的封建大粪脑袋。伯爵好像不是这种人，我认识他的时候他正处在一段恋情的纠结阶段，很痛苦。是他主动加我微信的，他向我道歉，说玩游戏凶我是他不对，又说看我年纪轻轻讲话却铿锵利落、鞭辟入里，很想和我聊聊。聊聊？聊什么？赛博空间没有聊聊，只有聊骚。我正考虑该用怎样的话揶揄他，他突然发来一封很长的私信，我对伯爵产生兴趣，就是因为这封信。

现在，因为伯爵成了一号嫌疑人，我从邮箱里找出他给我写的第一封长信，又仔细看了一遍。

饿兔子跳：

你好。

我想跟你说的是我和我前任的事。

我是个老师，前任是我学生。我是公考行业的，不存在传统师德问题（也许有吧，但当时我说服了自己）。我对她的第一印象其实并不好，那天我去上课，一个女孩问前台，新老师来了吗？男的女的？当时我背着身正在接水，就回头看了她一眼。

然后我上楼，听到她跟同学说，看见新老师了，可凶可严肃了，我当时就觉得这女孩怎么这么是非，这就是我对她的第一印象。

尽管是成人教育，可师生恋我还是很忌讳的，所以一直以来都很注意跟学生保持距离。五天后，我离开的时候她在群里加我微信，我礼貌地打了个招呼就没再说话。后面他们再上课，合成大班，原来的同学都希望我回去，很遗憾，我没去。之后她就开始有事没事给我发信息，说些还是更喜欢听我讲课之类的客套话，我能感觉到她好像喜欢我。那个班还有个女孩，也喜欢我，在班里哭着说要卖掉车子帮我还房贷的那种，还挺吓人。女人可能有直觉吧，当时还哭着跟我前任说，你是不是也喜欢他？

前任把这些当笑话讲给我听，试探的意思很明显，我来了兴趣，就开始有点关注她了，也没那么讨厌她背后说我严肃了。一旦放下戒备，我们就越聊越愉快，再然后就是视频。我去外省上课，白天讲课，到了晚上我们就视频，有时说到凌晨都还不够，也不觉得累。一个多月以后，出差间隙，虽然只有不到二十四小时，我还是很想见她，就跑到她所在的县城。我们就这么开始了。

下半年我们就是约会，相互跑几百公里去见对方，我之前的几个女友都是外省的，这次我想都是本省，应该没有太大阻力了，就她了，这么可爱的性格。

之后的日子里我们就是双向奔赴，见面，约会，都非常好。

她开始积极参加考试，争取以这种方式解决异地问题。因为我在省会，房子也在，很难放弃一切去她的小县城，倒也不是完全出于自私。最后她考到离我家不太远的一个县城，考虑到那个地区不怎么发达，而且也还是异地，我不太支持她去，她想了一段时间就放弃了那个岗位。再考，一心想考到省会，结果笔试第三，面试第六，又失败了。出结果那天她哭得很厉害，我就带她去北戴河旅行，那几天是我俩最开心的记忆之一。但是我们在三观上有很多问题容易吵架，一时的甜蜜掩盖不了这些。

我一个人要还房贷、车贷，而她生活上没什么压力，比较随性。我爱干净，她比较懒散，这是她的原话。我俩相处经常因为一点小问题我就会说她，她脾气也差，就跟我吵，这就是她觉得和我在一块儿很受委屈的原因。但喜欢是真的喜欢，我还带她回家见过我父母。去年之前总体都还是好的，但吵架也不少，两个人脾气都太冲了，当然作为男的，肯定是我做得不够大度和包容。

去年年底，我所在的培训机构出了点状况，四个月没发工资，我整个人都很焦虑。我又特要强，除了买房首付家里出了一部分，再没跟父母要过钱，读书期间最后两年也是自己养活自己，所以那段时间压力真的很大，脾气特别差，然后异地问题又没能彻底解决。我家里和朋友，都觉得异地她不真心实意来，那等我年龄大了，她还年轻，很容易就找别人。

慢慢吵架变得更多了，矛盾还是集中在异地上，其实异地只是个借口,总之我们都说了很多难听话,那是我第一次产生了动摇。有一次,我偷偷在相亲平台上发了自己的信息,被她发现了。她闹得很厉害,后来总算和好了,她说她也有一定责任。其实我发相亲信息是有原因的,我本来不想说了,就是三月的时候,我去见她,我发现她下面长了东西,她也不懂,我也单纯,我们当时还是没做措施。后来确诊是尖锐湿疣,她很害怕,我也是蒙圈的,她竟然还怀疑是我传染给她的。

六月份,我当时刚恢复工作,忙得焦头烂额,可能没太照顾她,她因为跟我说了一件小裙子,我没主动给她买,生气。当时我每天要上十三个小时的课,忙成狗,就又吵架,后来怎么和好我忘了。

八月底我也长了那东西,我气坏了,和她大吵了几次,她考试也没有好结果。我一生气就说要分手,还把她微信删了。家里知道我们分手,就介绍了个本地的护士,我出于礼貌去见了一下,互相没看上。这让我又想起她的好,她也是心里还有火花,于是十一我去找她,我们就又在一起了。我们商量,她继续考,要是还不行就先找个工作,或者像我一直承诺的那样,她专心备考,我每个月给她生活费,养着她。那时候我收入还行,一个月比她半年挣的都多,我说她她不开心,觉得没自尊。我这个人考虑问题太简单,性格又优柔寡断,我也很后悔。

十一月初,我们商量让她先过来,找个不太累的工作,一边工作一边接着复习,毕竟她才二十三岁,还很年轻。于是我们在一起一年多以后,我终于可以去她家了。结果她妈一点看不上我,不知道是长相还是别的,直接表示不同意。

我也看出来了,她父母反对她是不会反抗和违背的,她本来就喜欢小县城的生活,不喜欢远嫁,怕受委屈,毕竟我们吵过这么多架,说过那么多难听话。她觉得我们性格不合,我爱说她,她和我在一块儿很委屈等等。

这次她删了我们所有的联系方式,我特别舍不得。一月份,我找借口想加她回来,我说我要治病,想找她熟悉的那个大夫,去她县城找她。

一月底我们见了最后一面,吃了最后一顿饭,她全程没怎么说话,我感觉她已经放弃了。我住在她家附近一个酒店,吃完饭,她说想上去洗个澡,可洗澡全程都回避我,洗完也不许我抱她,我当时就知道完了。晚上我决定走,她送我到车站,像以前一样买了很多水果,我能感觉到她也在犹豫,但我还是走了。

二月,眼看要春节,我问她能不能去她家一趟,没得到明确答复,结果我家里长辈,我父亲,身体不行了,春节直接成了奔丧。

年三十当天,她彻底和我说,不可能了,和我够了,不想再继续了。

整个春节我就像疯了一样,无论怎么求她都没用,她说她是真的死了心了。那一刻真来了才是最疯狂的,我甚至想大年初一开车过去找她，给她父母下跪。

三月初，她考的本地一个工作出了公示（这是我后来才知道的），我终于决定无论如何哪怕丢了工作也要再见她一面。还没来得及动身，她就告诉我她有喜欢的人了。

三月底，我失眠变得很严重，经常彻夜不眠地想她。我去翻她空间，看到她真有了新的人。我整个人都炸了。我问她，她说她这次是遇到对的人了，双方父母还都认识，本地人，都有编制，特别合适，两人就要订婚了。我想不通，不依不饶，她又告诉我，说那男的父母都是当官的，家里装修好了新房，两百平方米大别墅，开A6（其实是A4），我当时说，A6我也可以买。她让我祝福她，我确实也祝福了，本地，不远嫁，对方条件好，真心替她开心的。

有时候我也分析，她到底哪里好了？脾气臭，家庭不好，没编制，意志又薄弱，但这些我都不在乎，我不止一次表达过我可以承担她不工作的生活费，我可以养她，她只需要慢慢努力就好。她长得在我的审美上，皮肤白白嫩嫩，腰细，个子不算高但很精神。唯一就是，她平时打扮有些土，就是因为小县城的生活环境吧，经常把非主流当时髦，可我现在特别后悔，这也是一种质朴和清纯啊。情人眼里出西施，在我眼里九分甚至十分，刁蛮的杨钰莹，以至于我现在不敢看杨钰莹。

我想把她所有照片、微信、地址、聊天记录，全删掉。会祝福她。可我还是过不去。兔子，你告诉我，这么做对吗？还是说，我该去找她，再试一次？

应该说，我能感受到他的绝望。可他是个偏执狂、控制狂，也显而易见，他啰唆、神经质的语言风格尤其让我抓狂。对他结尾提出的问题，我坚定地让他不要挽回了，别去自取其辱，要是坚持不住就过来找我让我狗血淋头骂一顿就冷静了。我是开玩笑的，可他让我发誓一定要骂到他放弃为止。我当即痛快答应。

果然，他就是欠骂，开始不断找我。

他说："兔子，早啊。我受不了了，今天必须去找她！"

我说："你是傻×吗？"

他说："你骂我我也要去。"

我说："真的不可以去，别冲动。"

他说："你看你，这就放弃了，你不值得信任。"

我说："不就是个感情混沌的小女生吗？"

他说："没有她我活不下去。"

我说："舔狗！废物！"

伯爵就是靠这些粗鄙的对话走过了那段难熬的日子。

这种情况持续了差不多两三个月，有一天，我忽然觉得有些不太对劲，我对伯爵好像产生了"某种情感上的需求"，不是好感、喜欢或者爱，绝不是，而是一种被人需要的存在和满足感。同时，我也明显感觉到了他对我的暧昧，他变得很温柔，越来越友善，有事没事都要给我发几张自拍，告诉我他在哪儿、在干吗、在吃什么。

伯爵不是我喜欢的那种男人，可他对我那种受虐狂式的小心试探、迎合，我并不完全排斥，有时甚至有些受用——毕竟，一个活生生的人需要你，表现得还十分谦卑，时间一长你还是会心软的。可就在我开始心思活络的阶段，有天下午，他突然发来一条语音：

"还想要钱？瞧你那×样！"

我惊得不知所措，一时不知该做何反应。他飞快撤回了语音，我则假装没看到。应该是发错了。不知道他本来是要发给谁，可那句话在我脑海里回放了整整一天。这句话，它的内容，措辞，腔调，全都充满恶意，和伯爵平日的唯唯诺诺形成强烈反差，让我十分困惑不安：我怀疑他对我的吐槽、倾诉，都是他的一种控制手段。最后我决定，把他拉黑。

不过，为了避免被纠缠我还是谎称要出国留学，之后才切断了和他的联系。直到最后一刻我也没想过要戳穿他，我虽然气馁、愤懑，可并不想惹麻烦，只是拉黑就好。但很快他又给我发了第二封长邮件，他说他最近在试着接触新的女孩。

饿兔子跳：

上次的语音把你吓坏了吧，思来想去，我觉得有必要跟你解释一下。

最近我在相亲群里认识了一个女孩，幼师，编制内。认识不到一个月，网聊很多，刚认识不到三天她就主动要求视频，晚上一聊就五六个小时。她洗漱的时候穿得比较随意，还照样跟我视频。这些先不表。

接触四次。

第一次约她，我都到她单位门口了，她突然说晚上要给她表姐带孩子，放了我鸽子。

第二次约她，也是第一次正式约会。我在她单位门口接她下班，然后一起去吃了海底捞。吃完逛街，路过美妆店，我说看看吧？她之前表示眉笔丢了。她说不好吧，我说走吧，你眉笔不是丢了吗，我送你一个。她挑了支眉笔，又顺便挑了粉底和防晒霜，总共花费九百七十五。我也不在意，只觉得这女孩第一次见面不拿自己当外人。她曾经聊天很坦诚地告诉我，之所以加我，跟我聊，是因为觉得我收入还行，有一定保障。

第三次，隔了十多天，我出差回来，她说不想吃饭，想吃一家网红店的面包，我就开车去买了，然后去她小区。她表姐不在，就她自己在家。她先是遮遮掩掩，最后终于告诉我门牌号，我上去坐了一会儿。她给我倒了杯水，我还没喝，她就说她有任务，一会儿要去跑步打卡，我说好，那我陪你。她去卧室换运动服，也不避讳，门都不关。然后我就陪她去跑步，也就跑了两公里多，她说腿疼，想去按摩，我说附近有吗？她说有个盲人按摩，我说那走。也是推托了两句，就过去了。按摩的时候，我问她你想找个什么样的，她说想找个有能力的。我说，那你看我算吗？她说，算吧，还行。我说，那你觉得我们合适吗？她说，你确定现在要问我这个？我就没再说什么。

第四次见面，我从武汉出差回来，把带回来的特产送给她。

第五次见面，大早上起来，我去她家，给她带早饭，然后送她上班。

然后就是那天晚上，她突然给我打电话，说前男友联系她了，想复合，立刻订婚。她在纠结，不知怎么抉择，复不复都怕将来会后悔。她说当初是因为觉得那男孩是本地人，家境还行，没什么压力，但自己能力不行才分的。她让我给她拿拿主意，还问我，如果我俩不在一起，能不能继续做朋友？我一听就很头大，接着她突然跟我借钱，五万。你明白我当时的心情吗？一开始我还试着帮她分析，可越说越来气，因为我说什么她都反对，她实际上就是想和前男友复合，那还找我谈什么？还借钱？这不把我当傻×吗。这就是我那条错发给你的语音的由来。

兔子，这半年我见了几个女人，没一个能给我前任那种感觉的。可以说，我彻底心灰意冷了，现在我生活中最亲近的异性朋友就是你，你也要抛弃我吗？

这封邮件我看了两遍。我对着屏幕暗骂，先是骂他，然后骂我自己。

我没有回复他，他也没有继续纠缠。过了很久，大概半年，有一天，我在"饿兔子跳"的微博小号上发了张冬冬参加马拉松的照片，那是几个月里我唯一一次更新"饿兔子跳"的小号，结果当晚伯爵突然问我是不是回了北京？他说他马上也要到北京来工作了，想见我。我当时就怀疑他在追踪"饿兔子跳"的信息——在我们联系最密切的那段时间,我确实给他发过"饿兔子跳"(冬冬)的照片,但从没告诉过他我有那个小号。我当即清空并注销了那个号。

接下来一段时间我惶惶不可终日,总在担心:伯爵表现得胆怯、恭顺,可那全是装的,他是个睚眦必报的人,同时心思细密,前后两封邮件,他写了一月、二月、三月,第一次见面、第二次见面、第三次见面……他记忆力很强,而且通过师生关系肯定认识不少系统内部的人,也许,他有足够资源可以通过手机定位或别的什么手段找到我。我听说过这种事——我有个表弟,婚后又偷偷找了个女朋友,被老婆发现后他没有努力解决问题而是选择逃避,躲到外地去了,惨的是,他岳父是公安系统的,职位还相当高,这位岳父大人震怒之下竟下文跨省通缉女婿。总之,我慌了,我去买了新手机,换了新号码。

那之后伯爵还是不断发邮件,我最后打开的一封(没来得及看发件人就打开了),是他告诉我他正在遭受网暴。他还是跟那个幼儿园老师结婚了,总也考不上公务员的前女友开始网暴他,他描述这件事的方式一点没变——

兔子:

时间过去这么久,发生了很多事。

还记得我之前喜欢的那个女孩吗?我叫她1好了,我们最终没能在一起,我和那个幼师结婚了,我叫她2好了,我们三个又搅在一起了。

和2确定关系后，鬼使神差我告诉了1，因为之前她太不在乎我，我可能还是希望看到她表现出一些嫉妒和悔恨。知道我结婚后，1在她的账号发了很多难听话，没指名道姓，可我知道她是在说我。终于有一天，我发现1在一个视频平台，未经我允许，曝出我和2的照片以及我的手机号，我有点恐慌，怕我电话泄露被坏人利用。

截图保留好证据后，当天上午我就去派出所报了案，民警告诉我这种情况没法立案，只能调解，他当着我面打了1的电话。调节过程中1极不配合，还虚构事实，说我打过她。最后经过民警调解，1同意删除。可我前脚刚走出派出所，她又在网上对我言语攻击，我赶紧联系刚才的民警，民警又继续调解。在当日和次日，1的父亲、哥哥多次打我电话，对我进行言语上的侮辱，声称要来我所在地"教训我"，民警叫我别理睬。

我给1打电话，问她为什么要这么做，1不承认这是她做的。

我对她说，如果你觉得我做了什么错事，可以报警，只要你拿出证据，我接受警察的处理。如果你觉得你家人管不了你，那我就让能管的人来和你沟通，我说的是她姑姑，因为她姑姑也是公职人员，从小1就很听她的话。

没想到，我刚到家没多久就接到1父亲的电话，他扬言要来我家打我，我立即打了刚才录口供的民警的电话，民警告知我将其电话拉入黑名单，并且安慰我不用担心，出了问题立刻报警，他会第一时间出警维护我的权益。

次日，我拨打1姑姑的值班电话，是个男人接的，他让我打另一个电话，我打过去，是个女人接的，被告知她不在单位，让我下午三点再打。下午三点、四点和五点，我分别拨打了电话，对方留下我的联系方式和姓名，但一直到七点多，我也没接到1姑姑的回电。

当晚我就写了举报信，内容为某公职人员1，在社交平台发布不当言论，言辞粗俗，宣扬暴力，点名辱骂群众。但我不知该发给谁，只能暂时保存在草稿箱。

第二天，我接到她姑姑的电话，我说请您劝劝1，不要再骚扰我的正常生活，姑姑表示，1说是因为被第三者插足才导致我们分手，而且1还为我流产过。我当即向姑姑表明，我是在与1分手后一年才认识的2，流产一说，更是无稽之谈。

之后，姑姑再次打我电话，说她已经向1传达了我的诉求，1同意不再对我进行骚扰，但也希望2的朋友停止对1进行攻击，你们这种感情问题，没必要闹得沸沸扬扬。

我说我很委屈，明明我什么都没做，却还是受到这些莫名其妙的构陷，1找人先对2的朋友进行攻击，该朋友是否还击，我并不清楚。姑姑听后表示，你们的事自己处理吧，我不再管了，随后就挂了电话。

兔子，这些网络的事已经影响到我的正常生活了，回想以往，因为你的存在，我总觉得上网是件愉快的事，可现在……

伯爵之前的信，不管讨不讨厌我都读得下去——有时甚至会感受到一些触动——可这封信之后，我发誓不再看了。以前我觉得他是个无趣但也基本无害的人，现在回想起来却感觉非常不对劲，他的话很不可信。我用"饿兔子跳"这个身份和他连线打游戏，在他苦闷时给他善意的回应，可后来我抽身而去，突然消失，对他不闻不问，这会不会让他感到被抛弃、被背叛，从而陷入狂怒？这会不会让他迁怒于冬冬，进而去伤害她？伯爵，他会是那个凶手吗？我认为至少他有那个能力，此人交友广泛，行踪不定，报复心极强，而此刻，他给我的回复一反常态，十分简短，只有一句话：

"晚七点，三元桥丽笙酒店大堂。"

提前半小时我就到了酒店。我的计划是，先躲在暗处小心观察，再考虑下一步的行动。让我没料到的是，他比我到得更早。第一眼我并没有认出他来，只觉得坐在大堂沙发上低头玩手机的男人，很像他。我莫名感到紧张，心跳也不自觉地加快。

相比他发我的那些自拍，健身房撸铁，公园夜跑，环青海湖骑行……他胖了非常非常多，可以说是"胖若两人"。我恍然大悟，之前他发我的那些照片，肯定都是P过的。

在他面前的茶几上放着一小捧鲜花，看上去应该是为这次"约会"准备的小礼物——是我最讨厌的小雏菊——可我很高兴他买了花，因为这说明他是带着赴约的心情来的，也就是说，他很可能并不知道冬冬出了事。

我走到前台假装问房价,趁机继续观察,而他一直低头玩手机,根本一动不动。我突然想到一个问题:他干吗不开好房在房间里等呢?发个房号给我,等我自己走入陷阱,那不就是他今天的目的吗?和觊觎已久的女网友面基,完成未竟的一炮。是怕"饿兔子跳"会拒绝,对吗?还是说,他需要先看一下来人是否货真价实,值得他花这个钱。

腋下涔涔冒汗,我感觉不是因为紧张,而是愤懑之火正在胸中涌起,我不想再等,直接朝他走了过去。

从侧面望去,我看到他的嘴在动。这时,他突然抬头看向我。骤然的紧张下我直视他的双眼,话也到了嘴边,可他眼神空洞茫然,只在我身上停留了一秒就又低头继续玩手机了。我迅速改变主意,决定先不惊动他。

我走到一处靠窗的位置坐下,心还怦怦乱跳,但我已经明白了,就算我直接走过去坐在他面前,他也不会意识到我就是他在等的人。

我掏出手机,改成无声。这是今晚我做的唯一正确的决定。

我一边假装玩手机一边继续观察,果然,他再没看过我一眼。约定时间过了十分钟,他开始不耐烦,不停发信息问我到哪了。我故意不回,想看看他会是什么反应,后来我想了想,又决定回个信息试探一下,我问他:"有没有带礼物给我啊?"

他顿时坐直身,从嘴里掏出什么扔进烟灰缸。原来是口香糖。他的嘴角牵动了一下,脸上闪过一丝得意的神情,回复道:"当然!

包您满意。"

接着,他将手掌凑在嘴边,哈了一口气。

我感觉一阵恶心,他这个小动作让我对他最后的好感、愧疚,瞬间荡然无存。这一刻,我很想起身一走了之,可我必须做点什么来证实他和冬冬的失踪无关,虽然我已经有了一定把握,但还不能百分百确定。就在这时,他站了起来。

他在接电话,声音压得很低。经过时我听到他说:"都说了我在开会!"他走到喷泉那边,来回踱步,继续讲电话。

接下来发生了极为戏剧性的一幕,让一切都变简单了。

一个身材娇小的女人推着婴儿车走进大堂,伯爵朝她望去,慢慢放下手中的电话。女人径直朝他走去,根本没给他时间反应,直接把婴儿车推向他。伯爵下意识地抓住婴儿车,然后又去抓她胳膊,女人用力甩开,响亮地喊道:"别碰我,别碰我听见没有!"声音很大,几乎是扯着嗓子在喊,好像生怕周围人听不见。此刻,女人怒火冲天,目光四处搜索,还飞快朝我这边一瞥。看到茶几上的花,她停顿了几秒,突然就抓起来用它抽打伯爵,还大骂:"人呢?她人呢?你把她藏哪儿啦?"

这一刻我恍然大悟,这应该就是2,那个幼儿园教师。

争吵惊动了保安,可这对夫妻突然升级了他们的战争,相互撕扯起来,伯爵夫人破口大骂,骂伯爵在她孕期多次出轨,还因为嫖娼被警察抓过,声声控诉里带着明显哭腔。场面太过尴尬,而伯爵很快度过最初的仓皇,恢复了镇定。我怀疑他不是第一次经历这种场面。

刚才,伯爵起身时我已经注意到,他个子很高,身体肥胖壮硕,不知为什么,我第一反应就是这家伙很可能家暴。此时,伯爵夫人把孩子抱起来,使劲往他怀里塞,孩子吓得哇哇大哭。伯爵一只手就把小孩拎起来,粗暴地塞回婴儿车,起身时他目光变得凶悍,刹那间我真怕他会突然暴怒,当众殴打妻子。围观的人终于忍不住了,有人在喊报警,而伯爵冲他大吼一声:"家务事,报什么警!"他掏出手机,一边拨号一边对妻子威胁道:"好!行!你来跟她说,你跟她说,行了吧!"

几乎同时,手机在我口袋里振动。

我紧张得差点吐出来。

还好,没人发现我,大家的注意力全集中在他们身上。我下意识掏出手机,但立刻就后悔了。我强装镇定,朝卫生间走去。成功走进卫生间之后,我才长出一口气。我把自己锁在隔间,这才敢看手机——振动并不是伯爵打来了电话,而是卢群连发了好几条微信。

卢群拒绝见面,话说得很委婉,他说:"兔子,很高兴你回来了,但我们还是不见面为好。"

这时,伯爵电话打来了。我想都没想就把手机关机了。

我洗了手,洗了两遍。本来我是想躲在卫生间里,等外面彻底平息了再走的,可我怀着一丝侥幸,认为在他们眼里我只是路人。我努力稳定一下情绪,走出卫生间。

大堂经理在安抚伯爵夫人,而她号啕大哭,还在历数伯爵的各种无耻行径。前台女领班蹲在婴儿车前，用糖果哄孩子，可孩子也在大哭。围观的人一点不见少，酒店外有辆警车警灯在闪，不知是不是为此而来，一切都乱糟糟的。我决定尽快离开这个是非之地——伯爵不知道冬冬失踪的事，他老婆盯他盯得很紧，基本上，我认为已经可以排除他了。

我目不斜视，径直朝大门走去，心里还在琢磨卢群的那句话。我想尽快离开，找个地方开机看看他有没有又说别的。无论如何，我很高兴他回了信息，很高兴他做出的回应是拒绝见面，而那正是我期待的。

一阵冷风突然从背后袭来——

伯爵夫人抓住我的胳膊，用力拽向她，同时冲远处大吼："是不是她？是不是她？是不是？"

我被弄疼了，更多则是窘迫。

所有人都看向我们，看向我。我下意识看了一眼伯爵，他皱着眉头，上下打量我，表情似乎是在说：她？怎么可能？周围人的脸上陆续也都露出类似表情：她？

时间仿佛凝固，我在镜子里看到一个狼狈不堪的自己。

接着，我在几个看热闹的男人脸上看到讪笑，他们在幸灾乐祸，显然很乐于见到事态升级，有个无辜的女人被卷进来，让这场闹剧变得更刺激。我想大叫，挣脱束缚，走到伯爵面前狠狠抽他一百个耳光，可现实中的我只是推开女人，喊了声"你有病吧"，就一口气跑出了酒店。

11

卢群是我2017年那次卵巢囊肿手术的主刀大夫,最早我是在网上认识他的。

性骚扰医生自杀事件后,我因为有了心理阴影,竟然连续两年没去做妇科体检,结果再体检时查出有囊肿,当时已经有点大了。体检医生是个热心肠的北京老太太,她建议我尽快手术,说微创,风险不大,疤痕也几乎可以忽略不计。这话弄得我相当紧张,我很抗拒做手术,就去丁香医生上问诊,想听听其他医生怎么说,是不是可以保守治疗。我准备多问几个人,交叉比对再做决定,没想到第一个连线的医生就说服了我。他看了我的CT结果和化验报告,问了一些问题,然后就给出建议并解释为什么会给这样的建议,一二三四,条理十分清晰。他的专业态度和耐心解释大大缓解了我的焦虑,并促使我放下心理包袱,决定手术。他所在的医院不是我的医保定点,所以最后手术的还是那位北京老太太,可我记住了他的名字:卢群。

后来，当我开始用"饿兔子跳"这个身份广泛交友，越来越游刃有余的阶段，有一天我突然想起了他。必须承认，那段时间我沉迷于虚拟社交，乐此不疲，还欺骗自己说，这是一项针对男人的田野调查，为的是搜集故事和人物素材。这么想，这么做，都十分卑鄙，可我当时根本停不下来，总之，那天我的内心十分膨胀，不但主动加了卢群微信，还耍了点手段让他相信"饿兔子跳"曾经是他的一位女病人。起初他信以为真，后来，当他意识到我不是他的病患而是另有所图，他拒绝了我，很礼貌也很坚决，这反倒让我来了斗志，变得更加主动。我差不多每天都会发语音给他，发好玩的视频给他，分享好听的音乐给他，偶尔还快递小礼物给他，直到有一天，他拉黑了我。

卢群是唯一一个主动拉黑"饿兔子跳"而不是被她拉黑的男人。在拉黑前，他请求我谅解："对我来说，这是个痛苦的决定。"我不知道他所说的痛苦是指什么，可感觉那是真的，因为没过多久他就后悔了，又想加回我，当时他说的那番话曾让我非常感动。但我拒绝了他。这绝非欲擒故纵，而是因为我觉得继续欺骗他，于心不忍。

我的决绝态度没有持续太久，很快我就发现我忘不了他，好几次忍不住想加回他的微信。天助我也的是，囊肿复发了，我不但不恼火反而有点高兴，立刻去挂了他的专家号——卢群是妇科医生——他不知道我就是"饿兔子跳"，见面时只知道我叫阮金，是个三十六岁的女编剧，未婚未育。

我应该就是在那次的住院期间真正喜欢上卢群的，当他抓住我的手腕，测量我的脉搏，温柔地掀起我的住院袍检查伤疤时，我情不自禁注视他的手——手指修长有力，无名指上婚戒醒目。我认识的很多已婚男人平时都不戴婚戒，但他戴，这无疑意味着什么。

在我用"饿兔子跳"的身份和卢群搞暧昧的那段日子里，他从没提到过他已婚，他提到他母亲，他父亲，他少年夭折的妹妹，却从没提到他还有个妻子。这我能理解，可也让我不想再继续和他发展进一步的关系，我不喜欢靠隐瞒和欺骗才能维持的关系，我会这么想，不免讽刺，可这是真的。

尽管如此，我对他这个人却更好奇了——他有秘密，他，卢群，一位受人尊敬、谨言慎行的医生，竟然也有不可告人的一面。我不再骚扰他，转而开始通过各种渠道获取他的个人信息：我翻他微博，从头到尾一页页看，逐条审视，不放过任何蛛丝马迹。我观察他对事物的看法，对事件的反应，也观察他如何与陌生人互动。作为一个医生，他有繁忙的日常工作，还要定期在线解答网友的种种疑问，而他的态度总是非常专业，极富耐心，他对所有人都一视同仁，即便对方是个蠢货，他也不会不耐烦；他从不对任何热点事件发表情绪化评论，似乎对这个世界的混乱好奇心有限，全身心只专注于服务病患，那才是他唯一的激情所在。

要说奇怪的地方，当然也有。

那段时间，沈佼交往了一个小演员，戏演得真烂，可相貌十分出众，经常半夜骑个大摩托接她去吃烧烤，摩托车车把非常高，他要像投降一样高举双手才能驾驭。这个喜欢耍酷、耍帅的小男友很称沈佼心意,唯一的问题是,这家伙一喝就多,一多就失控,不但会找碴跟人干架,甚至对沈佼也会动手。沈佼最讨厌男人家暴,她说这是底线,因此,尽管不舍最后还是决定割爱,可男孩很黏人,甩了几次都甩不掉。沈佼问我怎么办,我给她出了个"碰瓷"的主意,灵感来源于一个古老的街头诈骗手法:走在路上,身边人突然"哎哟"一声,从耳朵里拿出一根带血的挖耳勺,说你撞到他掏耳朵,耳膜破了,赔钱。

我们立刻设计场景,又走了一遍剧情。沈佼的表演让我捧腹大笑,我夸她比摩托车手更像个天生的演员,她说这几天摩托车手火气大得很,而她已经掌握了激发他动手的诀窍,只剩一个问题,去哪里弄假血?

沈佼找了个熟悉的道具老师,拿到两份血包,颜色挺逼真的,问题是味道,拍戏用的血浆欺骗的是人的视觉,嗅觉是个破绽。就在我们一筹莫展时,我想到了卢群。也许,我就是忘不了他。我用"饿兔子跳"的身份加回他的微信,向他求助,说我和同学要排一个话剧,需要做一些假血当道具,他想了想,让我去买玉米糖浆、色素和面粉,先把糖浆和面粉按比例混合,再慢慢滴加红色素,边加边搅拌。我按他说的做了,结果很成功。我尝了一口,味道甜腻,色泽、质感都很理想,对付一个醉酒的家暴男应该没问题了。可彩排中又出了状况。沈佼说,摩托车手每次动手都毫不犹豫,下手超级狠,之后却会下跪求原谅,甚至会哭着舔她的眼泪。我说我×你怎么找了个这么狗的男人? 她委屈地说,要是他一时兴起,非要舔我怎么办？这血是甜的啊，发现有假，恼羞成怒他会不会当场把我给打死？

我们正发愁，卢群发微信问我为什么要做假血。

我极为简洁地回答他："保护自己。"

"你遇到麻烦了？"

"不是我，是我闺蜜，她遇上个渣男，这男的家暴，屡教不改，我们想演出戏，让他有多远滚多远。"

"明白了。"他不再追问，而是说，"这样的话，那我有更好的推荐。"他给我推了一个人的微信，说是一个韩国牌子的代理商，人，东西，都很靠谱，不管是血包、伤妆、吐血胶囊、假血胶粒，都有逼真的血腥味，几乎真假难辨。

"我尝过，"他补充说，"胶囊放嘴里，需要的时候咬碎，吐出来跟真血是一样的。放心，主要成分是玫瑰花和金达莱植物提取物，没有毒副作用。"

在最后的演出中，沈佼出色完成了任务，摩托车手见她摔倒在地，嘴和鼻子都喷出血来，顿时酒醒八分，收拾东西溜之大吉。沈佼还即兴加戏，给他发短信、打电话，喊他回来送她去医院，结果那家伙干脆把她拉黑了。

沈佼这个女人一直都不能小看，她有丈夫，丈夫很爱她，爱得死心塌地，而她却能不断更换新男友，并把不可靠的男友治得服服帖帖。让我诧异的是卢群，为什么他对假血知道得这么清楚？可他没有盘问我，一听说是女孩间的自救立刻就帮了我，我也没道理去刺探他的隐私。那之后,我告诉他我出国了,我想继续读书,可能不会再回来了。他很识趣,只说了句多保重,就没再打扰过我。

第一时间把卢群也列为嫌疑人之一,这是因为,不管怎么说他毕竟是个会在网上和年轻女孩搞暧昧的男人,他还刻意隐瞒了婚史,他最后那句"多保重"也让我隐约有些想法,但在内心深处,说实话,我不希望是他,我最不希望的就是他。

所幸排除他的嫌疑并不难,我往医院打了几个电话,又亲自去了一趟,得到的结果让我欣慰:过去一个月,卢群并没有离开过北京。

三个嫌疑人排除了两个,现在,只剩下我最怀疑的那个了:赖小光。

赖小光是唯一一个在"饿兔子跳"提分手后,明确威胁过我的人,他先是发出一连串威胁,不久又发来三段自残视频,请求原谅,试图挽回。目前只有他迟迟没有回复。

卢群之后,有很长一段时间我没再启用"饿兔子跳"这个身份,"她"突然停止了一切活动,销声匿迹,因为我又决心找个真正的男人来面对真实的我。于是,新一轮开始了,健身房,动感单车,无聊的聚会……有天早上,起床后我发现膝盖疼得几乎走不了路,我去体育医院拍了片子,医生说半月板损伤得很厉害,警告我半年内不可以再做任何剧烈运动,可我只休息了一周就下单买了昂贵的护膝,又去公园跑步。第一次就跑了九公里,第二天跑了十二公里,当天晚上膝盖就疼到爆炸。

不得不卧床静养，这让我每天都为自己的鲁莽沮丧，为什么我总是这样，从一个极端跳到另一个极端？穷极无聊，我又登录了"饿兔子跳"的账号。

数百封未读私信的小红点在等我点开，多数是无聊的性骚扰，只有那些看起来像正常男人（非常少）的我才会点进他们的空间，又通过他们发的内容筛掉一部分，剩下一个叫"反射弧较长"的人，我觉得还可以。

"反射弧较长"就是赖小光。

他喜欢写打油诗，在网上不作诗不说话。比如一个哥们倾诉自己前半生的艰难，说爸妈早年靠做假火车票赚了不少钱，后来七岁那年他爸吃了牢饭，全家就搬到一个类似垃圾堆的棚户区，很多蟑螂。高考失利，他选择复读，想走艺术生路线，关键考试前却生了场大病，没考好，好不容易一路专升本再到考研，全靠自己一个人顶，贷款读书欠了一屁股债，因此一直不敢找女朋友，等等。赖小光就赋诗点评：

生于低贱家庭间，父母财从假票钱。
七岁那年东窗发，抄家逮父入牢监。
高考失常转艺考，无情病痛又便添。
专升本来又读研，债务缠身惹人嫌。

有个哥们说自己在二线城市长大，家里都是公职人员，可他偏

偏喜欢上一个农村女孩,结果遭到家人集体反对,让他很苦恼,赖小光便赋诗挖苦:

> 二线土著月八千,母在国企父公员。
> 有意佳人三线女,又嫌出身农庄园。

还有一首我更喜欢,一个大三男生总在图书馆遇见心仪的女孩,却迟迟不敢上前搭讪,百爪挠心,向网友求助,赖小光直击其要害:

> 图书馆里几相逢,对坐佳人投笑容。
> 多少姻缘多少恨,起于勇敢起于怂。

我赞他说:"可以啊你,唐伯虎也不过如此。"

他说:"这就唐伯虎啦?真的假的?"

我讲了他许多好话,他喜不自胜,问我有什么爱好,我说作为一个女生我还挺会打篮球的,但马上又说:"你可别给我写诗啊,写了我立马拉黑!"

他说:"女生打篮球,就像池塘里锦鲤争食,挤成一堆。"

我听了当然不高兴。

他反应很快,立刻又说:"不过也有例外,我记得我们年级有个女生,有一次打班赛,她上来就三个三分,给我们全看傻了。"

我得意地说:"我差不多就是这种女生。"

他说:"大学的时候我们院有个高妹,是真的高,超模身材,但很灵活,且喜用左手,上场如入无人之境,一人打爆全年级。女生打球其实也不用真会,个高就行。"

我不吱声。赖小光问:"那你是不是也挺高的?"

我说:"我初中外号少女奥尼尔。"

赖小光发了一串大笑到流泪的表情,"那现在还打吗? 还是奥尼尔的打法? 少女奥尼尔,画面太美……"

我打岔说:"哎,你上次不说在追一个姑娘吗? 咋样啦?"

赖小光说:"嘿,我刚还给她微信转账来着,让她买消夜,一看,嚯! 这名字里怎么有个豹啊?"他给我看转账截图,女孩微信名叫周玉,转账时显示真实姓名叫:周*豹。

我笑,"这怎么了? 貂蝉不还有个貂嘛。"

赖小光说:"周玉豹哎,想想就瘆得慌……"

我说:"大哥周金龙,二哥周银虎,三哥周铜熊,四哥周铁狼,小妹周玉豹?"

赖小光听了大笑,也跟着逗,"豺狼虎豹,这一家够扫黑除恶忙一阵的。"

我说:"少啰唆,快转钱吧你,转了就能豹一豹了。"

赖小光越发乐不可支,连说我太搞笑了,从此把对周玉豹的热情全转移到我身上,每天有事没事都要跟我哈拉几句。不知为什么,和他聊天我很放松,感觉像面对一个老朋友,不必拘束。不过,时间一长我开始感觉他有心事,他好像总怀着某种深刻的痛苦,之所以喜欢写打油诗挖苦人,并不意味着他这人肤浅、没阅历,反而说明他经历的东西更深沉,而他一直在压抑,努力想和它共存。他找到的办法我很喜欢,就是苦中作乐,某种意义上我觉得我们是同类,我们都是喜欢自嘲的人。在我不去打扰卢群之后,我对这个叫赖小光的男人产生了莫名的好感,后来,发现我们竟然还是同行,更拉近了我们的距离。

熟了以后,赖小光告诉我他在渐近线影业担任项目开发部主管。我知道那家公司,业内小有名气,最近还有几个不错的项目在物色编剧,我曾经一闪念,想让他推荐我一下,可随后还是决定,不能让网上和现实中的关系混在一起。这个圈子也实在是小,有次我去开策划会,在座的正好有个渐近线的人,他说公司有个中层前一阵加班时猝死,还不到四十岁,叫赖小光。我吓了一跳,明明昨晚我才和赖小光聊过天啊!我小心问他,你们公司还有第二个叫赖小光的吗?他怪怪地看着我说,没有啊,哪有那么多赖小光。

当天我就拉黑了他。他应该是叫赖小光没错,但他冒用了渐近线那个赖小光的身份,是为了接近我,对吗?无论出于什么原因,这都是一个非常不好的信号,加上当时我已经意识到不能再继续盗用冬冬的照片,所以,发现他在冒名顶替是个很好的离开理由,我没有犹豫。现在,我从头到尾翻看我们的聊天记录,希望能找到线索。

通过一张照片——赖小光发给我的同学聚会照片,包厢里拉着横幅:上戏管理系09届——我终于找到一个认识他的人。赖小光在上戏读过两年进修班,这事是真的,所以他的确接触过不少圈里人,这也是为什么当时我们能有很多共同话题的原因。

我决定去上海,找他那个同学。

在去上海的高铁上,我想起一些和赖小光"网恋"的片段。应该说,从始至终他都对我很热诚,聊天时他会时刻留心我的感受,向我提供源源不断的情绪价值,这不是简单的迎合——他和伯爵不一样,伯爵絮絮叨叨其实只关心他自己,而赖小光对我的关注,我能感受到都是发自肺腑,是一种很真挚的需要,直到后来我才明白,那种种关切背后都是有原因的。

我来到上海,见到了赖小光的同学钱译。

因为堵车,我迟到了十五分钟。站在钱译身边的漂亮女孩是他未婚妻,她已经等得很不耐烦,后来我才知道,当时他们约好中介要去交买房的订金。考虑到时间紧迫,他们随时会走,我开门见山聊起赖小光,钱译很快明白了我的意思,他也没有隐瞒。

"小光,他是我们同学里最有商业头脑,也最先出来的。"钱译说,"可之后他迷上炒股,加了十倍杠杆,血亏,欠下不少外债。为了翻身他开始赌,先是赌球,后来的那些网站、俱乐部我也搞不清楚是什么,总之越赌越大,整个人都慢慢失控了。"

钱译告诉我他家是苏北农村的,很穷,来上海读书,最艰苦的阶段赖小光对他有过多次慷慨资助,用他的话说,"小光这人向来是很讲义气的。"可未婚妻却补充了自己的不同看法,她说赖小光"就是个人渣",从他们手里借走二十万,根本没打算还。看钱译的表情,他显然是不同意她这个说法,但也没有当着我的面反驳。

我问钱译知不知道赖小光现在人在哪儿。钱译警觉起来,问我和赖小光到底什么关系,我眼睛都没眨就说我是他女朋友。钱译上下打量我,满脸不信,可最后还是告诉我,他听赖小光一个债主说,他最后一次出现是今年二月在缅甸,好像欠了别人不少钱,被扣在那儿了。"其实,四月初他给我打过一个电话,"钱译说,偷偷看了一眼未婚妻,"我问他是不是想借钱,他说不是,他说他现在不缺钱,我问他在哪儿,他说在红河州,但马上还得换地方。我问他是不是惹上什么人遇到麻烦了?他不肯说,只说欠我的钱一定会还,所以我猜,至少当时他应该是在那边,在云南。"

未婚妻突然开口:"可他到现在也没还钱呀。"她飞快扫了一眼我的手,对钱译说,"跟她说说文静的事。"

钱译有些不高兴,看样子不太想提。

我赶紧问:"文静是谁?"

钱译叹了口气,说:"她是小光的女朋友。温文静,苏州人,真正的书香门第,当年他俩谈恋爱在我们那一届是很出风头的,大家都觉得他们是郎才女貌,是天生的一对,他们差点就结婚了。"

"后来呢?"

"后来,文静出了意外,她……"

"她跳楼自杀了,"未婚妻再次插嘴,"赖小光说她精神有问题,胡扯,我看是他自己有问题,文静就是他杀的!"

这是什么意思？是气话，对吗？

"警察都说不是了。"钱译大声说，显得很不快。

我吓了一跳，所以，未婚妻说的并不是气话，而是大家当时都曾有过的一种怀疑。我想和钱译确认这一点，可他已经从对未婚妻的嗔怒中恢复理智，说起了别的，"大概半年前，我记得是半年前，小光好像又谈恋爱了，当时我还挺为他高兴的，那女孩好像比他小很多。"他再次打量我，见我面不改色，他继续说，"总之，我感觉他的心情变好了，他还主动申请想调到北京的分公司去，所以我估计那女孩应该是在北京。其实小光已经拿到那个职位了，可不知道为什么突然又自己放弃了，我猜是因为那个女孩甩了他。之后他整个人都不太好，失踪了整整一个星期，回来后工作也丢了。就是那段时间，他开始找所有人借钱，然后有一天，突然就消失了。"

未婚妻在催他，她已经非常不耐烦了。

"抱歉，我们真的得走了，"钱译对我说，"微信联系？"

我有点急了，"你也怀疑过他对吧，温文静的死？"

钱译脸上没有丝毫变化。他没有立刻回答我，而是先把未婚妻送上车，我听到他对她道歉，轻声安抚她。回来后，他变得一脸严肃，对我说："我可以肯定，文静的死是个意外……小光，我必须说，他是我这辈子最好的朋友，以前他是个非常出色的人，我绝对相信这一点。他很可靠，对朋友热诚、周到，可文静死后他整个人都变了，先是赌，后来还常带着一些乱七八糟的女孩回来过夜，当时我怕他出事，就让他住我家，我太太讨厌他就是从那时候开始的。"他压低声,几乎是痛苦地说,"文静死的时候,其实已经怀了他们的孩子……那之后小光变得很可怕……有时候我会偷偷给他点钱,可那没能让事情变好,我觉得他身上出现了一种自毁倾向……所以,如果你真是他女朋友,劝你一句:现在最重要的不是你找到他,而是不要让他找上你。"

回到酒店,我冥思苦想,试图梳理赖小光的经历。

他曾经春风得意,无论感情还是事业都让身边的朋友羡慕,他后来的堕落和未婚妻温文静的意外死亡有关,那之后他沉迷赌博,意志消沉,这期间有过一次重要的回光返照,是因为他交往了一个"年轻女孩"——那应该就是我(饿兔子跳),再后来,我把他拉黑,他受到打击,再次沉沦,甚至跑去境外赌博,因此被扣押在当地……所以,也许,他和冬冬的失踪无关?可我还是感到非常不安,因为这里面疑点太多了,让我最困惑的是两件事:第一,温文静为什么会突然自杀?第二,她的死,是不是赖小光导致的?

洗漱时,钱译发来一张照片,是他、赖小光和一个女孩的合影。

"中间就是文静。"他解释说。

这张照片吓了我一大跳,因为打开的瞬间,我以为我看到的人是冬冬!

等放大照片,仔细辨认,我才意识到这个叫温文静的女孩,只是和冬冬长得很像,尤其是那种妩媚而倔强的神情。现实中确实有长得几乎一模一样的陌生人,小时候我爸有个工友和中央电视台主持人李咏长得一模一样，我一直以为他就是李咏，主持节目下班后在厂里打工。看着这张照片，我感觉命运肯定是在跟我开一个天大的玩笑。

我问钱译："温文静，她真是自杀吗？"

钱译回复："警察认为是。可很多人都不信，尤其是文静的家人，后来警察不得不透露了一些内情……文静当时，其实染上了毒瘾。我问过小光，他也没否认。"

我惊呆了，下意识地发了几个"？"。

钱译回复："我知道你不是小光的女朋友，如果你找他是想讨债，到此为止吧，如果你们真的曾经在一起过，也最好到此为止。"

"为什么？"

"因为，小光是个××的人。"

××他用的是表情，两颗引信已点燃的黑色炸弹。什么意思？赖小光是个易燃易爆的人？是个可能炸飞我的人？

我又连发了几个"？"。

但他把我删除了。

钱译有这个反应我能理解，我不得不思考的是这么几个问题：温文静的死绝不是简单的自杀，和毒品有关？她和冬冬长得很像，这应该只是巧合，可赖小光因此搭上"饿兔子跳"，却绝不是巧合。我把他拉黑，他跑去缅甸，是去做什么？所有这些事实、巧合、意外，形成一个涌动的巨大谜团，令我眩晕。

12

冬冬失踪整整十天了,越来越多的人认为她已经遇害。

网友在最早发布"拉杆箱视频"的微博下面点起了蜡烛长龙。类似情况在别人身上发生过,别的受害者,别的不幸家庭,现在轮到我亲身经历,感受却完全不同:那些摇曳晃动的小蜡烛并未让我感到丝毫宽慰,反而产生了一种强烈的生理不适 —— 由于没有新的惊爆点出现,事件热度在迅速降温,蜡烛纪念算是一个祭奠,人们迫不及待想给这件事画上一个句号。

阮文突然打电话给我。他声音很怪,跟平时不一样。我问他是不是喝酒了?他没有否认,就像没听到一样,还自顾自说着,他说周媛学会了潜水,每天都要下水,"嘴唇经常是紫的,教练说这是因为缺氧,她在水里待的时间太长了。"他和教练都极力劝阻,可周媛根本不听,到了晚上她就蜷缩在沙发上不动,不吃东西也不说话,抱着手机发呆,"然后,昨天晚上,她突然发疯了……"

发疯?他很少把这种词用在周媛身上。

阮文说:"她蜷在沙发上好几个小时,我不敢动她,后来我想给她盖条毯子,她猛地起身,眼睛直勾勾盯着我,接着就走进厨房,拿了把菜刀,到处找陆渐平。她闯进陆渐平的房间,拿刀在他面前挥舞,叫他说实话,可突然又给他跪下,哀求他……"阮文停下来。我感觉他在抽泣。

我惊呆了,不知该说什么。

"我抢下刀……她不是故意的,可我的手割破了……陆渐平报了警,警察……"他深吸一口气,"阮金,我订好机票了,明天一早就带她回兰州,我们得回家,先回去……这样下去不行,我怕人没找到,她就先垮了……"

接下来几个小时,我的思绪完全陷入了混乱。

电话里我努力安抚阮文,我告诉他他的决定是对的,带周媛回家,去调整一下,这是对的。我很小心,不敢让他意识到崩溃的可能不只是周媛。阮文慢慢冷静了下来,可我觉得他还在哭,他极力遏制,也许捂住了话筒。我从没见过阮文掉眼泪,虽然他是那样一个软弱的性格,可从小到大他从没在我面前哭过。我想象着阮文,我的哥哥,在我面前流泪的样子,心如刀绞。

我吸了吸鼻子。我以为是鼻涕,可摸到的是血。我跑进洗手间。

我洗脸,洗鼻子,仰头……镜子里的我头发凌乱,鼻孔塞着药棉,白衬衣上血迹斑斑。我把毛巾覆盖在脸上,吸干上面的水,脑子里蹦出的念头是:现在你唯一能做的,就是去追查赖小光!

是啊，悲伤不解决任何问题，在崩溃之前你要行动起来！

去缅甸找人，这谈何容易，我需要找人帮帮忙。我认识的一个导演在云南拍过禁毒宣传片，他一直想拉我写个以此为背景的犯罪片，我觉得这种题材没有官方背景成活率太低，当时婉言拒绝了。我打电话给他，问他还想不想做，我说我现在想写了，但要先去体验生活，想请他帮忙联系当地朋友安排我去趟缅甸。他感到有些突然，但最后还是爽快答应了。打完这个电话我的情绪稳定下来，我的决定没错，周媛崩溃了，阮文也崩溃了，这种时候，我必须保持冷静。

小网管打来电话说她把冬冬的手机解锁了。

我立刻就赶过去取。路上我想，她干吗不用冬冬的手机给我打这个电话呢？不祥的预感在我心里一闪。果然，见面时她目光闪烁，吞吞吐吐。

"姐，有个小问题，你听我解释……"

我错信了这个白痴！她根本不是自己吹嘘的什么黑客高手，她含糊了半天最后才承认，她用了很多办法最后也只能恢复出厂设置。无语，当初真该一脚把她踢进监狱！

我一直寄希望于这个手机，可线索竟然就这么断了。

一到家我就开始打包行李，准备第二天一早出发，先去云南，然后等导演给我地陪的联系方式，就直奔缅甸！哪怕大海捞针，我也必须找到赖小光。

看着桌上冬冬的手机，我突然想：要是用它给赖小光发个信息，会发生什么？无论他做出怎样的反应，我都能因此得到一些线索，对不对？我思考这么做的后果，设想了各种可能，最后还是决定冒险一试。我先用冬冬的手机给赖小光打了电话，不在服务区，我又发短信问他在哪儿。我把手机放在窗台上，坐在沙发上等。几个小时后，当我迷迷糊糊快睡着的时候，手机响了，我赶紧接起来。

"冬冬，是你吗冬冬？"对方急切地问。

是个男人，听上去很年轻，我唯一能确定的是这并不是赖小光。我含糊地"嗯"了一声，对面突然不说话了。

过了一会儿，他说："你不是冬冬。"

我说："我是。"

他说："你不是。"

"你是谁？"他质问我。

"你是谁？"我反问。

那头再次陷入沉默，我感觉他随时会挂电话，就主动说："我是冬冬的家人，她不在，你有什么事我可以转告她。"我想探探他的虚实，因为除了家里人和几个亲密的朋友，当然还有警察，并没有多少人知道鼓州岛失踪的女孩就是冬冬，我必须弄清这人是谁。

"我叫欧树，欧洲的欧。"

欧树？我迅速在脑海里检索，最终确定，我从没听冬冬提到过这个名字。

"你是冬冬的同学？"我试探。

"我知道你是谁了！"他突然提高音量，又恢复了那种质问语气，

"你是阮金。为什么她的手机在你手上?"

"你是冬冬的男朋友,对吧?"我是猜的,情急之下他也许会承认,可他没回答,也就是说,他也没有否认。我赶紧说:"欧树,咱们见面谈一下好吗,你在哪儿? 我过去找你。"

一听这个他立刻挂了电话。我打回去,他不接。我不断打过去,他始终不接。最后,他发来一条短信:"你再打来,我就报警。"

我直接回他:"接电话,否则我报警!"

我继续打回去,一边在想这究竟是怎么回事? 欧树,无论他是不是冬冬的那个神秘男友,他显然知道冬冬出事了,他也在找她。几分钟后他打回来,情绪很激动,先是说了一堆乱七八糟的话,几乎语无伦次,然后他让我发誓,不是我找人绑架了冬冬。我气愤地说当然不是,他又有些失望,喃喃自语道:"我找不到她,到处都找遍了……"

他再次挂断电话。

这个电话让我坐立不安,可我坚信他肯定会再打来。晚上,我感觉有些低血糖,赶紧吃了点东西,然后就带着手机进浴室洗澡。洗澡时我渐渐冷静下来,开始思考这样几个问题:

第一,如果冬冬的男朋友就是这个欧树,那赖小光是不是可以暂时排除嫌疑?

第二,欧树怀疑是我绑架了冬冬,为什么他会这么想?

第三,他怀疑是我绑架了冬冬,是不是说明,造成冬冬失踪的人,不是他?

当晚他没再打来，我也没有贸然打给他。

第二天一早，我被电话惊醒。眼都没睁我就抓起手机，可瞬间我已经知道这不是欧树，因为这不是冬冬的手机。听不出来电话的人是谁，而她在那头欢快地说："怎么啦金子，我啊，牟静，《厦门观察报》牟小静啊。"

《厦门观察报》，虽然那已经是十几年前的事了，可我记得她，牟静，法制口的红人，先于我辞职，工作上我们没什么交集，根本就不熟。我在迟疑中又"啊——"了一声，而她立刻滔滔不绝说起来，提到几个老同事，还说当时就对我印象很深，又说她现在在一家传媒公司当副总，一直想找我合伙做项目，问我有没有时间一起吃个饭。我拒绝了，可她并不放弃，还想说服我。这时，冬冬的手机响了，我说了句不好意思，挂了她的电话。

欧树发来一个链接，是篇人物特写，内容让我吃惊，竟然是周媛的采访，后面还附了冬冬的照片——正是我发给阮文的那张。此前，周媛和阮文一直拒绝媒体采访，所以"鼓州岛女大学生失踪案"虽然很火，却没有报道明确说失踪女大学生是谁，家人是谁。这篇报道彻底曝光了冬冬的身份，而周媛的讲述和冬冬的照片则证实了报道的真实性。

写这篇采访的人，正是牟静。

欧树提醒我："看看日期。"

文章是两天前在一个公众号上发布的。两天前，不就是周媛崩溃、失控的那天吗?牟静是怎么说服她接受采访的?她都跟周媛说了些什么?是不是因为她说了什么才导致周媛崩溃?我还没来得及搞清这些问题,更大的麻烦就来了。

这篇文章经过两天发酵,在网上被疯传,人们发现"失踪女大学生"竟然是个小网红,又再度兴奋起来,各种爆料开始源源不断地出现。有人在网上发了我(以"饿兔子跳"的身份)发给伯爵要求见面的对话截图,宣称"所谓的失踪女大学生根本就没失踪,几天前她还在骚扰我的丈夫!"——显然,这是伯爵夫人的手笔。

这篇檄文也被疯狂转发,"少女失踪案"再次成为舆论热点。

大家都在说,剧情果然反转了。越来越多的人开始抨击冬冬,指责她是个破坏别人家庭的"小三",人们对失踪事件提出了疑问,有人甚至发起投票,结果有不少网友都认为整件事是冬冬在作秀,想红,她根本就没有失踪。还有更恶毒、更不着边际的话。

欧树打来电话。这次他没有冲我发火,而是非常沮丧,他说之前从没想过要把我做的那些事说出去,可现在,为了维护冬冬的名誉,为了澄清事实,他不得不对外披露一些内情。我问他什么内情?他说:"很快你就知道了,我会把该说的都说出来。"

我按捺怒火,问他能不能有话直说。

他冷冷地说:"如果你主动去投案自首,那是最好的。"

投案自首?投什么案?我一时心急,也对他提出我的怀疑:"冬冬失踪,是不是你造成的?"

他非常愤怒:"你怎么有脸说这种话? 从一开始我就怀疑是你,是你策划了绑架……你一直在利用她,你有动机这么干。"

当晚,一篇长微博揭露了冬冬的亲姑姑阮金利用她的照片四处交友的惊爆内幕。不得不说,欧树的文章写得相当克制,他只罗列了基本事实,以1、2、3、4、5排列,内容极为有限,却非常刺激想象力,总结起来,这些内容揭示的只有一件事——

两年来,失踪女孩的姑姑一直在利用她的照片搞"网恋",而这很可能就是导致女孩失踪的原因。

作为当事人,当我终于以一个旁观者的视角审视自己的所作所为,我感到不寒而栗。我把文章仔细看了两遍,然后发短信问欧树这些他是怎么知道的?

他只回了六个字:"人在做,天在看。"

欧树知道,那冬冬知不知道? 如果她早就知道这些,为什么没来找我摊牌,没有像以往那样和我开诚布公地谈话,叫我住手。也许她试过,而我蠢到根本就没意识到? 我想起她给我看小说的那晚,她的表现和以往不同,为什么她要写那篇文章? 又为什么非要在离开前拿给我看? 她是在向我暗示什么吗?

网上彻底沸腾了,一天之内剧情两度反转,让整件事变得峰回路转,戏剧性激增,所有人都有话迫不及待想说。牟静又打来电话。这次她不再兜圈子了,直接说想采访我,说她的公众号文章篇篇"10万+",可以帮我澄清事情的真相……没等她说完我就把电话挂了。

真相？她想要的可不是什么真相，而是独家新闻，爆款八卦。我已经极力克制，可电话又再次打进来，我彻底火了，直接爆了粗口，可来电话的并非牟静，而是周媛。

"金子，"一反常态，周媛的声音很温情，"你吃饭了吗？"

"对不起，我以为是……"我沮丧极了。

她好像没听到我的道歉，继续轻声细语地说："我们已经到家了。"她的声音简直不像周媛，"金子，你知道吗，这些天我不吃不喝也不敢睡觉，就攥着手机，一直在等电话……"她停下来，叹了口气。

所以，当她蜷缩在沙发上一动不动，是在等电话，谁的电话？我的，对吗？我很后悔，为什么听了阮文的劝出事后一个电话也没打给她，不，那不是因为阮文的阻拦，而是因为我不敢，我没那个勇气。

"我在等绑匪的电话，"周媛说，"我在等他们叫我去筹钱赎人，那样，我至少还有个盼头……"

一瞬间我就哭了。而她突然笑了一下，说："金子，我请了个老朋友去调查你。"

"我知道。"

要来了，对吗？从确信冬冬失踪的那天开始，我一直在等的就是这个时刻，一些东西被揭开，露出下面的不堪。我胆战心惊，等着周媛对我火力全开，可她却开始骂辛捷，骂她无能，该查的什么都没查到，接着又骂阮文，说他是个软骨头，一个糟糕的丈夫、糟糕的父亲……她几乎是痛骂了所有人，包括她的女儿在内，是的，包括冬冬在内，却从始至终一句也没有责备我。她的这种压抑，让我快要无法呼吸了。

这时，她小心翼翼止住了抽泣，突然低三下四地对我说："金子，以前都是我不好，是我不对……嫂子求你，把冬冬还给我，好吗？"

13

地铁过来带来一阵风。这风是温热的,混合着潮湿水泥的腥味,让人想屏住呼吸,如今只有在二号线的个别站台你还能闻到这种地下防空洞的怪味。鼻子又开始酸了。

排队的人很多。不该在晚高峰出门,更不该跑来坐什么地铁,可我没办法待在家里。周媛的电话,宣告我从一直躲藏的阴暗角落被连根拔起,继续待在家里,我不能保证自己不会从窗口跳下去。有人在抗议插队的,我正想回头看,地铁忽然发出一声低沉的轰鸣,人群骚动起来,一股强大的力把我推向了车门。车门轰然中开时我失去控制,明明寸步难行却被挤进车厢。车厢里的气味更难闻了。被紧压在人和人之间、肉体和肉体之间,我脑子都要不转了。每个低头注视手机的人可能都在看今天的热点,他们迅速滑动的手指,正发送出一条条诅咒我的评论。我不敢大口呼吸,努力压抑着咳嗽和喷嚏,而鼻腔酸胀难忍。我坐过了站,却想不起自己本来是要去哪儿。

不知过了多久,我发现自己站在扶梯右侧正随着人流向上运行。这场面可真滑稽,所有人都站立不动,匀速移动,擦肩而过却面无表情。

为什么在下暴雨?

今天星期几?

这是哪儿?

雨越下越大,很多人都被困在地铁口。男人们拿出烟来抽。偶尔会有人受不了忽然冲入雨中,疾步狂奔。此时最明智的做法就是打道回府,再去挤地铁,可我不想那么做。现在,我迫切需要的是找个地方来上几杯,让酒精把我放倒。过了很久,也许有半个小时,我终于抢到一辆出租车,我说了以前常去的一家三元桥的日本酒吧,司机有些烦躁,提醒我现在过去会非常堵。我说没关系。

路上我收到微信,内容只有一句话:"这都是真的吗?"

是卢群。所以,他也知道了,知道失踪的女孩就是冬冬——不,不是冬冬,而是他一直以为的那个"饿兔子跳",所以,他现在这么问是在问阮金。

我突然想见他一面! 非常非常想。

他又发来一条:"我今晚要值夜班。"

这是在解释吗? 解释什么? 是怕我会过去找他,对吗?

我对司机说:"师傅,去朝阳医院!"

大雨造成的拥堵让我又浪费了四十分钟。一到地方我就跳下车狂奔,到门诊大厅这短短几十米我被大雨淋得湿透。我问护士,妇科的卢群在哪儿，一连问了好几个才有人告诉我说他可能在住院部。我又一口气跑到住院部楼下。

当我在住院部四楼找到他时，他正和一个女患者交谈。看到我，他显得十分镇定，冲我点了点头，示意我等一下。几分钟后，那位患者离开，他朝我走过来。刚才上楼的时候，在电梯里，我已经说服自己：见面后无论发生什么，都不要退缩。于是我走上前去，直截了当告诉他："没错，都是我干的，有什么问题你现在就问吧，你问什么我就答什么。"

我在等他冲我发火，我期待看到他的愤怒，我希望他唾弃我、审判我，可他并没有愤怒，而是一脸窘迫地低声说："别在这里说，可以吗？"看他那个样子，就好像做了错事不可饶恕的人是他而不是我。

他带我乘电梯到了住院部九层。我默默跟在他的身后。这里很安静，感觉像是没住着病人的楼层。经过一个没有护士的护士岛，穿过一条淡蓝色的令人感到温馨的走廊，他带我走进一间空病房。不像病房，更像宿舍。

一进门他就转过身冲我展开双臂，我以为他是要拥抱我。这让我很激动。

"衣服，"他轻声说，"快把湿衣服脱下来。"

我把外套脱下，递给他。他小心翼翼将它搭在椅背上。

"稍等一下，"他说，"我给你找条干毛巾。"

很快他就找了一条很大的白毛巾给我，他让我赶紧把头发擦干，接着又烧水,沏滚烫的茶给我。我觉得他忙忙碌碌,其实是想避免和我有目光接触。捧着茶杯,我开始流鼻涕,然后是流泪。他站在那里,看着我抽泣,什么也没有说。几分钟后,他突然起身离开,没作任何解释。一瞬间我以为他不会回来了,心情顿时黯淡,可很快他就拿着一套干净病号服又回来了。

"我只找到这个。"他一脸抱歉地说。

换上干爽的衣服,坐在温暖的病床上,喝着甜丝丝的姜茶,我开始向他诉说,一口气向他坦白了一切。我说得很慢,但尽可能详细、准确,就像是犯罪嫌疑人心理防线崩溃后主动交代罪行……不只是"饿兔子跳"这个虚假身份的真相,还有我对他感情的真相,我对他的欺骗,我对自己的自欺。这期间他没有追问我任何问题,只是默默听着。之后他走到窗边,推开窗户,他没有问我就掏出烟抽了起来。我从没见过他抽烟。

"没想到是这样,"他转过身,平静而关切地说,"那阮冬冬……她到底有没有失踪?"

这句话让我感到一阵莫大欣慰,这种时候,他最关心的不是自己所受的欺骗和愚弄,而是冬冬的安危,这说明我之前的判断没错,冬冬的失踪,和他无关。我忍不住走过去,用力抱住他。

谢天谢地,他没有推开我。

我们抱了很久很久,有那么几秒我感觉我快要睡着了,就连他的沉默都让我感到安全。慢慢地,我能感觉到他在抚摸我,抚摸我湿漉漉的头发,然后是额头,脸颊……我听到他的声音像是从很遥远的地方传来，"你发烧了……"

那不是发烧。

尽管浑身燥热，脸颊发烫，但那不是发烧！我能感觉到自己正在燃烧——从身体内部散发出的阵阵热力根本无法遏制……他嘴里喷出的净爽气息，他热乎乎的手掌，都让我激动、眩晕……这一切来得如此突然，如此不合时宜，却真实不虚。我暗骂自己，同时却期待他会采取进一步行动，期待他将我推倒在床上。

是的，我想！

无法解释这种心态，可我就是狂热地想他这么做。

他突然说："我想我还是给你打一针吧。"语气还是那么轻柔，像是在和我商量一件不太重要但需要我确认的事。

"会疼吗？"

"一点点。"他用温热的手扶住我的双肩，看着我的眼睛说，"然后你就留在这里好好休息，不会有人来打扰你。"真像个他妈的天使。

他在为注射做着准备，动作十分娴熟，有条不紊，我就坐在床头默默看着，虽然四肢僵硬，内心却很澎湃。也许，我可以主动一些？我想我可以。我正这么想时，他抬起头来再次抱歉地说："今晚我值夜班，必须一直守在急诊那边，你有什么需要就喊护士，给我打电话也可以，我会尽量安排。"

他要离开我，而我不能挽留。

我感到无比失落，但点了点头。

他飞快给我打了一针。就像他说的那样，几乎感觉不到疼，可我现在需要疼痛，我宁可疼痛！接着他就走了。我在病床上躺下，将身体完全藏在被子下面，蜷缩起来，闭上眼睛，这一刻我感到无比羞耻，却又无比幸福。

大约五个小时后，我醒了。雨已经停了，我看到大团的雾抵着窗户。

花了好一会儿我才回到现实，想起自己在哪儿，为什么会在这里。我感觉自己睡得并不长，但很沉，也没做任何梦，奇怪的是，我感觉不到睡醒后的那种轻松，反而整个人昏昏沉沉，四肢也轻飘飘地无力。躺在床上，我一动不动，呆呆望着窗外，直到大雾逐渐散去。坐起来的时候我仍然有些头晕，我想穿上裤子，直到这时我才发现了问题。

我不敢相信我的发现。

坐在窗边的椅子上，我等他来。我想知道他会说什么。我不知道他会说什么。我也不知道我是谁了。为什么我会让他想那样？他想要什么？为什么我不是他想要的？我想要什么？为什么想要？但有一件事我知道：我要小心地问他，不能让他难堪。

七点多的时候他终于来了。他先是轻轻敲了敲门，然后就走进来，手上拎着我们的早餐，看上去他情绪十分稳定，神情和昨晚没有什么不同，穿戴也完全一样。他表现得就好像什么都没有发生，可我知道，那不是幻觉。我望着他，看着他的双眼，平静但压抑地说：

"你把我的内裤穿反了。"

"是吗?"他丝毫没有慌张,依然还是那么淡定,淡定得就好像这句话毫无意义,说出来就在空气中挥发了一样。他看着我,微微皱了皱眉,"豆浆,你要加糖吗?"

我的心碎了,但我不肯放弃。

"能告诉我,这是为什么吗?"

"什么为什么?"

"你知道为什么。"

他没有回答。我忍住眼泪走出房间,走到空无一人的走廊上。我听见他在我身后。我转过身。他看着我。有那么一秒钟我以为他会改变心意,我们可以开诚布公地交谈。我等着。

但他只是说:"你确定,不吃早饭就走吗?"

电梯下行时我感到失重,天旋地转。

我走出住院部大楼,一直走到大街上。路过药店时我买了紧急避孕药和一瓶矿泉水。我把水弄开,立刻吞下药片。我不想哭,可我一定是在流泪。柜台后的女售货员一直在看我。她犹豫了一下,小心问我要不要维生素C,并解释说,紧急避孕药和VC搭配吃不伤身体。我说好。付钱时她又问我要不要买两片,万一呕吐的话,需要重新吃。

回到大街上,我本能地伸手拦车,一辆出租车几乎立刻就停在我面前。

我不记得自己是怎么回的家，从药店到家的这段时间我的大脑一片空白，不是一点空白，是彻底空白。

到家后我脱光衣服，在浴缸里放满水，把水调到能忍受的最高温度。我走进去，坐在里面，感觉身体慢慢肿胀，漂浮起来……恍惚间，我看到他走进了浴室，他不看我，脱掉上衣，背对我在镜子前刮胡子——我能清楚地听到剃刀划过下巴切断胡茬儿的沙沙声。

我捏住鼻子，滑到水下，听着头部的血管怦怦跳动的声音，血液奔涌。当我把头露出水面时，他消失了。

渐渐地，我脑子里充斥起各种声音：

你为什么不报警？

也许，他曾用这种方式伤害过很多女人，不只是你，你为什么不报警？

也许，他曾用这种方式令其中一些女人怀孕，你为什么不报警？

我的头脑很混乱，但有一件事确凿无疑：强奸真的发生了。我曾经以为，他是我认识的男人中最没有威胁的一个，可他却给我下药，我不确定是那一针还是那杯姜茶。让我感到愤怒、迷惑和耻辱的并不是强奸本身，而是他选择的方式——下药、迷奸，我因此甚至没机会验证自己会不会反抗，会反抗到什么程度。

他把我当什么？一个玩物？一件物品？总之不是一个人。

接下来的一整天我都躺在床上，忽梦忽醒，和我共存的只有一片黑暗和虚无，没有时间在流动，没有光进来。迷迷糊糊中电话一直在振。我不想动，不想接。

是卢群吗？我不想这么快就再面对他——可我觉得那不会是他，我认为他不会再联系我，永远都不会了。

打来电话的是沈佼。

她一口气说了很多，什么我为什么不交稿也不去上班？什么剧本她已经安排别的编剧接手，接着她陷入沉默。我听到她在电话的那头哽咽，我听到她带着小心轻声问我："金子，网上说的那些，是真的吗？"

"是真的。"我竭力显得镇静，无畏。

"为什么呀？"

"什么为什么？"

"金子……"

"我在。"

我等了几秒，可她什么都没说。

我不想再和任何人多说哪怕一句话。我挂了电话，将手机关机，翻个身，重新回到属于我的黑暗里。傍晚时，我感觉有人在敲门。一瞬间我希望那是沈佼，虽然她来我也不会开门。我还不想说话，这个时候我不想听任何人问我任何问题，可我希望她能来看我，来看看我是不是还活着。我听到门外的人好像在问："阮金，你在里面吗？"

令人惊讶的问题，愚蠢。

会是谁呢？无所谓了。我将目光投向窗外。天又黑了，之前深紫色的天空这会儿变成了浓墨般的漆黑。

"我知道你在，"门外的人说，"把门打开吧，我们谈谈，你要相信我。"

这次我听出来了,是辛捷。谈什么? 相信什么? 有什么好谈的? 有什么需要相信的呢? 我听见她好像是在打电话,接着她开始用力砸门,嘴里喊着:"你可别做傻事啊阮金!"

她用力砸了好几下。

傻事? 什么是傻事?

房门的震动让我的胸腔阵阵发痒。

我看向窗外,而灵魂仿佛跃出到了半空。我看到自己朝客厅走去,"我"走上阳台。我看到"我"拉了把椅子放在那儿,伸出左手,打开了窗户。我看到"我"站在椅子上,攀上窗台。我感觉自己正独自站在一个阴冷、残酷的舞台上。

全世界的聚光灯全打向我——

双眼刺痛。

我看到"我"没有犹豫,直接向前一扑,而身体十分轻盈——

14

车窗外,一切飞驰而过,满眼都是连绵成片的棕榈树,浓郁的绿色……色彩之饱和,甚至有些恐怖。也只有在火车上,在这列开往东海的高速列车上,我才慢慢接受了自己被卢群迷奸这个事实。我一遍遍问自己:你是不是不该在那个时候贸然去找他?

是的,不该,那很蠢,很自私,可他在第一时间就决定伤害我,用的还是那种完全无视我尊严的方式,龌龊的方式,这我不能理解;我确实想要亲密,在决定去见他还有见到他之后我都怀有这种激情,可他给我的却是完全相反的东西,这我不能理解。我这个人,在很多事情上都既敏感又迟钝,而此刻,各种感觉轮番涌上心头,怨恨、屈辱、雪耻的渴望……为什么他要迷奸我?为什么,还能是为什么?在那一刻,我想我绝非他的欲望对象,而是一个"惩恶扬善"的处刑对象,他对我的惩罚犹如一枚钢钉,将我牢牢钉在耻辱之墙上。但我告诫自己,现在你要做的,应该是把那个破碎的自我留在身后,她无所作为,只会拖你后腿,过去的你已经死了,接下来是赎罪的旅程。

这就对了,睁大双眼,勇敢呼吸,别再去想那些无可改变的事实,你遭受的那些谴责、唾弃,精神的,肉体的,凌迟般的,都是你活该承受的,别给自己留任何退路,现在你要去的是鼓州岛,你该做的就是睁大双眼、寻找线索。

这一路我都在打电话给欧树,我拒绝了所有来电,只尝试和他联系,有太多疑问我想问他:你究竟是谁?你和冬冬究竟是怎样的关系?对于发生的一切冬冬知道多少?可他消失了,他突然出现,把一颗炸雷丢进我的世界,又彻底消失。

最后,我告诉自己,无论过去发生了什么,无论将来还会发生什么,摆在你面前的只有一条笔直的路和两种结局:

找到冬冬;

找不到,你就死在那里好了。

台风天,无法登岛。

滔天巨浪让我心惊胆战。我从没见过海这样,没亲眼见过。

东海开往鼓州岛的所有轮渡全部停运,实际上,我感觉整个城市都在阴沉的天空下陷入了停顿,街上看不到人,也几乎没有车。好不容易我才找到一个女值班员,她正要走,我问她轮渡什么时候才能恢复运营,她眯起眼睛,手指着窗外的海说:"你问它。"见我拖着行李箱,她又说:"赶紧去找个住的地方吧,这种天气要是给吹海里,死定了。"她告诉我附近有家干净卫生价格也很公道的酒店,还掏出圆珠笔，飞快给我画了张路线图。

尽管是淡季，可酒店一点也不便宜，不过经理给我免费升级了一间视野无敌好的海景房。从二十八层高楼的落地窗望出去，能看到港口摇晃的船舶，遥远的天际线黑云翻滚，不时有尖细的闪电在里面无声炸裂。

房间特别潮，空调除湿开到最大也完全不管用，被褥尤其不舒服。我的神经高度紧张，狂暴的风声让我整夜无法入睡，脑子里尽是各种各样的冲突……真想来片药，佐匹克隆，这种时候只有它能把我放倒！焦虑和烦躁中，我唯一能做的只有上网。

我开始仔细研究鼓州岛——它的形状、大小、气候、基础设施、交通状况，人们一般会在什么季节选择去那里旅行，岛的历史，岛民的构成，往返于岛和大陆之间除了轮渡是否还有其他途径，比如私人渔船，旅行者通常会在哪些景点驻足，岛上的餐饮和住宿情况，一共有多少家民宿……我甚至研究了海图和洋流，试着推演一个人在码头坠海会漂向何处……

这么长时间以来，有个疑问一直在困扰我，冬冬为什么会选择"花与爱丽丝"？研究地图之后这个疑惑更重了，"花与爱丽丝"位于鼓州岛的最南端，我理解人们去南中国海的海岛旅行通常都会想住在岛的南端，它背离大陆更远，离海洋更近，可为什么偏偏是这家？岛的南部有很多离海滩更近、条件更好的酒店，"花与爱丽丝"在山上，也许视野不错，可去海边要走很长一段路，附近既没有超市、银行，也没有像样的餐厅。更重要的是，只要稍微上网一搜你就能发现,这家民宿的老板是个臭名昭著的人物,光是携程上就有36条恶评。当然,我也看到有网友在评论中推荐它周边的景观,确实得天独厚,一种被称为"南海蓝孔雀"的鸥鸟将那里作为栖息地,可冬冬并不是观鸟爱好者。我能想到的唯一可能就是,"花与爱丽丝"并不是冬冬选的,而是"那个人",那个人,会是欧树吗?

因为欧树不回我信息,也始终不肯接电话,我只好试着上网搜寻他的线索,但他发布"阮金真相"的那个微博账号只有那一篇文章,而他关注的人只有一个,就是牟静。

我打开牟静的微博。几小时前,她刚刚更新了最新文章,标题叫《花与爱丽丝:鼓州岛失踪少女密码》。文章既臭且长。如果说文章前半部分还陈述了一些客观信息,那后半部分就完全是在胡说八道、耸人听闻,牟静用一种低俗小说的写法整合了网友的种种猜测,她最后重点渲染的那种猜测当场给我气笑了,她说,两起失踪案都是"灵异事件",和邪教有关。

为了"10万+",她真是拼了。

不过,这篇文章也成功引起了我对朱琳案的再次关注。我搜出很多当年的报道,其中一篇对朱琳失踪当天的行踪做了极为翔实却真假难辨的侧写,作者竟然也是牟静。

文章如下——

> 根据目击者证词,朱琳和亲友的通话、微信记录、鼓州岛治安监控,警方重现了朱琳在鼓州岛的最后一天。

2015年4月18日，星期二

上午10点29分，朱琳离开"花与爱丽丝"前往鼓州岛老街，在高胖子超市买了两罐汽水，一支圆珠笔和一个笔记本（后来发现的遗书用的就是这个笔记本）。

11点42分，朱琳返回民宿，在一楼餐厅吃午饭，其间通过微信和前晚预约的潜水教练薛某确认了见面时间。薛某，二十五岁，注册潜水教练，网上用户好评度99%，广西南宁人。据薛某向警方提供的证词，当天他按约定时间开车去"花与爱丽丝"接到朱琳，前往海湾游泳馆练习潜水，两个小时后，朱琳表示她已经掌握了基本动作，想去海里试试。薛某同意后，两人随即前往一处私人海滩。在浅水湾，他们练习潜水一小时左右。休息时，朱琳突然亲吻薛某，随后又向薛某道歉，表示自己刚和男友分手，心情不好。

15点30分，朱琳微信告知男友丁某华："我学会潜水了！牛吧。"

16点28分，朱琳给父亲朱越国打电话，向他承诺，她只是想散散心，三天后就会返回上海，让他不用担心。此时，朱琳已独自回到老街，在那里遇到了"花与爱丽丝"的老板陆渐平，两人交谈片刻，又一起去了海滩。有渔民目击，在海边，陆渐平用手机为朱琳拍照（警方后来在朱琳手机云端发现了这些照片，照片中她神态良好）。

17点30分左右，陆渐平和朱琳返回老街，在Perlas酒吧陆渐平把朱琳介绍给几个熟人，陆渐平的朋友侯杰提醒他："她还有点太小。"陆渐平回答说："十七了，可以独自出远门了，还小？"侯杰还表示，陆渐平当时喝的是酒，而朱琳只喝健怡可乐。

18点20分，朱琳、陆渐平走出Perlas。附近奶茶店老板欧阳夫妇经过，看到两人在街边交谈，"朱琳显得有些不安。"加油站员工张思慧经过时听到陆渐平对朱琳说："别忘了，9点见！"

19点26分，朱琳回到民宿，她打电话给男友，告知其下午学潜水好像有点晒伤，但没提到潜水教练或陆渐平。十分钟后，朱琳上海的同学董昀接到她的电话，朱琳说她"不知道该怎么办"，当时董昀在电影院，问她过半小时打给她行不行？朱琳说那就改天，反正也没什么重要的事。

20点41分，朱琳在Perlas酒吧门口给男友发微信，告诉他她打算乘摩托艇到海上看看夜景，男友担心不安全，劝她不要去，朱琳回复："分手了，还管我？"朱琳回到酒吧，陆渐平送她一顶红色遮阳帽。陆渐平的朋友马狗狗过来打招呼，注意到遮阳帽，开了句玩笑，问为什么晚上来酒吧要戴遮阳帽。马狗狗和陆渐平玩飞镖，一个顾客出言不逊，马狗狗和他吵起来，陆渐平上前劝阻，推搡中，陆渐平手中的酒杯跌落，"朱琳突然在旁边大笑，笑声很诡异。"

22点10分，陆渐平和朱琳去了老街北端的另一家酒吧，两人上了露台，对面就是游艇码头。陆渐平叫了两杯酒，朱琳没喝，一直低头玩手机。其间她接到父亲的电话，朱琳表示："爸爸，我醉了。这感觉真好。"

23点55分，在鼓州岛西码头的监控录像中，可见陆渐平驾驶摩托艇，载着朱琳，从海岸线缓缓驶离。

出海前，朱琳曾给父亲朱越国发微信——

23点35分，朱琳：过会儿打给你，我现在想吐。

23点35分，父亲：你一个人？

23点38分，朱琳：别担心，等我十分钟。

23点38分，父亲：你在哪儿？

23点43分，朱琳：你等一下。

23点43分，父亲：快说啊。

23点44分，朱琳：等等。

23点46分，父亲：怎么不接电话？遇到什么事了？能跟爸爸说吗？接电话。

23点47分，朱琳：没事。爸你别管。

23点54分，朱琳终于给父亲回了电话，但只说了一句话："老爸，我可能遇到坏人了。"随后电话被挂断。

几个钓鱼的人看到摩托艇驶向远海，没开灯，这很危险，因为当时有不少学生正在海上夜泳。有人叫道："这是谁？疯了吗！"但大家都知道驾驶摩托艇的人就是陆渐平。与此同时，朱越国不停给朱琳打电话，提示音显示，不在服务区。

半小时后，人在上海的朱越国选择了报警。

朱琳失踪后，有重大嫌疑的陆渐平被警方传唤。陆渐平承认当晚曾带朱琳出海，但朱琳中途意外坠海，他找了一夜，次日清晨上岸后报了警。两天后，保洁阿姨在"花与爱丽丝"朱琳房间的地毯下发现一封信，系遗书，遗书显示朱琳有自杀意图。救援工作持续了三周，由于始终找不到朱琳的尸体，陆渐平被释放。朱琳的父亲朱越国坚持认为遗书系陆渐平伪造，朱琳不可能自杀。

为什么朱琳会独自前往鼓州岛旅行？对此，其男友丁某华的解释是："出发前一周我们闹过分手，因为她要出国，我觉得我们没有可能了。分手是我提的。"

15

三天后，台风终于过境，可浪还是很大。

海面拍溅着破碎的白浪，一眼望不到尽头。我注意到海鸟总爱迎着风飞，它们会突然扎进浪花，不久又从别的地方冲出水面。这些无畏的鸟，它们好像是在用这种方式召唤我，催促我快点出发。那座岛近在咫尺，我却像个傻子，被困在海峡的另一头。

午饭后，我找到酒店经理，向他打听在哪儿能坐船去鼓州岛，他说最快也要后天才能通航。我说我知道，可我想花钱雇艘快艇，渔船也行，我想今天就出发，立刻就走。他摇头表示这不明智，"别花冤枉钱，关键也不安全。"他问我有什么要紧事非得这种坏天气出海，我编了个理由，他显然不信，但想了想还是告诉我说，他认识的一个人能办这件事。一直等到晚上他才给我答复，他联系到一个可靠的船长，那人有艘快艇，要是我非走不可他随时可以出发，但他又再次劝我："浪太大，太危险，而且虽说我和船长有些交情，可还是很贵的。"下午开始风浪确实变大了，我犹豫了一下，决定听他的。

当晚，我完全无法入睡，心乱如麻。

凌晨时我离开酒店，沿防波堤走了很久。海浪好像变小了一些。城市在有光的一侧，而黑暗中海在远处破碎，发出缓慢而磅礴的声音。

第二天一早我去赶第一班轮渡，在大堂又遇到了那位经理，他提醒我接下来的几天天气还是很糟，很少有游客会在这种情况下登岛，如果我坚持今天就走，别吃太饱，也别在甲板上逗留。最后，他送了我一把结实的大黑伞，"祝您旅途愉快！"

昨晚，我已经联络了"花与爱丽丝"，接电话的是位女士，听到我想订房她很意外，"你确定？这种天气。"我说我确定。她问我姓名，住几天，几个人，我如实回答，可她还是犹豫，"你等一下。"一分钟后她回来了，同意给我办预订，还说会尽量安排人到码头接我，最后她又再次叮嘱我上岸后千万别乱跑，"台风后，岛上会窜出很多蛇。"

几个小时后，我终于在时速二十海里的轮渡上看到了鼓州岛。

整座岛是镀了银的铁色，为什么它那么小？感觉海鸥振翅几下就可以飞过去。不久，轮渡似乎加快速度，颠簸得更厉害了，它没有驶向那个岛，而是经过后又继续前进。我真蠢，那根本就不是目的地。

又过了半小时左右，我才终于看到陆地一般摊开在海平面上的鼓州岛，先是大面积的灰，随着距离慢慢缩短，灰色渐渐变成浓绿。望着远处的防波堤，监控录像里冬冬惊慌奔逃的画面再次袭上心头。

之前的颠簸没什么大问题，可这一刻，我感觉天旋地转。

我忍不住跑到甲板上，想吐却什么也吐不出来。一个船员冲我大吼，我吓了一跳，手上的伞掉进海里，转瞬不见踪影。

上岸时我仍然感觉头重脚轻，可还是一眼看到那个肤色黝黑的男人举着写有我名字的纸站在台阶上。还很远，他就冲我挥手，不懂他是怎么在人群中一眼认出我的。这人普通话说得不错，感觉不像本地人，但他话并不多，除了挥手那一下后来也不怎么热情。

看到他是要骑摩托车带我去民宿，我拒绝了，可接连问了几个出租车司机，说的地方他们都不肯去，我问为什么，他们不理我，转身用方言说笑。

路并不长，却足足花了四十分钟。

一路上我们走走停停，十分艰难，因为好些路面都被台风吹毁了，我甚至看到有颠覆的渔船搁浅在道路的中央。每当遇到这种情况，男人就会停下，让我先下车，蹚水过去，再看着他把摩托车推过来，然后重新上车。等到了地方，我的裤子全湿了，皮鞋上也沾满红泥巴。让人精神为之一振的是民宿比我想象的更漂亮，它坐落在绿树掩映的半山腰上，视野极为开阔。建筑物被粉刷成明亮的白垩色，院子周围茂密的植被全是热带的，很多我都叫不出名字，空气里是宜人的植物芬芳和鸟鸣，榕树下挂着长长的秋千架……门廊上，贴着那张寻人启事。

联系人留的是"阮先生"。可我注意到，在阮文手机号下面有人用水笔写了另一个号码，署名是"妈妈"——周媛，她写的是"妈妈"，而不是"周女士"。

我鼻子一酸。

直到办理入住我才知道，骑摩托接我的男人，就是陆渐平！

我怎么这么迟钝？我好像猛然回到了现实，内心充满怨恨——我盯着他看——他本人和网上流传的那张凶悍照片差别很大，现实中的他非常普通，完全不像是个有累累前科的危险人物。可是，一想到刚才坐在他的车上，搂着他的腰、贴他那么近，我浑身都不舒服起来。

登记身份证时他突然问我："你想住那间房吗？在后院，二楼，窗子朝南，是我最好的一间海景房。"

他声音很柔和，而我没反应过来，"那间房？"

他抬起头，看着我的眼睛，继续用那种柔和的声音说："对啊，阮冬冬住过的那间。"

我惊得整个人抖了一下，下意识脱口而出："你知道我是谁？"

他晃了晃手上的身份证，目光没有闪躲，"他们走之前说过，你肯定会来，你来了一定会想住在那个房间，前晚，你打电话……"

"他们？"

"对啊，周媛，还有她老公。"

我不得不先深吸一口气才能开口讲话。我问他周媛有没有给我留言或者东西。他动了动脖子，朝庭院里看了一眼，"没有。"

不久，我们穿过一条走廊来到后院。这是个不大但收拾很漂亮的小院，绿树成荫。沿着木质小楼梯上楼，走上一个平台后，他把行李箱放在地上，手朝走廊尽头一指，"207，倒数第二间。"

房间不大，但穹顶很高，大概有五米，实木的横梁裸露着。两扇面海的窗全都向外敞开，窗外是一片树林，而远处是浩瀚无垠的海。十三天前，冬冬在中午时入住的正是这间客房，台风到来之前，阮文和周媛住的也是这个房间。我放下行李，走到窗口，眺望山下波光粼粼的蓝色海面。冬冬也曾站在这里，望着外面的海……

有一刹那，我感觉她就在这里，就站在我的身后。

可我不敢回头。

关于来岛后的"待办事项"，我在随身带的小本上有个列表，密密麻麻写了很多条，其中第一项就是从民宿出发，沿冬冬那晚走的路线去码头。我还写了备注：晚上走。

天色还早，可我没办法待在房间里，我决定立刻出发。

戴上遮阳帽，沿来时的山坡，我一边手机导航一边朝码头方向走去。导航显示步行去码头有一点六公里，需要二十分钟。冬冬奔逃的码头并不是我登岛的地方，她去的是岛的西边，那天晚上，她要么太慌张要么因为天太黑，弄错了方向。

山脚的岔路口，导航指示该向左，可我还是停下来看了看右边那条路。片刻后，我终于明白冬冬为什么会走错——右边那条路两侧是密林，很阴森，且地势向上，而左边那条路不仅平缓宽阔，还是下坡。在极度惊慌之中，出于求生的本能，你大概率会选择走左边。

下坡后我经过一个村庄。台风使岛上一片狼藉,当地人正在抢修被毁坏的房屋、道路、供电系统和其他东西,这种情形走走就能看到。有个村民看到我,停下手里的活儿,接着他身边几个人也都停下,朝我看。我压低帽檐,加快了脚步。

一直走到南方橡胶厂大门外我才停下。我先花了点时间找那个摄像头——这地方比我想象的荒凉,地图虽然标识着橡胶厂,可它早已倒闭多时,铁门锈迹斑驳,墙头长满荒草。这个摄像头还在工作,真是万幸。

沿这条路我又走了大约五六分钟。当我翻过小丘,眼前终于出现辽阔的海面,一望无际的蓝天下隐约像是一堆白石头一样的建筑,就是鼓州岛的西码头。

我在码头上徘徊了很久。大白天,这里竟然一个人也没有。一块醒目但破旧不堪的木牌上写着快艇游玩须知:

1. 禁止患精神病、高血压、心脏病、癫痫等疾病者上船;
2. 必须穿救生衣;
3. 一切行动必须听从驾驶员指挥;
4. 拿好手机,掉海里概不负责。

这四句冷酷无情的呵斥语言让我不舒服。这时,不知从哪儿冒出个精瘦的男人,他冲我展示手上的纸板,推销道:"坐快艇吗美女?时速一百二,飞一般的体验,感受一下!"纸板上画着一只红色摩托艇,艇后浪花飞溅。

"这么快?"

"绝对安全!有救生衣。"

"我不会游泳。"

"怕呀?"他一笑露出龅牙,"怕你就抱紧我啊美女。"

我走开了。可他缠着不放,一路尾随,说出海全程三分钟,一个人才两百,绝对超值,摩托艇是他自己的,有保险,想坐公司的船得提前一天预约,他这儿随时可以走。我说我真不敢坐,也不想坐,你去找别人吧。他不死心,又跟上来,嘴上还是美女美女地叫,我说你再跟着我要报警了。他停下来,用方言嘀咕了一句,转身走了。

我的心怦怦直跳,快步朝海滩走去。

海水比我想象的更清澈,浅滩处,肉眼就能看到成群穿梭的鱼,晶莹闪亮。鱼群保持水平在移动,游动速度相当于人在沙滩上行走的速度,也就是说,我在岸边走,它们在水里紧跟我、观察我。我忽然想起冬冬在海边的自拍:她手中的红海星,还有她明亮的大笑⋯⋯

我在沙滩上坐下,摊开四肢躺平,尽情感受沙子的热力。

大海让我眩晕。

三个小时后我回到民宿,感觉整个人都快虚脱了。我有点后悔下午事先踩了一遍路线,直接在天黑走,才能体会冬冬当时的感受。前台阿姨过来敲门,她说,阮金你不要乱跑啊,岛上有蛇啊。她给我送来水果捞,用很漂亮的瓷器端来,说是她自己做的,让我趁口感最好的时候尝尝。她说她姓梅,我可以叫她梅姐。

看得出来,梅姐很爱跟客人闲聊,她说话语速极快,思维也很跳跃。我们聊了一会儿,最后不可避免说到了周媛,她有些惋惜。

"你是觉得她不该走?"我问。

"不是该不该走的问题,"她叹口气,"是她还会回来多少次的问题。"

我心里一惊,而她继续说:"我见过那种孩子没了,还能想办法重新开始的男人和女人,可我从没见过孩子丢了放弃寻找的父母,他们会一直找,找到死为止,这是人性啊是不是?跟你打赌,他们很快就会回来,走丢孩子的女人就像掉了魂儿,哪有丢了魂儿不找的道理?你说是吧。"

我问她知不知道周媛为冬冬招魂的事。

"那是我的主意啊,"她有些振奋地说,"神婆也是我去请的。"

"这……有用吗?"

"怎么会没用?"

接着,她详细说了那晚为冬冬招魂的整个过程,我听得如坐针毡。

那个本地巫婆,在梅姐描述中是"如妈祖一样灵验的",仪式,老妇,咒语,缭绕的烟和火……我想象那样的场景,感觉很恐怖,我甚至能想象阮文当时的错愕与惶恐,可梅姐说,你不信这些,对吧?那你信心理医生吗?这话让我冷静下来,我似乎忽然理解了周媛，理解了她的无助，是的，她寻求这样的安慰并不是因为绝望，恰恰相反。我先是理解了周媛的痛苦，接着却因此更加痛恨自己，没错，是我，正是我让这些荒谬，悲剧，疯狂，席卷了我爱的每一个人。

梅姐还在埋怨周媛，说她不够心诚，不该不信神而信老公。听到这个我是真的烦了，可梅姐突然说："你应该去见一个人。"

"谁？我该去见谁？"

"老朱，他一直在帮忙打捞，很上心的。"她停了一下，又补充说，"台风来的前一天，浪那么大，天那么阴沉，根本没人还敢出海，只有他……把找别人的孩子当成自己的事，谁能说他不是个好人？去找他，找他谈谈。"

我半信半疑，一个渔民，能知道什么呢？

"沿海边一直往东走，"梅姐说，"你肯定能碰到他。"

下山后，我沿海岸线朝东走。

其实我没有多想去找那个叫老朱的人，可每当遇到像是本地渔民的人，比如坐在岸边织补渔网的女人或者穿着水鞋劳动的男人，我还是会停下，向他们打听。看得出来，老朱在岛上是个家喻户晓的人物，因为遇到的每个人都说了一些他的事，似乎大家都觉得他是个怪人，谈起他脸上都有一种幸灾乐祸的表情。就在我打算放弃的时候，一个声音洪亮的男人告诉我老朱在蚊子湾，"肯定在，这几天他都在那儿。"

"蚊子湾怎么走？"

"继续往东，遇到一片红礁石，翻过去，翻过去就看到了。"

老朱确实在蚊子湾，一眼我就看到他了。整个海湾只有一条船。

渔船停靠在岸边，是艘相当破的船，男人低头在甲板上忙碌，尽管头发花白，看上去十分苍老憔悴，可我断定他的实际年龄不会超过五十。当我走到离船很近的地方，我大声问他是不是老朱，他好像没听见。渔船在摇晃，到处都发出吱吱嘎嘎的响声。我又往前走了几步，更大声地问："对不起，您是老朱吗？"

他像是吓了一跳，直起身来，皱着眉头看我，"谁？谁找老朱？"

我解释说我是失踪女孩的家人，还立刻向他表达了感谢，可他却用沉默回应我。我感觉他并不想搭理我，可我准备走了他却喊我："你是那孩子的姑姑？"

"对，我是。"

"你就是阮金？"

他怎么会知道我的名字？可我保持镇定，说："对，我叫阮金。"

他再次皱眉，却微微点点头，"你给我发过邮件……游隼2015，就是我。"

我大吃一惊。我从没想过，"游隼2015"竟然是鼓州岛上的一个渔民。我有很多问题迫切想问，可又想到既然他就是"游隼2015"，他知道我是谁，从头到尾还表现得对我很反感、很警惕，这肯定是因为他也看了网上关于我的那些爆料。

他又在弯腰盘缆绳了。

我决定离开,可当我转身,他喊住我:"孩子父母呢,真走了?"

我点点头。我点点头,而不是说出来。

"这么快就放弃了吗?"他的语气不是疑问,而是带着一丝不屑。

我不喜欢他这个态度,很不喜欢,可我还是解释说:"我嫂子身体不太好。不,他们没放弃,他们只是……"

"他们肯定觉得孩子已经没了,对吧?为人父母,现在就下这种结论,愚蠢。"他没有权利这样指责周媛和阮文,我很生气,可我还没来得及说什么,他又问我,"你住在山上?住在陆渐平那儿?一个人?"

"对,我住在……"

"你活够了是不是!"

说完,他头也不回地走向驾驶舱。不久,发动机突然响起来,从什么地方喷出一股黑烟。渔船缓缓离开了海岸。

16

看到民宿来了两个警察,我一下就紧张了。

现在,在网上我是众矢之的,是这起关注度极高的失踪案件的罪魁祸首,警察有理由来调查我,可他们是怎么这么快就找到我的?两个警察都很年轻,一个十分高大,另一个个子小小的,他们一左一右站在门廊前。走近才发现,对面还站着陆渐平,他们是在和他谈话。陆渐平很不耐烦,大声抗议:"也不用天天来吧!问的都是一样的问题。"原来,警察是冲他来的。

陆渐平瞟了我一眼。小个警察很警觉,立刻拦住我,问我是哪里人,什么时候到岛上的,来鼓州岛做什么,要待多久。我完全没有心理准备,一时竟然慌张起来。我真不该有这样的反应。果然,见我神色不对,他要我出示身份证。我不得不拿出来给他,但对为什么来岛上却没想好要不要说实话——我怀疑如果他们知道了我是谁,会带我回去询问。没想到陆渐平竟然替我解了围,他把身份证从警察手里抢回来,又故意大声抱怨:"够了,折腾完我又折腾我的客人?人家来旅游的，你们这不是扰民吗，你们这样叫我还怎么做生意？"

"别误会，"高个警察笑着对我说，"只是例行检查，这也是对你们负责。"

警察走后不久，梅姐说她也要走，问我能不能送送她。这多少有些奇怪，可我还是送她出了民宿。走了一会儿，她又要我送她到坡底下的岔路口，我感觉她好像是有话想跟我说。路上，她告诉我她住在山下的村子里，有个自己的小院儿，房前屋后都种了芭乐，现在正是收获季节。我说我从没吃过芭乐。她突然小声告诉我，今晚民宿只有我一个客人，如果我想，晚上可以住在她家。我猜，她是想让我提防陆渐平，可我拒绝了她的好意。

"那好吧，"她说，"明天我带几个芭乐给你尝尝。"

梅姐走后，夜幕似乎瞬间降临。我发现，天一黑，岛就完全变了一个样，变得有种与世隔绝之感，眼中所见全是黑魆魆的山林，而山下是无法看清的黑沉沉的海，只能听到它在暗处低吟。我不禁打个冷战。

为了壮胆，我拿出手机，找到一个朋友的号码打过去。她是我一个做影评的朋友的前女友，在室内设计杂志做采编部主任，我和那位傲慢的影评人早已绝交多年，却和她还一直保持着联系。我没有寒暄，直接问她，现在家里装修，能不能设计一些机关、暗门之类的东西？她说可以，她家主卧卫生间的门就隐藏在步入式衣帽间里。

我问："那民宿也能这么弄吗？比如搞个暗室，能藏人的那种。"

"太可以了，你玩过密室逃脱吗？"

"没有。"

"没玩过肯定也知道,这个现在很流行,条件允许的话,比如独栋别墅、民宿,改造的可能就更大了,茶几下面开个通往地下的暗道都可以。不过一般人不需要,毕竟成本在那儿摆着……怎么突然问这个,你要搞个安全屋?"

"没有,我不搞,只是好奇。"

"只是好奇?"她笑了,"你是不是发财啦,剧本卖掉了?终于要买别墅了是不是?给你推荐个人,他们公司主要搞隐形门的,酒窖密室啊,书房密室啊,还有安全屋定制,提我,打个八五折不成问题……"

"这违法吗?"

"违什么法?"

"要是这些机关伤了非法闯入的人呢?"

"他都非法闯入了,我想……"

"《人皮客栈》那种有没有?"

电话那头响起一阵极具爆发力的笑声,她大声说:"你说这个我想起来了,上次我和老公想去斯洛伐克度假,有朋友就推荐我们先看看《人皮客栈》,看完我直接厌了,决定还是不去了,哈哈哈。你还在吗?你在哪儿呢?不会就在斯洛伐克吧。"

"我在一个岛上。先不跟你说了。"我挂了电话。

电话一断,四周变得更寂静了。一种模糊的迷失感袭来。此时,天完全黑透,按计划我该下山去重走那条路,可我突然很害怕。

我回到民宿,先飞快冲个凉,然后一根接一根抽了很多烟。恐惧感渐渐散去,空虚却席卷而来——我鼓足勇气,终于来到岛上,也锁定了一个目标,却根本不知从何处入手。陆渐平很狡猾,他送走了周媛和阮文,送走了媒体的人,甚至连警察也拿他没什么办法,我该怎么做呢?如果到头来发现他和冬冬的失踪根本就没关系,我是不是在浪费时间?也许,我该搜查整个民宿,找找看有没有密室或者可以藏人的地窖?可警察肯定已经做过了,他们肯定早就彻底搜查过这个地方。

我推开窗,想透透气,散散烟味。

黑暗中飞来一只精神错乱的"鸟",黑乎乎的,硕大——是只蝙蝠——有两三次,它几乎是擦着我的脸飞过去,我吓得大叫。真希望陆渐平没听见,可很快我听到有人咚咚咚上了楼。我开门跑出去,他迎面走过来。他先朝屋里看了一眼,接着什么都没说就拿扫帚进去驱赶。花了几分钟他才赶走蝙蝠。他拉下纱窗又点上蚊香,这才警告我说:"夜里一定要关纱窗、点蚊香,你想被蚊子吃掉吗!"说完转身就走,可走几步他又停下,转身问我,"还没吃饭吧?"

我跟他来到前厅。他指着一张餐桌让我坐下,然后就进了厨房。他想干什么?亲自下厨做饭给我吃?然后呢?在饭菜里下药,把我迷晕,扔进他的地窖?

"你先看会儿电视!"他在厨房里喊。

餐厅是个半露天结构,六十五寸液晶电视挂在东侧的墙上,这应该就是那天晚上他们看球赛的地方。电影频道正在放一部好莱坞电影,《逃离德黑兰》,本·阿弗莱克眉头紧锁,忧心忡忡地看着我。

不久,陆渐平端着满满一盆蟹回到餐厅。他把盆放在我面前,又从酒柜取来一瓶酒和两个杯子。他倒满一杯酒,缓缓推给我,不说话,就那么看着我。

"这是什么? 毒药吗?"我这么说着,却拿起来一口闷掉。

"海蛇酒!"他很兴奋,立刻又给我添满,"我自己泡的,一般人我可舍不得拿出来。"

就是这一刻,我知道自己该怎么做了,我要和他拼酒,没错,今晚我要把他灌醉!

陆渐平兴致很高,胃口也相当好,可他吃东西像个野人,螃蟹竟然是连壳一起吞的! 狂嚼一通,吐掉渣子。有那么一刻,我真后悔没留警察电话,这家伙喝多了会原形毕露、露出马脚,但也有可能会对我不轨,如果他真对我动粗,我该怎么办?

见我盯着他,这家伙咧嘴一笑,"我牙好吧。"

酒改变了晚餐的气氛,不过多数时候他并不看我,只是不停吃、喝,一边把螃蟹嚼个稀碎一边对着电视愤愤不平。他酒下得挺快,我感觉只要足够小心,最后先倒下的肯定是他。过了一会儿,剧情来到高潮部分,他突然起身大骂:"美国鬼子,还他妈假仁义! 全是鬼扯。"接着就怒气冲冲关掉了电视。

周围一下变得很安静,他的表情变得不自在,身体也摇晃起来。他先喝掉杯里的酒,然后清了清嗓子,问我:"下午你去找老朱了?"

我不说话，点点头。

"他是不是说了我好多坏话？"

"什么坏话？"

他古怪地笑了一下，似乎有了几分醉意，"他肯定又在说，陆渐平，他是个杀人犯，对吧……他就那样，跟谁都那么说，因为，"他敲了敲自己的脑壳，咧嘴一笑，"他脑子坏掉了。"接着他脸色一变，愤愤说道，"可别人也把我当嫌疑犯，这我不能忍。知道吗，自从阮冬冬失踪，我这里客人一点也没变少，比以前还更多了。台风来之前所有客房都是满的，就我和梅姐，根本忙不过来。搞笑的是什么你知道吗？这些人，没一个是正经游客，我他妈一眼就看穿了，全是些暗访的记者，个个当自己是神探，还有搞自媒体的，还录视频，还直播，×！一群跳梁小丑、卑鄙小人……都想踩着我头一战成名，飞黄腾达，结果呢，台风一来全他妈屁了，跑得比兔子还快。"

"不是因为台风。"我冷冷地说。

"不是因为台风？那是因为什么？"

"你不上网吗？"

"我上啊。"

"那你就该知道，现在有很多人认为，冬冬根本就没失踪，那只是网红在作秀……"

"呵，"他冷笑一声，"谁他妈会拿这种事作秀？互联网，真是个大粪坑！"

我盯着他的眼睛，要是他心里有鬼我能看出来，"你说你是无辜的，你说你跟冬冬的失踪没关系，可你不可能是无辜的，那天晚上，冬冬明显是受到惊吓才跑的，她为什么没向你求助？你当时就在这儿，还有一大群人，她为什么舍近求远，跑去码头？这是因为，她觉得这里的人不值得信任，她怕的是那些看球的客人吗？显然不是，她怕的人，是你。"

"冲我来啦？好啊好啊，非常好。"他眯起眼睛笑着，"难道你不怕？今天晚上这里可没别人了，就你和我……"他用拇指指向自己，"我犯过事，坐过牢，这你肯定知道，对吧？警察怀疑我杀过人，这你肯定也知道，对吧？万一我真的杀过人呢？"

"你觉得我该怕你？"

"不怕吗？难道你喜欢我？"

"照照镜子好吗。"

他没有气恼，反而笑得更得意了，"女人啊，要我说，你们就是喜欢说不，不要，不行，不可以，可后来呢？"

"是吗？"我冷笑，"那你骚扰冬冬的时候，她是不是也说了不？"

"你哪只眼睛看到我骚扰她了？"他先是恼怒，接着又诡异地笑了一下，"我给她拍照片的时候，你不知道她有多开心，这能算骚扰吗？这应该叫两情相悦吧。"

"什么照片？"

"在海边，在沙滩上，她让我帮她拍照片，喏，"他指指门廊方向，"寻人启事，上面那张照片，那就是我拍的。"

我大吃一惊，但没有表现出来，继续问他："她让你帮她拍照，她对你毫无防备,你就对她有了想法,是不是?"

"干吗,套我话?"

"回答我。"

"好,那你敢不敢告诉我,这时候一个人跑到岛上来,你想干什么? 你敢说你不是冲我来的?"

"没错,冲你来的,我喜欢你。"

他愣了一下,接着哈哈大笑,又大口吞下一杯酒,接着俯身向我逼近,"好,咱们坦诚地聊一聊。抛开觉得失踪是冬冬在博眼球、作秀的那些傻×不谈,剩下的,相信失踪确有其事的人,你觉不觉得,他们其实都认为冬冬已经死了,不可能再找到了,对吧。周媛不都走了吗? 就你,就只有你还不放弃,你嘴上不承认,可心里肯定也觉得,她没了,死了,尸沉大海了,我这么说你别生气,可问题是,难道不是你把她给害了吗? 你做的那些事儿……那是个当姑姑的该干的吗? 不客气地说,就是你把她给推到海里去的! 你敢否认吗?"

我没有说话,装作毫无反应。而他显然还没尽兴,继续说:"你心里过不去,对吧,你也觉得自己是有罪的,罪该万死,对吧? 你试过自杀吗? 我猜你肯定试过,起码要试一次。结果是,我不知道,也许你害怕了,尿了,又不想死了,所以你必须到岛上来一次,到处走一走、看一看,找个替罪羊,就像朱琳她老爸,这么多年了还是阴魂不散,死盯着我不放……因为,只有这样你们的心里才能好受一点,我说得没错吧?"

"你错了,"我摇头,"冬冬还活着,我肯定她还活着,而你一定知道她的下落……"他的眼神明显闪躲了一下，我立刻追问，"你慌什么？"

他突然火了，"为什么你们全他妈一个德行？你、周媛、警察，你们就知道冲我来，是，我有前科，我干过一些烂事，可那是以前，该受的罪我都受过了。怀疑我绑架了阮冬冬，这得有证据，你有吗？你没有。她失不失踪、是死是活，跟我没关系，一毛钱关系也没有。"他起身想走，却又大声说，"酒算我的，螃蟹五百！"

"好啊，记我账上，懦夫。"

"懦夫？"他停下来，饶有趣味地看着我，"敢不敢再来一瓶？"

"两瓶，记我账上！把你的那些垃圾酒全拿来！"

他非常高兴，立刻又跑去拿来两瓶酒。他笑眯眯地说："刚才，我突然在想，你这么不依不饶，还敢跟我拼酒，是不是想把我灌醉？"

"然后呢？"

"然后也许，你想强奸我？"他使劲憋住不笑。

"是啊，"我点点头，"只有强奸犯才会像你这样考虑问题。"

"强奸犯？"他又大笑起来，"看不出来……"

"看不出来什么？"

"是谁教你这么跟男人说话的？你就不能温柔一点吗？"

劣质烧酒让我胃里翻江倒海，头很晕，我明白，再喝下去我肯定会失控，会丧失意识，可这是值得的——陆渐平表现得像个十足的无赖，可在他的狡辩、在他的玩世不恭之下分明也透出一种微妙的轻松态度，这种放松，仅仅是因为那些怀疑他的人都离开了小岛，他的压力突然解除了吗？直觉告诉我，他如此放松，恰恰透露出一个重要的信息：他知道冬冬没死，因为只有冬冬还活着，作为嫌疑人他才能如此坦然，无所畏惧。

我们又飞快喝掉一瓶酒。我感觉不能再继续了。

"看着我，老陆！"我站起来，双手撑住桌面俯身盯着他，以增加我的气势，"你敢不敢看着我的眼睛告诉我，你不知道冬冬的下落。"

在他眼中闪过一丝茫然，但几秒钟后，他又厚颜无耻地笑起来，"如果，我是说如果啊，我帮你找到她，她还好好活着，你打算怎么报答我？"

在我看来，他这个笑，很他妈的心虚。

我仰头把杯中酒饮尽，然后死死盯着他的双眼说："我觉得，冬冬就是被你推下海的。"

黎明时我被噩梦惊醒了，眼皮很沉，像是有东西想把我拽回到梦里去。

在梦里，我用一把锋利的匕首刺瞎了鳄鱼的眼睛，它咬住我的手臂，死命翻滚，血和肉从利齿喷溅出来……浑身燥热，头昏脑涨……我想不起自己在哪儿，等稍稍清醒又想不起自己是怎么回的房间。我记得……他又煮了虾？我们继续喝，我们吵起来，我不断挑衅他，他很生气……我做到了！是的，我把他灌个烂醉，他说了很多混账话，后来呢？能回忆起的只是一些片段，说过的话全模糊一片……我找到手机，打开录音。

是的，我录了音！在醉倒之前我还做了这个。

门外有动静……感觉像是有个人正踮着脚尖下楼……我胡乱套上衣服，冲出了房间。我来到院子里，却没有看到人。

我决定去码头。

海岛漆黑一片。当我走入这黑暗的深处，才终于体会到冬冬当时的心情——无论是不是真的有人在追你，你都会感觉后面有人——树林里，有无数双眼睛在盯着你。

我跌跌撞撞来到码头。这里也是漆黑，只有一盏昏暗的路灯矗立，飞虫扑向它，发出细微的噼啪声。我在灯下站了很久，直到天际线发紫才敢走到海的面前。

深沉、幽暗的苍穹下，大海悄无声息，散发着浓烈的咸腥。

这一刻，我多希望太阳能突然跃出海面，我多希望一切都突然变得明亮，原来这些全是我的梦。我跪在沙滩上吐了几次。我酝酿了一下想大哭一场，但没能成功。

我长时间跪在那里，暗暗祈祷，希望抬头时会发生些什么，惩罚我所犯的罪——我幻想海水之下走出一个凶手，陆渐平或者别的什么人，用一把生锈的大斧子迎面将我劈倒，剁掉我的头。

我仔细听了录音。

陆渐平一直胡言乱语，羞辱我，挑衅我，可他很小心，几乎什么有价值的信息都没有透露，而这恰恰是最大的破绽！

因为，他是在装醉。

17

一整天我都没出门，一直在上网。

网友自发形成一场声势浩大的讨伐，矛头全指向我——失踪女孩的姑姑，那个叫阮金的"脏心烂肺的女人"。我被扒皮，隐私被曝光，短短几天时间，已经有好几千人在我微博上留言骂我，所有这些谩骂、诅咒，全都充满了正义和激情。一张我前年参加公司年会穿小丑装的照片被拿来和冬冬的照片放在一起对比，人们给我起了"母猪姑姑"这样的外号……母猪？是说我胖吗？让我真正感到痛苦的是，不光我，冬冬也被描绘成了一个私生活放荡的女孩，那些捕风捉影、张冠李戴、以讹传讹，全都成了她的罪证。

我想打个电话给周媛，跟她解释这一切，我想告诉她别放弃，别放弃冬冬，也别放弃我……可我根本没办法打出任何电话，因为只要一开机手机就会被打爆，多数是想采访我的记者，连一些多年不联系的老同事、老朋友也发来信息，内容与其说是询问、关心，不如说是质问、指责，我成了众叛亲离、人人喊打的无耻之徒。

李海也打来电话。被蒙在鼓里他一定不高兴，可我决定接这个电话。

我以为他会羞辱我，把这些年在我这里受的委屈一股脑全说出来，没想到，一上来他就安慰我说："这都不叫事儿金子，迟早都会过去的……"就像从前一样，他故作轻松地说着，笨拙但十分诚恳，可过了一会儿我就听出他在哽咽。我只好又安慰他。

"好啦，"我说，"你说得对，迟早都会过去的。你哭什么？"

"这样的话，你是不是就成劣迹艺人了？"

这笑话也太冷了，好没品，可我放松了下来。

"其实我早就发现你不对劲了，"李海说，"最近这两年，你一次都没主动联系过我，一次都没有，全是我上赶着找你……"

"我以前主动过吗？"

"你别这样。"

"李海，听我说，我要你答应我一件事，现在我只信任你。"我是认真的，但可能也是为了让他安心，我说，"要是我出了什么状况，我要你帮帮阮文，帮他继续寻找冬冬，你要鼓励他，让他相信冬冬还活着，让他无论如何都别放弃，这件事我只能拜托你，你明白吗？"

"你为什么要这么说？你怎么了？你不跟我解释清楚我怎么能明白？你在哪儿？"

"你先答应我。"

"好吧。"

"不,你不能只说'好吧',你应该说,你发誓一定会帮阮文找到冬冬,你不会放弃,也不允许他中途放弃。"

"那你不准自杀。"

"怎么会呢!"我大笑起来,"我现在可是名人了,我是不是你认识的唯一一个上了热搜的女人?"

到了这种时候,我是谁,最后会落个怎样的下场已经不重要了,根本就不重要。我很庆幸自己还有李海这个朋友。我们又聊了些别的,直到我确信他认定我不会自杀,也不会报警给我添乱才结束了通话。讲这个电话让我身心俱疲,我失去了打给周媛的勇气。我再次关掉手机。

漫长的一天。没下雨,可天色始终阴沉。

傍晚时起了风,空气很凉爽,我的头脑清醒了一些。我下楼去找陆渐平,他不在。梅姐一个人坐在门廊下,好像在包粽子。我走过去,问她:"陆渐平呢?"

"钓鱼,钓鱼去了。"她抬起头,"你没事吧?脸色这么差。"

"喝多了,躺了一天。"

"跟谁啊,陆渐平?"

"嗯。"

"不自量力,但勇气可嘉。"

我苦笑一下,在她对面坐下来。我拿起一根苇叶,学着她的样子也包了个粽子。梅姐忽然笑了,"知道吗阮金,你跟周媛,你们还挺像的。"

"像吗？哪里像啊。"

"你们不是亲姐妹，可我能感觉出来，你们肯定是亲如姐妹的那种姑嫂关系。"

"真的吗？"这一刻我有些感动，甚至有些想哭，她会得出这样的判断，肯定是因为周媛跟她提到过我，而且，说的都是好话。

梅姐点点头，不无感慨地说："人啊，不能光看她说了什么，还得看她是怎么做的。周媛，她是怎么做的？她直接就拎了把菜刀去找他，你不知道，陆渐平给吓成了什么鬼样子。你呢，你比周媛聪明，你跟他喝酒是想把他灌醉对吧？方式不同，可目的一样……"

梅姐不简单，热情之余，她也很有洞察力。我陪她又包了最后几个粽子，然后就一起去厨房，煮了粽子又一起吃。过程中她跟我讲了她的这一生，我没想到她其实是印尼人，华裔，她是十六岁嫁到印尼去的，她的岁数并没有看上去那么大。十年前，海啸夺走了她的丈夫、大儿子、小儿子和小女儿，还有他们亲手建造的房子。说起这些悲惨往事，她显得很平静，让我感觉她不是第一次跟客人讲这些。

"你很爱他们。"我试着安慰她。

梅姐微微摇头，"我能活下来，活到现在，也许说明我还是不够爱他们……海啸来的那天我不在家，不然肯定也死了。那天我在一个男人的家里，我爱他胜过爱我丈夫。这就是命。我不爱我丈夫，结果他就死了，可孩子们也都死了，这是上帝在惩罚我。"

我无法想象，这十年，梅姐承受着怎样的痛苦和煎熬，她表面的平静尤其让我心酸。我只好岔开这个话题，问她对冬冬的失踪怎么看，是不是和陆渐平有关系？我满怀希望，希望她能告诉我一些好消息。她想了想，说："和他有没有关系我不知道，可要是他找你去钓鱼，千、万、别、去。"

"为什么？"

"以前有个姑娘跟他一起出海，结果就死了，也是先喝了酒。"

我脱口而出："是朱琳？"

"没错，就是朱琳。"提到朱琳，她的情绪变得激动，一说就停不下来，她先是足足讲了十分钟陆渐平的坏话，提到他骚扰女房客的事，他招妓不付钱被打的事，可最后她却说："要我说，你别老盯着他了，他就是只野狗，看着尿尿的，冷不防就会狠咬你一口！"

"他酒量很好对吧，在我面前却装醉，他肯定有事瞒着我……"

梅姐摇摇头，"阮金，听我的，去找老朱，再去找他好好谈谈。"我告诉她找老朱没什么意义，他压根不想搭理我，可她打断我说："老朱这个人，确实不好亲近，可他恨的人是陆渐平，可能，还有他自己吧……"她长叹了一口气，突然说出一句让我无比震惊的话，"知道吗，朱琳，那是他女儿啊。"

18

阴沉多日之后,天空忽然放晴,可我的心情却愈发沉重。

朱琳案,四年前在鼓州岛失踪的女高中生,她的父亲是位律师,叫朱越国。媒体报道过这位父亲后来的经历:女儿失踪后,他放弃了上海的工作,变卖家产,离了婚,只身来到岛上,苦苦寻找女儿。其实我早就怀疑过,"游隼2015",那个冬冬失踪后最早将矛头指向陆渐平的人,就是律师朱越国,可我没有想到……

中午,我决定去找老朱。

我到蚊子湾的时候他正要出发。再次见到老朱,我的心情完全不同了,我仿佛是看到了另一个自己。今天他戴了顶遮阳的灰帽子,整个人看上去很精神,很像是一位经验丰富的老水手。我问他:"老朱,今天下水吗?"他说:"下!今天下水。"

无论看上去还是听上去,他都比前天友善太多了。

他告诉我,梅姐找过他,跟他说了我想把陆渐平灌醉的事,她劝老朱对我好点。"抱歉啊,"老朱说,"那天我对你太凶了。"

我很想问他朱琳的事,可感觉这太唐突了,就提出想和他一起出海,没想到他什么都没问,直接就同意了。他递给我一件橘红色的救生衣,看我笨手笨脚,还帮我穿上、系紧。我很享受这个过程,在某个刹那,我竟然想到了爸爸——小时候,非常小的时候,有时他会蹲下来帮我系红领巾。我很少想起爸爸,他去世太早了,我对他的记忆其实很少,而且都很模糊。对我来说,他只是一团让我感到温暖的光影。

我注意到老朱两只手上、胳膊上都有很多伤痕,有的还很新,但不好问是怎么弄的。上船后我才发现,他的船虽然很破旧,像是用了几十年快报废的船,很多地方油漆都已剥落,可船舱里却配备着看上去很先进的探测系统和水下作业装备。

"你怎么会有这些?"我问,"这不是用来打鱼的吧,也太高级了。"

"也可以打鱼,这些东西可以帮渔民定位鱼群。"他解释说。

我问他具体是怎么做的,怎么才能通过这些找到沉入海底的东西?他好像很高兴有人问他这个,立刻和我解释起来:"简单讲,我把海岛周围的可疑海域分成了十六个扇区,依次进行搜索,再逐一排除。之前来岛上的专业打捞队,他们也认同我的做法,他们还想让我也加入打捞队,可我更喜欢自己干,因为他们的工作方向不对。他们内部也有分歧,可那个队长很固执,坚持认为应该把重点放在西码头附近的海域。他是错的。"

"你现在主要在搜索什么?"

"沉箱。"他停下来,看着我,"那个红色拉杆箱。"

我的身体抖了一下。我明白他这话是什么意思，他怀疑箱子里，是尸体。之前我从没这么想过，可他这么一说我立刻就明白了。

"你完成了多少？"我问，声音都颤抖了。

"全部。"

"十六个区，全都排除了？"

他点点头，又摇摇头，"只完成了初步搜索，还不能完全排除，但我明确了一件事，假设行李箱是在西码头落水，即便箱子很重，暗流还是有可能把它带到蚊子湾，也就是我们现在所处的这个位置。蚊子湾是个U形海湾，这里的海床很复杂，漂浮物到了这儿多半会沉没到海湾底部。这个——"他指着一台机器上的显示器说，"能让你看到海底可疑物的大小、形状，不过，有些地方必须亲自下去确认才行。"他把手移向屏幕上一片模糊的东西说，"这是艘沉船，是我今天的目标，不过有个小麻烦，看到这些了吗？灰色的，乌云一样，这些是水母，一大群水母漂浮在沉船的周围，难就难在这儿，它们老是影响我的视线。台风来之前我试过，前两天又试了一次，就是你来的那天。没办法，我到不了沉船跟前。我本来以为它们今天会离开……"

"水母，咬人吗？"

"一般不会主动攻击人，可能是到了繁殖期？海洋生物这些我不太懂。我咨询过几位专家，他们也解释不了这个现象。这些水母现在脾气很暴躁，人一靠近就会围上来。"

不久，他把船停下，抛了锚。他走进船舱，过了一会儿换好潜水服又回到甲板上。他穿潜水服的样子有些滑稽，可我忍住没有笑。

"现在就下水吗？"

"对，这个位置正好。"

"我该做什么？让我帮帮你。"

他左右看了看，最后指着仪器上一个红色按钮说："如果过半个小时我还没上来，你就按这个。"

"这是什么？"

"你只管按就是。记住，半小时。"

他坐在船舷上调整面罩，终于扣好后，他冲我点了点头。我对他竖起大拇指，也用力点了一下头。我感觉他在目镜后面飞快笑了一下，然后身体向后一仰，跌入海水。

看着他消失，水中的阴影也消失，我赶紧跑回机器那儿，死死盯着屏幕上一闪一闪的小绿点。他移动得很慢。

五分钟后，我感觉他停下不动了。在他前方出现一大片灰色的"雾"，那些东西正缓缓向他聚拢。他在那个位置徘徊了足足十分钟，我猜水母群正在找他麻烦，阻止他前进，甚至正在攻击他。时间一分一秒过去，我看到他好几次试着从其他方向绕过去，可都失败了。我开始担心压缩空气支撑不到他靠近沉船，更支撑不到他安全返回，可他似乎没有放弃的意思。我越来越紧张，呼吸也困难起来，就好像被困在海底的人是我。我紧张得快要忘记该怎么呼吸了，不得不站起来四处走一走，不停深呼吸，以缓解焦虑。

我走进驾驶舱。在仪表盘的上方我看到一张照片，是个小女孩，看样子十三四岁，穿着蓝白相间的校服站在学校门口，对着镜头灿烂微笑。

我的心猛地抽搐，这是朱琳。

我飞快跑回到监视器前，却比之前更紧张了——数据显示，压缩空气的消耗在加速，刚才还有百分之四十，现在已经只剩百分之七。我慌得不行，却不知能做什么，要是有根绳子我肯定会拼命拽，可是没有。犹豫了一分钟，我决定按下红色按钮。

我按了一下。

毫无反应。

我又连续用力按，结果小绿点突然从屏幕上消失了。

我吓坏了，不明白自己做了什么。我跑上甲板，跪在船舷边，五分钟里一直冲大海呼喊他的名字，喊到最后我已经发不出任何声音，只剩嘶嘶的气从喉管冒出。

当我发现老朱抓着缆绳漂浮在船尾的海水里时，他在那儿其实有一阵了。他完全没了力气，连喊我的劲儿都没有了。我拼尽全力才把他拖上甲板。

"没事了，我没事。"他虚弱地说，"你可真能诈唬啊。"

我忍不住抱住他，几乎就要哭出来了。他拍拍我的后背，把我推开。老朱告诉我，一下水他就被水母群拦住了去路，那时他还没有很紧张，还试图找机会穿过它们，直到一只超大的水母突然从上方包住了他的头，他就是在那个时候慌了，不得不拔出刀，刺向水母，却不小心割破了潜水服。为了尽快浮出水面，他丢掉了气瓶。

被蜇后他感到四肢麻痹，完全没有力气游，胳膊也迅速肿起来，像被鞭子狠狠抽过。他说疼的时候，表情像是要死了一样。

"把那个拿给我，谢谢。"他说。

我照他指的递给他一个袋子，他摸出一支乳霜一支芦荟胶，解释说："这个封闭伤口，这个，芦荟胶，可以消炎。"

他脱去上衣，露出伤口。伤口触目惊心。

"去医院吧。我送你。"我说。

"没必要。我的意思是，问题不大，"他一边上药一边调整呼吸，嘶嘶吸气，"晚上不发烧就没事……发烧我打120。"

我点点头，"我还是第一次看到被水母蜇的伤口呢。"

"给你看这个。"他伸出右臂，展示手臂内侧一条不太明显但很长的疤痕，"这是有一年朱琳放暑假，我们全家去泰国……当时我正往岸上游，之前爬礁岩我把膝盖磨破了，泡在海水里那滋味你可以想象一下。忍着疼，我往岸边游，突然手臂也疼得要命。我一下就站了起来，这才看到右臂吸着个东西。我还没反应过来呢，朱琳已经冲上来双手抓住它用力拔了，那东西用力狠吸了我一口，接着朱琳就把它甩了出去，一秒都没犹豫。"

我瞠目结舌，没想到"朱琳"这个名字就这么突然进入了我们的谈话。他还在兴奋地跟我比画，他勇敢的女儿是怎么从怪物口中解救了自己，他说当时他夸朱琳，说她就是那种有一天丧尸爆发，她会为了最后一个罐头打爆别人头的人。说到这儿，他哈哈大笑，而我瘫坐在甲板上，心有余悸。看我这副样子，他笑得更厉害了。

"你脸色可真难看。"

"你也是啊。"我说。也忍不住笑了。

过了一会儿,当我们都平静下来,他问我:"你结婚了吗?"

"没有。"

"不乐意结婚?"

"不适合结婚。"

他点点头,好像对此表示理解,"你给我发邮件,我收到了。我考虑了很久,最后没回,'游隼2015'是我的网名,2015年,朱琳就是那一年出的事。"

"我知道,我看了很多报道……"

"网上有不少人骂我,说我是公报私仇……我承认,第一时间把矛头指向陆渐平我有私心,那可能会干扰警方的调查……朱琳失踪和陆渐平有关,这我可以肯定,但阮冬冬,我不确定……这就是我没给你回信的原因。"

"可他确实有嫌疑,嫌疑还很大!昨天晚上,我故意和他拼酒,他装醉,演得挺像的,要是心里没鬼,他根本不需要这样。你没做错什么,他就是有嫌疑。"

"可我总觉得……好像哪里不太对劲。"

"哪里不对?"

"你说得没错,陆渐平这人防范意识很强。这几年我一直在岛上,一边寻找朱琳一边盯着他,这他心里很清楚,他变得越来越谨慎,可他这种人迟早会忍不住,会再次作案……只是这一次……我不知道,我说不好。"

"为什么你觉得朱琳失踪和陆渐平有关?你肯定有证据。"

"没有直接证据,但间接证据很多。"他严肃地说,一瞬间仿佛又成了一名律师,"陆渐平有前科,早在1997年他就曾因强奸罪入狱,当时他还在深圳的罐头厂打工。出事后我看过朱琳和男朋友的聊天记录,她提到民宿老板偷窥她,说的就是陆渐平。更重要的是,当时民宿的阿姨,就是梅姐,她在朱琳房间发现一封遗书,可上面的字迹很潦草,措辞也不像朱琳。我告诉警察,这封遗书很可能是朱琳在陆渐平威胁下写的,或者干脆就是他伪造的,这恰恰说明他有问题。"

"警察不信?"

他摇摇头,"我到岛上的第二年,有一天,梅姐突然跑来找我,她说她能证明那封遗书就是陆渐平伪造的,她愿意和我去见警察,她说她要投案自首。"

"投案自首?"

"朱琳失踪的第二天,陆渐平伪造了遗书,他让梅姐去跟警察说,说是她在朱琳房间无意间找到的。梅姐很害怕,因为当时她收了陆渐平的钱……"

我恍然大悟,"可后来她良心过不去,还是来找了你,整整一年之后?"

"她以为她会坐牢。"

"但是……"

"我没有去找警察,因为,就算梅姐的证词能证明陆渐平伪造了遗书,也不能证明是他杀了朱琳。而且那么做,梅姐,她就必须承担法律责任。你可能不知道梅姐,她的命运够悲惨了,有时候我觉得,她才是这个岛上最惨的人。"

我明白了,当时老朱放过了梅姐,所以梅姐才那么信任他,反复说他是个好人。

老朱继续说:"朱琳失踪当晚,是陆渐平带她出海的,开的摩托艇,他对警察承认了这一点,可他坚持说朱琳是意外坠海,然后就失踪了……"

"找不到尸体,就没法给他定罪?"

"是的。当然,无论我还是警察,大家都没有放弃,派出所会定期找他问话,还有一个有利条件是,作为刑事案件嫌疑人,他被限制出境。所以,我不能放弃,哪怕找到的只是……尸体。"

他好像没办法再说下去了,但我已经全明白了,在老朱心里,他认定杀害女儿的凶手就是陆渐平,他日复一日在这片海里打捞、寻找,也许,相比找到尸体他更希望自己什么都找不到,因为那意味着他的女儿可能还活着。这个希望,支撑着他。

"下面有东西……"老朱望着海水,十分笃定地说,"不确定是什么,可肯定有东西在那儿。放心吧阮金,我是不会放弃的。"

"我真佩服你,老朱。"

"……佩服我什么?"

"四年啊,如果我是你,肯定坚持不了这么久。"

我是想鼓励他，可他的神情却黯淡下去。"无意冒犯，但这可能是因为你没有孩子，"他说，"这根本算不上什么坚持，这是……"沉默片刻，他才接着说，"这个岛对我来说就像炼狱，一开始我根本就没打算待这么久，中间也放弃过，离开过，可最后还是忍不住又回来……慢慢地，我在岛上成了传奇人物，也就是说，成了一个笑话。每当海上又漂来浮尸，一定会有人喊我去看……有时漂来的尸体明明是男人他们也故意喊我去辨认……这就像是一个游戏，他们总也玩不腻。"

下午，我决定去老街。

我重新做了一张寻人启事，准备印上几百份，需要找个打印店。新启事关键是把联系人改成我的名字，电话留的则是冬冬的那个备用手机。寻人启事，我怀疑这东西根本就没用，可我必须让自己做点什么，出去走一走，透透气。老街，那里的海风，人群，听不懂的方言，也许能让我平静下来。老朱告诉我的秘密让我深刻理解了他，同时，这也加重了我对陆渐平的怀疑，寻人启事还有另一个作用，麻痹他——他在酒后仍然没有松口，说明他对我十分提防，我要让他以为，我已经把调查方向从他身上移开了，也许他会放松下来，露出马脚。

老街是岛上最繁华的区域，邮局、银行、餐厅、派出所，还有海鲜市场都在那儿，十字路口地势最高，也就成了人们聚集的中心，那里可以俯瞰整个海湾。让我意外的是，今天老街上人非常多，越接近十字路口人越多,大家人挨人挤站在一起,全都兴高采烈,像在等着什么事情发生。

有人突然把焰火点上了天。

人群欢呼起来。

霎时间,四周到处都传来噼噼啪啪的爆竹炸裂声,火药的气味,烟雾弥漫,烟花在半天一个接一个炸开。打印店的小伙子兴奋地告诉我,今天是岛上原住民的一个传统节日。不知不觉间,我也走到了街上,走到人群中,尽情吸取着火药和欢腾的味道。我对这种特殊的氛围和人们享受生活的态度充满敬意,可是突然,我头皮一阵发麻——

人群中,有个男人很像赖小光。

这不可能!

但为什么不可能? 如果我看到的人真是他,不就证实了我之前的猜测吗? 我一度怀疑是他把冬冬绑架去了别处,比如缅甸,可他还在岛上,此时此刻他还在岛上,这只能说明一件事:冬冬,她还活着,她就在岛上!

我的第一反应是快报警。

街对面就停着一辆警车,一个警察站在车边,另一个正从超市出来。我穿过人群,努力朝他们挤过去,同时不忘盯紧赖小光。可我忽然又犹豫了。首先,我怀疑我很难在极短的时间内跟警察解释清楚整件事,在我解释时,赖小光很可能会溜掉。还有就是,就算警察相信我,也抓住了他,他会老实交代吗? 他会承认是他绑架了冬冬吗？要是他死活都不承认呢？我意识到眼下最明智的做法是悄悄跟上去，找到他的藏身之所，然后再报警。

他移动到水果摊了，低头弯下腰，看样子是在挑山竹。他从老板手里接过一个袋子。我挤过人群，想凑近一些观察。

没错，是他，就是他，这就是赖小光！唯一不太一样的是他蓄起了胡子，但那也可能不是蓄的，是贴上去的，是假的。他头上戴着一顶白色棒球帽，这让他很好辨认，可也正因为这个我差点就跟丢了。有几分钟，我在密集的人群中怎么也找不到戴白帽子的人，后来才发现他把帽子摘下来拿在了手上。我不得不靠近他，尽可能靠近。

不久，他拎着水果离开水果摊，朝东边走去。他走得并不快，步态也很轻松。但之后他突然离开大路，快步朝一面矮墙走去，他一走到那儿就迅速翻墙而过。我赶紧跟了上去，躲在墙后。等了十秒，探头时，我看到他走进了甘蔗林。是上厕所吗？我可以等一会儿，等他出来，可我不确定他还会不会回来，我担心他会穿过甘蔗林从别的地方溜掉。

没时间犹豫，我翻过矮墙，追进甘蔗林。

盛夏季节，茂密的甘蔗足有四五米高，简直遮天蔽日。很快，视线内就什么都看不到了，尤其当烟火的爆裂声和人群的欢呼声彻底消失之后，基本上，我只能听见头顶风吹甘蔗叶的沙沙声，而眼前全是一模一样的绿色。好热。更糟糕的是，我渐渐迷失了方向。

越走心里越慌。我想折断一根甘蔗做标记，可根本办不到，太硬了。没办法,我只好用身体将它扑倒,从根部折断。我一路毁掉六七根甘蔗,想用这种方法找到出路,可是效果不佳。如果这时候赖小光绕到我身后,肯定能轻而易举弄死我。死在这个地方,估计几个月都不会被人发现。

我蹲在地上,紧张地前后左右张望,可除了被风吹得张牙舞爪的叶片,什么也看不到。天色在快速变暗,我彻底慌了。我小跑起来,朝天色更亮的一边跑。

我越跑越快,猛然和一个人迎头撞在一起。

我大叫。她也大叫。

是个农妇,个子小小的,可身体很结实,声音很尖,一张嘴牙齿全是黑的。我连忙求她带我出去,她好像很生气,叽里咕噜说着什么,我听不懂。过了几分钟她才不再冲我发怒,顾自朝一个方向走了。我赶紧跟了上去。她走的并不是直线,走一会儿就突然转向,我感觉她是在绕圈子。又过了一会儿,她突然停下,指着被我折断的甘蔗又嚷嚷起来。我赶紧道歉,说我可以赔钱给她,可不管我说什么她就是不停骂我。最后她终于是骂累了,手一挥说了句什么,我想她是想告诉我:一直走。我正要道谢,她突然抓住我的胳膊,不知道为什么,我一下想起了招魂,面前的老妇和想象中巫婆的脸渐渐重叠在一起……

我落荒而逃,一直跑到大路还惊魂未定。

跑到一片旧船坞时我已经筋疲力尽,嘴里苦涩难忍,腿也发软,不得不在路边坐下来。我脱掉鞋子,倒掉里面的沙土,好一阵虚脱。

这种状态下，我甚至怀疑刚刚发生的一切会不会全是我的幻觉？也许，根本就没有什么黑牙齿的老妇，戴白帽子的男人也不是赖小光……可是，当我穿好鞋抬起头时，我看到，船坞大门那边站着一个男人。他一动不动，手上拿着顶白帽子，在看着我。

我站起来。

他还看着我。

我朝他走去。他忽然歪一下脑袋，转身走进船坞。

顾不上多想，我拼命跑了过去。跨过挂着写有"维修中"牌子的铁锁链，我冲进船坞。里面又大又深，空无一人，光线很昏暗，风吹过屋顶的漏洞发出可怕的呜呜怪声。

"赖小光！"我大喊，"赖小光——"

板房外人影一闪。

不确定那是不是他，但我立刻冲过去。而他就站在那儿，站在木板后面，并没有走开。"你是谁？"他问我，"干吗跟着我？"声音很低沉，很凶。

"赖小光，你是不是赖小光？"

"你认错人了。"他转身要走。

"我就是'饿兔子跳'！"我大喊道。

他停下脚步，但并没有说话。

我急切地一口气说道："我是阮冬冬的姑姑，我叫阮金，在网上我叫'饿兔子跳'，你是赖小光，对吧？告诉我你是。"

他在那边干笑了一声。

"你别走！你不能走。"

可他已经头也不回地走了。被木板挡住，我只能眼睁睁看他走远。

我发疯似的捶打木板，大声嘶吼，可他根本不理我，脚下加快了速度。我四处看看，终于发现在船坞西南角有个小铁门似乎敞开着，就赶紧跑过去。经过一个木牌时，我看到了，但来不及看上面的字，当脚下传来"咔嚓"一声时已经太晚了，腐朽的木板断裂，我失足踩空，掉了下去。

我整个人被卡在地板上一个破裂的洞里，只靠双臂勉强支撑着身体。能听到身下传来巨大的水声，又黑又腥的海水离我咫尺之遥。我挣扎着，往上猛缩我的身体。

木板传来"咔嚓"一声——

19

我发现自己侧躺在沙地上，正大口吐着脏水。海水从鼻孔里喷出来。这太恐怖了。恐怖之处还在于，我整个人很不清醒，就像喝醉了，或手术后麻药未退，却感觉到有个人正拍打我后背。我伸出手，朝空中抓了一下。

"你别动。"男人说。

我闭上眼睛，想让难受劲快点过去，却立刻干呕起来，胃痉挛带来强烈不适让我浑身颤抖，可我知道，我不会死了。我抬起头，想看清这个人。还是那样，他只是一团模糊不清的存在，但我已经意识到，这不是赖小光。

"你让他跑了？"我问，声音嘶哑听上去不像我。

"谁？"他扶我坐了起来，"你想站起来吗？你还行吗？"

"是的，我还行。"

"呼吸困难吗？"

"胸口发闷，胃痛，喉咙也是。"

"你喝了不少海水。冷吗?"

我向四周张望,却什么都看不清,双眼火辣辣地灼痛。我揉了揉眼睛,发现他正在走远。不能让他就这么走了,我喊了几声,声音虚弱,"你是谁? 告诉我你是谁。"他没回答,又走了回来,把一件外套披在我身上,"我是欧树,我们通过电话。"

我无比震惊,挣扎着想站起来。他扶住我,我趁机抓住他的胳膊,死死抓住,不让他再有机会走开。

"你松开,"他说,"我不会撂下你不管的。"

扶我回到船坞后,欧树跟我简单说了一下他的情况。

原来,过去这些天他一直都在岛上,准确地说,是从冬冬失踪的第二天开始。和周媛、警察一样,他最怀疑的人也是陆渐平,所以这些天一直悄悄跟踪他、监视他,关注着他的一举一动。几天前,他跟着陆渐平去了码头,一眼认出我,他没想到陆渐平去接的人是我,而这加深了他对我的怀疑。

"你到底怀疑我什么?"我问。

"怀疑你们是同伙,怀疑你雇他绑架了冬冬。"

"现在呢,你还这么想?"

他微微叹息一下,摇了摇头。

"那天晚上你是想灌醉他,对吗? 结果自己被放倒了。他在装醉,你看不出来吗? 不过你们说的话我都听得很清楚,这也让我明白了,之前是我错怪了你。"

这话让我心酸。我问他:"最后是你把我弄回房间的?"

"是陆渐平,他背你回去的……你醉得太厉害了,整个人东倒西歪,还吐得到处都是。"

"他进了我的房间?"

"对,他在你房间待了十五分钟……他翻你的行李,所有行李。"他避开我的目光,有些尴尬地说,"放心,除了翻东西,他没对你怎么样。"

"他提到冬冬了吗? 比如说漏嘴,说出他把她藏哪儿了?"

"没有。"欧树摇摇头,"他很狡猾,即便是那种状况,他还是反复强调,说所有人都把他当嫌疑犯,这不公平。他反反复复就是在说这个。"

"可你还是怀疑他,对吗?"

"他不值得怀疑吗?"

看得出来,欧树对我很不满,尽管救了我,可他并没有原谅我。

"那后来呢?"我问。

"后来? 后来我整晚都守在门外,差不多天快亮才走。"

所以,醒来后我听到的脚步声其实是欧树。我真该庆幸,那时候有他在暗中保护我。我继续问他:"你怎么发现我的? 你在跟踪我?"

"我跟的不是你,是陆渐平。下午他去了老街。人太多了,在超市我跟丢了。出来我到处找,一眼看到了你,你很紧张,还不断看那几个警察,我意识到你肯定是在追什么人,我以为是陆渐平,就悄悄跟在你后面……"

"谢谢你救了我。跟我说说冬冬,你们是怎么认识的?"

他朝远处看了一眼,"你好点了对吧?"

"好多了。"我点点头。

"能自己回去吗?"

"什么意思?"

"我和你没什么好说的。"他转身要走。

"欧树,"我一把拉住了他,可怜地说,"你也想尽快找到冬冬,对吧?我知道,你还在生我的气……"

他甩开我的手,"你找你的,我找我的,别来烦我,行吗?"

我非常难过同时心里很急,可我明白让他接受我愿意对我说出实情,这确实也需要时间。我说我没办法自己回民宿,求他送送我。

一路上他始终沉默,无论我问什么,他都不再开口。

老街变得空空荡荡,原本人满为患的主街几乎没有人了,地上的鞭炮碎片也被海风吹得一干二净,好像几个小时前我看到的是一场梦。风吹在身上很不舒服,我在发抖,我感觉我随时都会感冒,我想找辆出租车,尽快回民宿去。

这时,欧树突然低声说:"其实,我们是因为你才认识的。"

我屏住气息,不敢打断他,而他一口气说了很多。他说他和冬冬是几个月前在一个酒吧认识的,那天冬冬喝了不少酒,带着醉意,她跟欧树说了自己被跟踪狂骚扰还有照片被人盗用的事。

等等!我不理解,酒吧?初次见面,冬冬会告诉一个陌生人这么多？"

我忍不住打断他，"你们真是在酒吧认识的？什么酒吧？"

"你想说什么？"他停下脚步。

"第一次见面，她就跟你说了这些？这些都很隐私啊。"

"一开始，其实我以为她是在编故事。酒吧那种地方，你应该知道，喝点酒，上了头，每个人都有很多故事，多数都是胡扯，只是为了引起关注……"

"她喝了很多？"

"不少。"

"醉了？"

"没到不省人事的地步……你是不是觉得，她是因为喝多了、不清醒，才跟我讲了那些？"

"没有，我没那么想，"我摇头，"那后来你是怎么意识到她说的是真的？"

"很简单，她说她怀疑那个人是通过朋友圈搞到她照片的，我说，这样的话那这个人你肯定认识，你要做的第一件事就是设置屏蔽，或者把朋友圈全删了，她听了立刻就照做了，当着我的面删光了朋友圈。"

"这让你觉得她很信任你？"

"不只是信任……"

"还有，好感？"

"她主动加了我的微信……"

"然后呢？"

"我们又喝了几杯,她说得更详细了,她说她怀疑那个人是她们宿舍的,因为那人不仅能搞到她的照片,还很熟悉她的作息规律,我就给了她第二个建议:搬出宿舍。"

我点点头,"后来,她真那么做了。"

"她搬家那天,其实我是想去帮忙的,但之前她让我帮她调查,找出那个人。我查到的第一个人是伯爵,然后顺藤摸瓜,很快就搞清楚了,那个冒充她的人,是你。所以搬家那天看到你也在,我就没出现……"

我克制心里的震惊,问他是怎么做到的,怎么能那么快就找到伯爵,又找到我的?他没有隐瞒,他说他认识一些黑客,办法很多,"这种事,上点手段好查得很,大数据时代,这太容易了。总之,我把调查到的情况如实告诉了冬冬……"他停下来,看着我,"你想不想知道她是什么反应?"

我紧张得说不出话。

"她要我不要声张。她说她自己会搞定。可她根本搞不定。之后我一直暗中保护她,事实证明,这很有必要。有一天,还是在酒吧,有个男的偷偷在她饮料里下药。你能猜到是谁吗?"

我汗毛都立起来了,摇摇头。

"是伯爵。"

不可思议,那个唯唯诺诺的培训老师,竟然胆大包天成了这个样子?

我赶紧问:"他怎么找到冬冬的?"

"直播。冬冬直播,被他看到了。也是通过直播,他追踪到了那个酒吧。趁冬冬去卫生间,他给她饮料里下药,万幸的是,当时我在。"欧树难得地笑了一下,"我逼他把那玩意儿全喝下去,我对他说,要么你把它喝了,有多远滚多远,要么我现在报警,你跟警察解释里面是什么。他当时就尿了,求饶,还想塞钱给我,可我还是命令他把饮料全喝了,我警告他,再让我看见你,就把你扔进护城河。"

我感到阵阵后怕,没想到还发生过这种事。我的脑子很乱。

欧树忽然笑起来,竟然显得有些轻松,"知道那天晚上冬冬突然问我什么吗,她说:欧树,你是不是喜欢上我了?"

"你说了什么?"

"什么也没说。什么也不用说。"

是啊,什么都不用说,后来,他们就成了恋人。

我来不及消化所有这些信息,这段感情里有让我难以理解的东西——难理解的不是欧树,他帮助了一个陌生人,一个漂亮女孩,然后喜欢上她,这符合逻辑,让我困惑的是冬冬,发现那个在利用她照片的人是我,她本该痛苦、愤怒,可她没来找我,而是立刻投入了一场热恋?想到这儿,我忍不住端详欧树。不得不说,他蛮帅的,身材相当挺拔,目光坚定的同时又很温柔。还有他的眼睛,黑里竟透着些许蓝。

"你鼻梁好高,眼睛还是蓝色的。少数民族?"

"混血。我外婆是俄罗斯人。"

"你是做什么的?"

他原本已经放松下来,听到这个又变得警觉。

"没关系,"我说,"你不想说可以不说。"

"没什么不能说的,我父母都是老实巴交没什么本事的人,卖了十几年冷面,靠这个把我养大的。我学习不行,没能考上大学,后来就在一家安保公司工作,说得好听是安保,不好听就是保安。我考过警校,当警察一直是我的理想,从小我就对刑侦方面的东西感兴趣,可能也是因为这个,我才能帮到冬冬。"

"所以,第一次见面你告诉她你曾经想当警察,还考过警校,是这样吗?"

"你是不是想说我是故意用这些让她对我产生了信任?"他摇摇头,"实际上,一直到我们确立关系我才告诉她我是做什么的,还有家里的情况,这你应该能理解,一个是小保安,一个是大学生……根本不可能。"

"但她不是那种女孩。"

"是的,她不是。"

"之后你们就,谈起了恋爱?"

他笑了,没有回答,眼中闪过一丝羞涩。我心里很清楚,接下来这个问题会让他的情绪陷入低落,可我必须问:"为什么你们不一起来鼓州岛?"

"你什么意思? 你还在怀疑我?"

"不是怀疑,"我摇头,"是不理解,既然你们……"

"是这样,"他打断我,一口气解释道,"我们本来约好要一起来,可出发前两天公司突然安排我陪客户去趟香港,是客户点名要我去的,我想推掉,是冬冬,她主动提出我们可以分头出发,然后在鼓州岛会合,所以我比她晚到了一天,就差这么一步……"他无力地摇了摇头,看上去快要哭了。

"那天晚上你们联系过吗?"

"你是说她失踪那晚?是的,联系过,那天晚上八点左右我们通过一个很长的语音,本来聊得都很好,可她突然说,有人在砸她房门……"

"是陆渐平?"

"她说她不认识那个人,但那个人好像认识她。"

我点点头,"我知道他是谁……"

"是谁?"

"他叫赖小光。"

我一口气告诉了他关于赖小光的事,还有为什么我会怀疑他。这期间他没有打断我,表情则越来越凝重。最后,我说出我的结论:赖小光对死去的未婚妻有心结,那女孩长得很像冬冬,他在"饿兔子跳"身上找到情感寄托,可"饿兔子跳"(也就是我)在微信上拉黑了他,这激怒了他,之后和伯爵一样,他大概也是通过直播发现了冬冬,于是追踪她来到岛上,他把冬冬当成"饿兔子跳",纠缠并绑架了她。

欧树追问了几个问题,最后表示同意我的推断,"如果是这样,那陆渐平应该见过赖小光。"

"对,你说得对!"我兴奋起来。

我们决定立刻去找陆渐平,如果他确实见过赖小光,那就证明我的猜测是对的,这样的话我们就立刻报警,让警察去抓赖小光。

路上,我犹豫再三,还是问了那个问题:"冬冬怀孕了,这你知道对吗?"

欧树的脚步明显慢下来。再开口时,他的声音变得低沉:"我知道。所以我才提议来鼓州岛。我想让她放松一下,这事让她很焦虑,情绪波动很大……"

"等等,是你提议来鼓州岛的?"

"是我,也是为了庆祝。"

"庆祝?"

"庆祝我们有了个孩子。"

我大吃一惊,"你们是想把孩子生下来?"

"当然,我们……我想向她求婚……所以公司让我去香港,纠结之后我还是决定去,我去买了这个。"他从衣服领子里拉出项链,露出一枚戒指,红宝石戒指。

我哑口无言。

冬冬和欧树的恋情发生在我眼皮子底下,我一点都没有觉察,而短短几个月时间,他们已经从邂逅迅速进展到这个阶段,我也完全一无所知,这固然是因为冬冬刻意对我隐瞒,可我不明白,两人从相识、恋爱、怀孕到考虑结婚,这一切发生在短短三个月之内,无论怎么说，是不是太快了？

绝对太快了。

到民宿时，陆渐平正要出门。他兴高采烈，说要去钓鱼。

我把他推到门厅。怕他跑了，我还抓住了他的胳膊，他嘿嘿笑着，眼睛望向欧树。"怎么？"他冲我坏笑，"不就喝了顿酒吗，我们还发展出感情来啦？"

我松开手，直接问他那天下午有人骚扰冬冬，当时他就在场，这个情况之前他为什么没告诉我。他不回答，而是凑近我，故意耸耸鼻子闻了闻，"什么这么臭？你掉沟里啦？"

"陆渐平，我问你什么你就答什么。"

他撇了撇嘴，没说话，而是上下打量欧树。我想告诉他欧树是谁，可这时他说："我没说是因为你之前没问。对，是有个男的，大眼睛，小胡子，他来民宿找冬冬，冬冬和他吵了一架，然后他就走了，就这样。我可以走了吗？"

他在敷衍，他想溜，是因为欧树，对吧——也许，欧树身上那种自带的警察气质让他紧张了？我郑重向他介绍，我说这是冬冬的未婚夫，我故意说"未婚夫"而不是"男朋友"，是想让他更紧张。果然，陆渐平满脸惊异，眉头也皱了起来。他问欧树："你小子，最近是不是一直在盯我梢？干吗鬼鬼祟祟的，干吗不告诉我你是谁？"接着他转向我，无赖的态度有所收敛，"没错，那天确实有个男的找过她，找过冬冬麻烦。"

"是他吗？"我拿赖小光的照片给他看。

他夺走手机。我感觉其实第一眼他就认出来了，可他故意拿着手机又是凑近又是放大，最后才说："你这个没胡子，但是他没错，我认人很准，是他，就是这家伙。"

我抢回手机，"这么重要的事，你不告诉警察？"

"怎么没说啊，前前后后我都跟警察讲过，讲一万遍了，我还做了笔录，不信你可以去查嘛。我可是什么都没隐瞒，知无不言，言无不尽，可他们不信，我能有什么办法？从头到尾他们就认定是我干的，你不也一样？哦，现在信啦，知道查我是在浪费时间啦？"他转向欧树，忽然说了句很恶心的话，"小子，如果你能少花点时间跟踪我，也许早就找到你女朋友了。"

欧树脸色苍白，但他没有发作。我拉了陆渐平，继续问他："当时究竟怎么回事，你详细说说。"

陆渐平拎高手上的水桶，"鱼不等人啊，大姐。"

我抢过水桶，狠狠扔在地上。他愣了一下，终于明白我不会轻易放他走，这才很不情愿地说："好好好，我说，绝不隐瞒，保证详细，行了吧。"他清了清嗓子，然后慢悠悠地说起来，"那天中午，阮冬冬到了以后，在房间只待了几分钟就去海边了。梅姐跟我说，她觉得这孩子有心事，她不放心，非让我跟上去看看。你是知道的，我这人向来古道热肠，怎么会见死不救呢？在石咀滩那边，冬冬一个人站在海水里发呆，我就远远看着，以防万一，对吧？每年这个季节跑到岛上来自杀寻短见的女孩子，不要太多。总之，最后是她自己主动过来跟我说话的,她问我:大叔,这里有海星吗?"

我心里一揪。

"梅姐说得对,"陆渐平说,"她有心事,心事重重,不过,我陪她捡海星的时候她挺开心的。她找到一颗很漂亮的海星,贼兴奋,把手机塞给我让我给她拍照,她冲镜头大笑,让我多拍几张。面对镜头,她变得很有感觉,很放得开,最后把头发也散开了……"

我克制着恼怒,问他:"然后呢?"

"然后?然后我们就一起玩水啊,我把水泼在她身上,她也把水泼在我身上……"他再次把脸转向欧树,语气中带着明显的恶意和挑衅,"你女朋友,她真的很会玩儿哦。"

我真想一拳砸烂他的脸,"你是不是想死!说重点。"

"这难道不是重点?"

欧树的脸色已经相当难看,我真怕他会一时冲动和陆渐平打起来。我压抑怒火,继续问道:"赖小光,他是什么时候来民宿找冬冬的?"

他想了想说:"下午四点左右。开始我真以为他们认识,我当时还想,嘿,这小丫头,果然是喜欢大叔型啊。"他猥琐地嘿嘿笑了两声,"可紧接着两人就吵起来了,都很凶,我赶紧上去劝架。阮冬冬坚持说她不认识那男的,那男的很生气,说我为了你命都不要了,你要我?说着还想上手。我拦住他,结果他拉开架势,想冲我来。我一眼就看出来了,他身上有刀,可我会怕他吗?我指指头顶的摄像头,让他冲我的胸口来,来呀,我说,朝这儿捅!不敢动手?就赶紧给老子滚。结果他转身就走。现在想起来,我一说有摄像头他立马就把头低下了。让我想想……"

"别想了,偷走你硬盘的就是他。后来呢?"

"原来是这样,他就是……"

"现在你明白这个人很重要了吧。"

"明白了,"他一副恍然大悟的样子,却尖刻地说,"全明白了,你终于找到真正的嫌疑人了。行,现在也还不晚。"

我不理会他的挖苦,"他后来又来过一次,大概是晚上八点多,你看到他了吗?"

"八点多?"他摇摇头,"不过说起来确实也有点奇怪,九点左右,我正跟客人看球,确实听到后院有动静,但当时比赛正激烈,我就没动。等中场休息我过去看了一下,什么也没有,我不放心还去敲了敲阮冬冬的房门,没人应,我以为她休息了,就回去继续看球。你的意思是那天晚上他又来了,还追着冬冬去了码头?他把冬冬推下海,然后半夜又溜回店里拆了电脑硬盘,对吧?我说什么,我早跟警察讲过了,偷硬盘的人肯定和冬冬失踪有关,他们不信,话里话外怀疑是我自己把硬盘拆了,想销毁证据,要不是有那几个客人做证我整晚都在店里,我他妈早被抓起来了。"

"也别把自己说得这么无辜。"

"我不无辜吗?我比窦娥还冤啊我。"

我很想讽刺他几句,可这时欧树说:"阮金,情况已经够清楚了,我们得去报警。"

这话让我冷静了下来。我要求陆渐平和我们一起去,把他刚才说的再和警察说一遍，可他断然拒绝，"除非他们来求我，他们冤枉我，他们欠我一个道歉。"

这哪是要警察道歉？这分明是想让我向他道歉。

"再问你一遍，跟不跟我们走？"我想好了，如果他再拒绝，就放他走算了，没必要在这儿浪费时间，可这时他突然说了句更恶心的话："阮冬冬，但凡当初她肯让我碰一下，就一下，也不会落到后来那个下场……"

"陆渐平，你欠揍是不是！"我忍不住骂他。

他冷笑一下，"好，那我问你，这个赖什么光晚上又来了，阮冬冬干吗往海边跑？我们满屋子人在餐厅，还保护不了她？让我猜猜看，"他斜眼看欧树，"这肯定是因为当时有个人让她去码头，对吧，这个人是谁呢？"

这个无赖，他竟然把矛头指向欧树。欧树低着头，脸憋得通红。

陆渐平很得意，显然，折磨欧树让他很爽。我忍住没发火，而是用尽各种办法想让陆渐平跟我们一起去派出所，可不管我怎么威逼、利诱，他就是不肯，而且一直在羞辱欧树，想激怒他。我不明白他为什么要这么做，但我怀疑，欧树的拳头已经攥起来了，下一秒就会落在他脸上。说实话，我有点希望他们打起来，我希望欧树打得他满地找牙。

但这时欧树说："阮金，我们走吧。"

去派出所的路上，天色已经很暗，山路也像前日一样漆黑，可我感觉岛的昏暗和寂静没有之前那么可怕了。是因为有欧树在，对吗？为了适应我的速度，他走得并不快，但又恢复了一言不发的状态。

"情况已经很清楚了对不对？"我分析说，"那天下午，赖小光去民宿骚扰了冬冬，晚上又去砸门，冬冬跑了，跑去码头，赖小光就在后面追她，然后……"

欧树还是不说话。我怀疑他还在生陆渐平的气，就试探着问：

"现在，可以排除陆渐平的嫌疑了吗？"

"还不能。"他说，很严肃，却不是气话。

"他是故意想激怒你……"

"那他确实做到了。"

"如果刚才我不在，你肯定会揍他，对吗？"

"想揍他机会有的是，但现在不行，现在……他是关键证人。"

老实说，这一刻欧树给我的感觉很不错，这不仅仅因为下午他救了我的命，更重要的是，他这人总是言之有物，处变不惊，给人一种可信赖的感觉。是的，他很冷静，即便陆渐平那么刺激他、羞辱他，他也没有失控。没错，他确实是冬冬会喜欢上的那种男孩，情绪平稳，意志坚定。不过，那个问题还在困扰我，不管怎么说，在那么短的时间里就怀上他的孩子，还决定生下来，这大大超出了我对冬冬的认知。我一直觉得，冬冬并不是一个非常谨慎的人，有时做事甚至不计后果，可她绝不是那种会选择在大学时期就怀孕生子的女孩。想到我面对的不仅仅是一个"男朋友"，还极有可能是冬冬未来的丈夫，我还是感觉难以置信。

"你抽烟对吗?"我问他。

他掏出烟,拿出一根递给我,又帮我点燃。可他自己不抽。

"我戒了。"他解释说。

"可你带着烟。"

"可以考验我的意志力。"

"你戒烟多久了?"

"从我把冬冬当成女朋友的那天开始……"

"这么说,你没在冬冬房间里抽过烟?"

"你想说什么?"

"发现她怀孕了,你第一反应是什么?什么感觉?"

"当然是高兴,但也,很纠结……因为我发现她很害怕,不是一点,是怕得要命,接连很多天她的状态都非常糟……"

"所以你又抽烟了?我在公寓的垃圾桶里发现很多烟头,那天你差不多抽了一整包烟,然后你终于做了决定,也说服了她?"

他看我一眼,"你知道冬冬,一件事如果不是她自己做的决定,谁也别想叫她妥协。那天我确实破例抽了很多烟,她骂我,她说她怀孕了让我去厨房抽,打开抽油烟机。"

"然后呢?"

"第二天早上,我醒来她早就醒了,还破天荒做了早饭。她把鸡蛋煎糊了。我们一起吃早饭,她突然告诉我,她想通了,她决定把孩子生下来。我虽然不知道这么大一个弯她是怎么拐过来的,可我很高兴,一时冲动我就说,那我们结婚吧!她听了先是一愣,接着就大笑起来，捏着我的脸说，别傻了，我会生下宝宝，我们可以一起把他养大，可我们不必非得马上就结婚啊。"他这么说着，但满脸都是困惑。

"你理解不了，对吗？"

"对，我理解不了，她都愿意为我生孩子了，为什么不肯和我结婚？她究竟什么意思？后来我想，她是不是希望我能先正式求婚？"

"所以你才提出来鼓州岛度假，还去买了戒指，买了一颗很贵、很漂亮的大戒指。你约她来岛上，是想在这里向她求婚，对吗？"

他叹息一声，"如果我们一起来，就不会发生后来的事了，对不对？"他的声音很痛苦，以期盼的眼神看着我，"你也认为她还活着，对不对？"

我的心狠狠痛了一下，但我控制住情绪，以一种坚定不移的口吻说："她活着，我肯定，百分之百肯定。"

派出所有个副所长在值夜班，人很年轻，文质彬彬戴个眼镜，看着不像警察，像个学生会主席。他说要亲自给我做笔录，还说："你的情况我们都了解。"我问他什么意思，他说："既然主动来了，就别隐瞒了，想找到阮冬冬，找到你说的这个赖小光，你要如实交代前后发生的所有事，任何细节对我们都有用，这么说你能明白吗？"

这话让我不舒服，可我还是痛快地说："明白。"

我们隔着一张桌子坐下来。我整理了一下思路，然后以中等语速，把该说的话一口气说完，重点是想让他明白两件事：第一，为什么我会怀疑赖小光；第二，他们应该立刻去抓捕赖小光，这事迫在眉睫。整个过程中欧树就坐在我旁边，但他什么也没说。我感觉他在观察我，观察我的每一个动作，分析我说的每一句话。我对自己很满意，我觉得自己讲话好像从来没这么清晰、流畅过，可我没想到，笔录足足持续了两个小时。我说得口干舌燥、筋疲力尽，更重要的是心急如焚，因为这完全是在浪费时间。

副所长还在不断问问题，有的很尖锐，有的则很无聊，我终于是烦了，忍不住说了句："这个你问过了，问过三遍了。"

他愣了，"你是不是想休息一下？"

"我需要的不是休息，而是你说你听懂了，还有，别再问我重复的问题。"

他站起身，先让身后的小警察给我倒杯热水，然后告诉我，我们休息五分钟。

在我喝水的时候，欧树把他拉到一边，低声说着什么。副所长一脸严肃地听着，不时微微点头，中间好几次上下打量我。这让我非常不爽，欧树，他这是在干什么？

最后，我看到副所长点点头，他拍了拍欧树的肩，这才过来对我说："阮金，你来一下，我想让你看点东西。"

我被带到一个不大还有点暗的房间，这是个让人紧张的房间，没有窗户，很闷。他想让我看的是监控录像。他提醒我说："这是完整版。中间要是你受不了，感觉不舒服，要立刻告诉我。"

这话让我毛骨悚然，但我点点头。

监控一开始就是冬冬在防波堤上奔逃的画面，和之前网上曝光的一样，十几秒后，她跑出画面，但视频并没有停。我紧张地盯着屏幕。大约过了一分钟，一个人影出现了。我吓得差点叫出来。画面中出现的是一个穿黑帽衫的男人，没错，很明显是个男人，他朝冬冬离开的方向走去，速度不快也不慢。虽然看不到脸，可直觉告诉我，这就是赖小光。

"就是他！"我忍不住大声说，"这就是赖小光。"

"你别激动。"副所长说。

我努力控制不激动，再次强调说："这个人，帽衫男，就是我说的赖小光，我能肯定就是他！"

"你能肯定？"副所长眉头紧锁，"他并没有露脸。"

接着，他又给我放了第二段视频。画面很黑，一开始很长时间画面里都没有人，只有一盏昏暗的路灯，路灯后面漆黑一片的部分他说是海。"这是西码头，"副所长解释说，"当时正在涨潮，台阶下面两米深的地方都被海水覆盖了。"说完他拿起遥控器，快进了一段。

画面中赫然出现了冬冬和她的拉杆箱。

她在路灯下徘徊了一会儿。其间不停看手机，并回头张望，有时她会匆匆走出画面，过一会儿又回来。在她出画的时候，只能看到路灯下的拉杆箱，那暗红的颜色让人难以承受。其中一次，冬冬回来时抬了一下头，路灯正好照在她脸上，能看清她的表情，很惊恐，非常无助。

副所长按了暂停键，问我："看到了吗？"

"看到了。"

"看到什么?"

"她很害怕。"

"不,不是让你看她。"他用指尖抵在屏幕上,指着画面右侧一个黑暗角落说,"这里,仔细看这个地方。"那是一团黑影,我没看出什么来。我正想问,他说:"我再开始,你别看别的,就盯着这个地方。"

他又按下播放键。我盯着他说的地方。

"太模糊了……"我说,"好像,是个垃圾箱?"

"是个垃圾箱没错,但旁边还有别的……"他又把画面倒回去,重新播放。我盯着那个角落——在那团黑暗中,垃圾箱的旁边,有个东西微微动了一下。它真的动了!我惊得脊背发凉,垃圾箱的旁边,应该是站着一个人。

"能调高亮度吗?"欧树问,声音颤抖。

"没用,试过了,试过很多办法。"副所长摇摇头,"之前我们一直怀疑这个躲在暗处的人影,是陆渐平……"

"可当时他在民宿里看球。"我说。

"是的,没错,问题就在这儿。"副所长点点头,却没有进一步解释。

我咬咬嘴唇,说:"再放一遍。"

副所长倒回去,重新为我播放。我目不转睛盯着那个人影,最后干脆夺过遥控器,自己播放。我看了至少六七遍,终于有了发现。

"这不是陆渐平，"我十分笃定地说，"陆渐平有点驼背，可这个黑影背部笔直，他站在那儿简直就像是在站军姿。"我掏出手机，把赖小光以前发给我的视频拿出来给他看。我再三和他解释，说这个躲在暗处的黑影就是赖小光，可副所长仍然持怀疑态度。

"可以肯定的是，暗影里有个人，但你要说他……站军姿？你说他是赖小光，可这只是你的猜测，而且也没什么说服力。"他摇了摇头，"按道理来说，阮冬冬比追她的人，黑帽衫，肯定是先到码头的，对不对？可这个黑影在她到码头时就已经在那儿了，这怎么解释？难道赖小光能瞬间移动？"

我明白，他说得有道理，他的分析无可辩驳，可我越看就越觉得黑暗里的人是赖小光。"也许，"我提出新的猜测，"在后面追她的人不是赖小光。"

"可你刚才很确定，追她的就是赖小光。"副所长摘下眼镜，手捏鼻梁，显然对我前后矛盾的说法很不满意。

"也许阮金说的是对的。"一直沉默的欧树终于开口，"下午她遇到赖小光，这个人的嫌疑确实很大。"

副所长看了看我，"好，第一个问题，你确定下午看到的人就是赖小光？"

"我确定。"我大声说，"警官，我们不能再浪费时间了，必须尽快去找他，去抓他！应该封锁全岛，不然他会跑的。"

副所长再次皱眉，"别激动行吗？我还有几个问题要问你。"

"你说！"

"第一,前几天我们有两个同事去陆渐平的民宿,遇到的女游客是你吧,当时你很不配合,为什么?你明明可以在第一时间和派出所取得联系,向我们提供线索,你在逃避什么?第二,你和陆渐平究竟什么关系?你们是不是早就认识?第三,这个叫赖小光的人,你和他又是什么关系?你说他把阮冬冬当成你,所以才绑架了阮冬冬,既然你早就怀疑他,那下午在老街遇到他的时候,你为什么不在第一时间报警?"

我准备一一解释这些问题,我都有我的理由,可我还没开口,一个小警察走进来,低声对他耳语。随后,两人都离开了。屋里只剩下我和欧树,我问他:

"刚才你和所长说了什么?是在说我对吗?"

"我能给你个建议吗?"

"你说。"

"你要冷静。"

"什么意思?"

"在警察眼里,你是个可疑的报案人……"

这是什么意思?什么叫可疑的报案人?为什么我是可疑的报案人?我非常愤懑,我不明白这种时候他为什么不能坚定地站在我这边?"可下午你也看到了,是你救的我,你也看到赖小光了,他在船坞出现过,这是事实,事实明摆着。"

"并没有……"他摇摇头,显得很为难。

"什么并没有?并没有什么!"我火了,"你能不能说话痛快点。"

"我走进船坞的时候,只看到你掉了下去,并没有看到其他人。"

我不敢相信我的耳朵!我觉得头疼,胃也瞬间疼起来,我不确定他说的是不是真话,可如果不是,他为什么要撒谎?也许,他真没看到赖小光?

副所长回来了,他让我在屋里等着,却把欧树带出了房间。

五分钟后,欧树一个人回来了。他冲我摇头。

我火了,"你现在摇头又是什么意思?"

"所长说,派出所没有权力,也没有足够警力封锁整个岛。"

"那是因为他现在不相信我!"我瞪着他。

"也不完全是。他去打了电话,给东海局,请示接下来该怎么处理。这都是正常程序。但你放心,很快就会有结果。"

"能有屁结果!"

如我所料,又等了一个小时副所长还是没回来。这期间我不想再跟欧树说话,一直反复看监控,我不想和他说话不仅是因为我还在生气,更因为我已经意识到,这个时候和他争论没有任何意义。可是,保持沉默,看监控录像,看着冬冬的身影,我越来越焦虑,我感觉我随时会恐慌发作。我的大脑飞快运转,思考对策,想来想去,我认为现在只有一个办法:打电话给辛捷,向她求助。

电话一通辛捷就接了。我的心跳骤然加速,我让她先别打断我,然后迅速说了眼下的情况,毫无保留地告诉了她全部。她果然一声不吭,一次也没打断我。最后,当我把情况都说清楚,她问我有多大把握认定那个人就是赖小光。

"百分之百！"我说，"监控里的人绝对是赖小光，民宿老板也确认了，那天骚扰冬冬的就是赖小光。"我说事情已经很明朗了，冬冬肯定是被赖小光囚禁起来了，而且她肯定还活着，可赖小光已经暴露，他不会坐以待毙，必须马上封锁这个岛，开始大搜查。

我认为辛捷头脑足够聪明，肯定会支持我，可她的回答却让我错愕和愤怒，她说："只凭你一个人的说法就把整个岛都封锁，这不现实。"

"连你也不相信我？"

"这不是我信不信你的问题……"

"你们到底算哪门子警察！"

"阮金，你必须先冷静下来。"停了几秒，她说，"现在，听我说，我要你回民宿去等着，什么也别做，在我到之前不要主动和赖小光接触，如果他打电话给你，拖住他，尽一切办法把他留在岛上，能做到吗？"

我咬牙切齿地说："冬冬等不了。"

"把电话给所长，让我来和他说。"

我出去找到副所长。我把手机交给他时他皱眉看了我半天。这个电话他打了很久。当他接完电话朝我走来时，我等着他骂我，给我脸色看，或者干脆给我戴上手铐，把我关起来，可他对我笑了笑，说：

"你是个作家？"

"谈不上。"

"我还从来没有见过女作家呢。"

"你见过男作家?"

"一个。"

"谁?"

他说出一个名字。

是个我非常讨厌的小说家,写的全是狗屁。我真的想骂人了,都这种时候了,你竟然要跟我聊这个? 可我忍住了,摇摇头说:"没听说过。"

他点点头,再次露出那种毫无必要的笑,他说他已经把情况都搞清楚了,他同意辛捷对我的安排,叫我先回民宿等,有情况就打他电话。

我不死心,哀求他:"你们真的不能立刻行动吗? 至少也要先把码头控制起来吧,他会跑的……"

"码头我们会控制,半个小时前已经安排下去了,"他点点头,"放心,我保证,只要此时此刻赖小光还在岛上,他绝对跑不了。"

这个时候,我多希望欧树能站在我这边,可他又变得一言不发。

出门之后,我问他:"你同意吗?"

"同意什么?"

"警察让我们就这么等着,什么也不做。"

"这种时候,我不认为我们会比警察做得更好。"

我真的火了,之前对他的好感荡然无存。我盯着他的眼睛,怒气冲冲地说:"是不是无论我现在说什么、做什么,都是错的?"

"我不知道,"他摇摇头,"但你现在说什么,都像是气话。"

20

冬冬的拉杆箱找到了。是朱越国打捞上来的。

他的理论没错，连日来的努力也终于没有白费——箱子正是在蚊子湾他之前怀疑过的那艘沉船附近找到的。把箱子弄上岸后，他第一时间给我打来电话，说话时口齿不清，上气不接下气。

"你没受伤吧？"我问他。

"没有，我没受伤。"他这么说着，声音却充满痛苦，"但是很糟，阮金……"他停下来，用力吸气。

我很害怕。难道他把箱子打开了？他看到了什么？我不敢问。

"箱子很沉。"他说。

我四肢冰凉，血液不知跑哪儿去了。

"对不起，"他说，"我没有勇气把它打开……"

我理解他的崩溃。我理解。

"等着我。"我说。

烈日下,洁白的沙滩上,湿漉漉的红色拉杆箱就在那儿。太醒目了,像是海难后一具悲惨的尸体残骸被冲到岸边搁浅。周围没有其他人。老朱斜靠在礁石上,看上去被打垮了。他已经冷静下来,但两眼又红又肿,他用力揉着眼睛。我不忍心再看他。

是冬冬的箱子没错,右上角贴着海贼王。

我还记得我是在哪儿买的它,又是在哪天把它送给冬冬的——2016年8月24日,那是她到北京的第二天,在蓝色港湾,一起逛街时我买给她的。玫红色,是她自己挑的。她很喜欢这个礼物,说以后去旅行都要带上它,是她亲手把海贼王贴在箱体的正面,当时她还开心地说:"这样就不会和别人搞混了!"

老朱告诉我他是怎么把箱子弄上来的,过程很艰辛,可渐渐地我听不到他在说什么,只觉得恍惚,耳鸣,有种我在却又不在现场的撕裂感。

箱子把手上夹着一些海藻,我跪在地上,把它们细心揪掉,揪得一根不剩。我在拖延时间,内心充满了恐惧,可我明白,最终还是得把它打开。我的心脏猛烈跳动,摁下了开关——

弹簧锁没弹起来。

它卡住了。

我转身看老朱,向他求助。

"你等一下。"他转身朝渔船跑去,踉踉跄跄,身形像是一夜间老了很多。我把手掌放在箱子上,经过阳光暴晒,此刻它正散发着无穷热力。过了一会儿,我听到老朱的声音,他拎着一只铁皮工具箱朝我走来。

"我来，让我来吧阮金。"他这么说着，手却不受控制地颤抖。

我站起来，从他手上接过工具箱。我不想看他再受这份折磨，自己也不想。我挑出一把最大号的起子，插入行李箱的锁簧卡扣，先深深吸口气，接着用力猛一撬。我用的力气可能太大了，卡扣直接崩飞，箱子一下弹开，我下意识屏住呼吸，睁大双眼——

没有可怕的气味，并不是一整个或部分的人体。

箱子里的东西全被海水泡坏了：泳衣，内衣，粉色化妆包，索尼相机包和几本书……不是尸体，这是"好消息"，可为什么我感觉如此压抑，如此绝望？我的头好像要爆开了。我跪在地上，凝视这堆东西，大脑一片空白。

老朱垂手站在一旁，也沉默了很久。最后，他小心问我："报警吧？"

我点点头，又摇摇头，"老朱，我想一个人待会儿。"

老朱走开了，但没有走太远。我跪在地上，感觉自己就剩下一口气了。我清理着箱子里的东西，拧干衣服上的海水……胸口发闷，像压了巨石。这些属于冬冬的私人物品，每一样都能唤醒某个瞬间，让我感觉她就在身边，就站在我身后，正低头看着我。

给辛捷打电话的时候，我的眼泪止不住地流。

"找到了，"我说，"我找到她的行李箱了。"

辛捷试图安抚我的情绪，她依然很冷静，她说最迟明天早上就能赶到鼓州岛，让我无论如何都要等她。等她？等什么？为什么要等？我听着她在那边交代这交代那，眼睛始终盯着箱子里的东西。最后，我打断她，"你是来抓我的对吗？"

"你怎么会这么想？"她停顿片刻，说，"没人要抓你，我只想查明真相。"

"你是不是就只会重复这句话？"

"你冷静一点阮金。"

"我很冷静。"望着箱子里被海水污染的东西，我说，"真相就在眼前，你要么帮我抓他，要么不帮。"

她也生气了，"阮金，你仔细听我说，你怀疑的那个人，赖小光，他很危险，比你想象的更危险。千万别主动去接触他，不要打草惊蛇。从现在开始，你就老老实实待在房间，哪儿也不要去。"停了一下，她又换上缓和的语气说，"我会让派出所的警察过去，先检查一下箱子，同时也确保你的安全，可我必须再跟你重申一遍，别去惊动他，别再给我们的调查添乱……"

她话音未落，我挂了电话。

留给我的时间不多了，在被警察控制起来之前我必须找到赖小光，我想干一件特别坏的事：我想，杀了他。

老朱帮我把箱子拎回了民宿。一路上我们都没有说话。

他准备离开的时候，我对他说："谢谢你啊，老朱。"他点点头，努力挤出一个微笑，"你要知道，这不是坏消息。"我点点头，却险些哭出来，我问他能不能抱抱我，他走过来，拥抱我，又轻轻拍了拍我的背。陆渐平恰好经过,他突然呆立不动,一脸不可置信,但很快就扭头走了,我觉得他不是怕我,而是没有胆量过来面对老朱。

老朱走后,我把自己锁在房间里。我推开窗户,两扇全敞开,让阳光照射进来。

我打开箱子,把里面的东西一件件取出来,全都很熟悉:波点连衣裙,春天她买的,专门为这个夏天准备的;尼康单反相机,我借给她的;粉色化妆包,这是去年她送自己的生日礼物……此刻,它们面目全非,像一堆残骸,散发着又咸又腥的海的恶臭。我仔细清洗了它们,擦干净,摊开在桌上晾晒。看着这些,我感觉自己像个无力的傻子。时间慢下来,变成一种黏稠的东西,把我困在了里面。

可恶!

就这么干等着,我做不到。

我充满恐惧地想:你必须有个计划。

实际上,我心里确实有个计划,一个简单的计划。思考了大约一小时,到了下午我终于下定了决心。我发信息给赖小光,告诉他我知道温文静的事,"我知道你的秘密,"我说,"我们得谈谈,你必须见我。"

不知道这样的威胁能否奏效,我担心他不会理我,可到了五点左右他突然回复:七点,船坞。

来吧!是时候做个了断了。

我需要找个帮手:在老朱和欧树之间我犹豫了几分钟,最终,我意识到让老朱卷进这件事是我失去了理智。我打电话给欧树,让他马上来民宿见我。他竟然不肯来。我说:"你必须来,我有很重要的事要和你谈。"

他的反应还是拒绝,"谈什么? 电话里不能谈吗?"

"不能。"我挂了电话。

不到二十分钟他就来了。一进门,看到桌上的东西,他呆住了。我说:"这是上午朱越国从海里捞上来的,在蚊子湾那边,你知道这是什么,对吧?"

他木然地点了点头。

我说:"我没有报警,你明白我的意思吗?"

他一脸茫然,好像没听到我说的话。他走到桌前拿起一本书,喉咙像是噎着似的,忽然流下了眼泪。那是一本名叫《海风下》的书,此刻,它在海风的作用下已经晾干,看上去既膨胀又脆弱。

"这是我送她的。"他哽咽着说。他翻到某一页,又换了一个重音,重复说,"这是我送给她的。"我走过去,想看看那一页上面有什么,但他把书合上了。

他抬起头,"说吧,你肯定有个计划。"

我告诉他我约了赖小光见面,时间是七点,还在那个旧船坞。我告诉他我的想法,最真实的想法。

"这不行,"他打断我,"我们得报警,我现在就打电话。"

我没有阻止他,但我说:"发现有警察,你觉得他还会出现吗?"

这话起了作用。欧树放下手机,看着我。

"今晚,要是让他从我们眼皮底下溜走,以后就再没机会找到冬冬了……"发现他的呼吸变得急促，我继续说，"我可以信任你，对吗？"

他点点头，但沉默了很长时间，直到最后他心里好像有了答案才说："说吧，你打算怎么干？"

"抓住他。"

"然后呢？"

"审问他。"

"你有没有想过，为什么他选择在船坞见你？"

"也许他觉得那地方会让我害怕。没有，我没想过，没认真想。"

"那你现在可以认真想一想吗？他根本没必要见你，你已经惊动他了，他完全可以现在就一走了之。除了你，甚至都没人能证明这个人存在。"

"你想说什么？"

"你坐下。"

"我就想站着。"我生气了，他说的话，他这种犹豫不决的态度都让我很不爽，如果他不想帮我，他怕了，可以直说，没必要这样。

"让我们先把事情理清楚，"他没有放弃，继续说，"赖小光，他恨的人是'饿兔子跳'，恨的是你，是阮金，不是冬冬，对吧？"

"对。"

"也许他确实像你分析的那样，碰巧看到了冬冬的直播，把她当成了'饿兔子跳'，他追踪她到岛上，他们发生冲突，一怒之下他绑架了冬冬……你是这么想的，对吧？"

"对。"

"有一点你说得没错，如果冬冬已经死了，他没理由还一直留在岛上，所以，他肯定是把她囚禁起来，藏在了什么地方。"

"是的，没错。"

"那现在你出现了，他知道你是谁，也知道你想干什么，可还是决定见你，你觉得这是因为他突然良心发现，想把冬冬交出来吗？"

"你是想说，他想杀了我？"

"事情已经超出了你我的能力范围……"

我点点头，但我并没有被他说服，"你以为你说的这些我不明白？可你不了解他，他是个亡命徒，如果警察抓住他，以我对他的了解他绝对什么都不会说，要是他死活不松口，哪怕就几天，两天？三天？冬冬就会被困在某个地方活活饿死、淹死。我必须一个人去，不能有警察，这样他才会觉得是他在控制局面，这样我们才有机会……"

"什么机会？你觉得他会听你的？"

"我会让他放了冬冬，我会用自己跟她做交换，这就是我的想法。"我知道，仅凭这番话无法说服他，但会让他心里有所松动，而我要用一种更卑鄙、更直接的方式让他和我站在一起，"如果你真的爱她，就拿出勇气来，为她做点什么。"

卑鄙的方法，总是最有效的。

带着一股自我毁灭的狂热，我朝夜色走去。

天空中，浓密的乌云翻滚涌来，速度之快令人不敢相信。风很大,衣服紧贴在身上。离船坞还有一段距离,欧树突然停下来,"现在开始我们分开走。"我点头表示同意。他再次提醒我,一定要留神船坞腐朽的地板,说完便快速朝另一个方向跑去。

几分钟后,我已经站在船坞的大门前。

风把木门吹得咣当咣当响。我突然感到不知所措。我看看表,还有十分钟,可一进去我就看到他在那儿,赖小光,就站在那个洞的前面,背对着我,好像在研究下面的海水。我慢慢走过去,而他毫无觉察。我心想,要是我现在冲过去猛力一推,他准得死。这个想法让我很害怕,我现在不想有想法,我觉得那些想法全都指向了毁灭。

他忽然转过身来。

我终于看清了他的脸——

很难想象,简直荒谬,几个月前,这张脸还曾做过我的手机桌面。一张称得上英俊、棱角分明的脸,那深邃、忧郁的目光曾让我十分心动。

"你把胡子留起来了,"我说,故意让语气显得可怜,"你瘦了好多。"

他冷笑一下,先是上下打量我一番,然后才说:"那我该怎么形容你呢?站着别动!对,就这样。"他从兜里拿出烟,背过身去点燃。

"小光。"

"别叫我的名字。"他的眼睛闪烁了一下,但那点温情很快就消失了。他朝我走了两三步,停下来,"说吧,有什么话就痛快说,我的时间不多。"

"没想到,你真的来了。"

"不然呢?"

"你不怕我报警吗?"

"你为什么要报警?你觉得我该怕警察?"

"你绑架了冬冬……我找到她的拉杆箱了。"

他愣了一下,又朝我走了两三步,但走得很慢,似乎在思考。

"我之所以还愿意来见你一面,"他说,"是因为有件事在走之前我必须搞清楚……你做的那些事,'饿兔子跳'什么的,我们不说了,我不明白的是,为什么你非要骗我到岛上来?你究竟想干什么?"

"我不懂你在说什么。"

"阮冬冬,她看我的样子……"他摇摇头,"她完全不知道我是谁。所以,是你,只能是你,为什么你要耍我?你是想杀了阮冬冬,然后让我做替罪羊,对吗?"

"我没有,我没那么想过,也没骗你到岛上……"

"死到临头还是没一句实话!"他打断我,充满厌恶地说,"我真不知道一个女人可以让人讨厌到这种程度,你是不是觉得,凭你那点小聪明就可以操纵所有人?"

我愣愣地站着,他的话让我云里雾里。

他像看透了我一般,继续轻蔑地说:"如果我说阮冬冬失踪和我没有关系,你肯定不信对吧?"

"和你没关系?"我愤怒地质问他,"在民宿骚扰她的是不是你?半夜跑去砸她房门的是不是你?追她去码头,把她推下海的人,是不是你！之后又偷偷回到民宿偷走电脑硬盘的人，是不是你？"

"闭上你的臭嘴，不自量力的婊子！"他扔掉烟，手伸进挎包。

我下意识地后退一步，同时左右张望，可他掏出来的并不是刀，而是一卷绳子。他一边向我逼近一边说："'饿兔子跳'，你给自己起了这么个愚蠢的网名，可真是够讽刺的……你把你侄女害死了，现在你受不了人们的唾沫星子，受不了良心的谴责，如果你还有良心的话。"他指指头顶的横梁，"你选择在她遇害的地方自杀，这很合理，对吧？"

欧树说得没错，赖小光见我就是想杀了我，可他的话里有个明显不对的地方。我问他："这就是她遇害的地方？为什么你这么说？"

他不说话，朝我走过来，速度很快。有个黑影比他更快。

他们几乎是一撞在一起就厮打起来。我根本不知道欧树是什么时候进来的，怎么进来的，可他像野兽一样敏捷。可赖小光的反应也很快，转瞬之间，他已经把手中的绳子套在欧树脖子上，用力拉扯，一转眼拳头就打在欧树脸上。欧树被打倒在地。赖小光继续勒紧绳子。一切都发生得太快，我根本来不及反应，可我知道，这样下去欧树会死。

我捡起一块石头冲了过去，狠狠砸在赖小光的胸口。

这是非常漫长的一刻。

赖小光用力一推，把我推倒在地。他又狠踢了欧树一脚，然后才捡起石头朝我走来，我觉得他是想用石头砸我的头。欧树爬起来，从后面一下将他扑倒，接着开始用一种残酷的打法殴打他，毫不手软，拳头又快又准。赖小光吐掉嘴里的血。他还想站起来，欧树用一根棍子打在他腰上，他才稍微安静下来。

每个人都筋疲力尽，除了恐惧和眩晕，我感受到的是第一次目睹这种程度的暴力带来的刺激。

站起来时，我手上多了一片尖锐的玻璃。

我朝赖小光走去。欧树已经用绳子把他捆了起来，看到我手上的东西，他冲我摇头，"别干傻事。"

我对他吼："你听到了！他说这就是冬冬遇害的地方！"

"他在撒谎。"

"那我就让他说实话。"

"这不行，"欧树拦住我，"剩下的，我们得让警察来处理……"

"警察？警察拿他没办法，可我有……我可以让他受点罪。"

盯着我的眼睛，欧树再次摇头，"说好的不是这样。"

可他根本阻止不了我。这一刻，我充分理解了那些因为愤怒而杀人的人。赖小光坐在地上，仰脸瞧着我，嘴角竟然露出了微笑。我真想把他耳朵撕下来，让他笑不出来。

我大声说："温文静不是自杀，她是被你杀死的！"

笑容从他脸上消失，他肌肉抽搐，面色发灰，好像正慢慢变成另一个人。我不想让他好受，继续大声控诉："冬冬长得很像温文静对不对？温文静是你杀死的，对不对？是你把她推下楼的，是因为她不让你再去赌，还是因为那天你吸了毒？"

他咆哮起来，扯着嗓子骂我，说我卑鄙，无耻，邪恶，"没错！

她们都是我杀的,我杀的!可你要记住,阮冬冬,她是被你害死的。"

"你真的杀了她?"

"对!"他继续咆哮,"我杀了她,就在这儿!就在这儿!就在你脚踩的这个地方。"

我还没来得及反应,欧树已经冲过去,一脚踢在他脸上。赖小光喷出的鼻血呛得他咳嗽起来,可这还不够,欧树还在不要命地猛踢他的腹部。

赖小光杀了冬冬,冬冬就死在这里,他好像生怕我们对此有所怀疑,一边任由欧树疯狂殴打,一边拼命呐喊:"我杀了阮冬冬,她就死在这儿!"直到远处突然传来警笛声,欧树才勉强住了手。他恶狠狠地瞪了我一眼。可我没报警,不是我。

我咬牙站在那儿,玻璃划破了手掌。

警笛声越来越近。没时间了。我全身的血液都沸腾起来,脑子里只剩下一个声音:杀了他,杀了他……

可欧树已经冷静下来,他把我抱住,夺走了那片玻璃。

赶到现场的除了派出所那几个民警还有辛捷。她对我怒目而视,可我并不在乎。两个警察给赖小光戴上手铐,把他第一个押上了警车。欧树被押上了另一辆警车,也被戴上了手铐。赖小光疯狂挣扎,一直在骂我,诅咒我。那个副所长,安顿好欧树后又跑过去帮忙。辛捷把我拉到一边,质问我:"阮金,你知不知道你在做什么!"

我看向欧树,"他报的警?"

"不是他。是我，"辛捷说，"我监控了你的手机。"

"你说什么？"

"一开始，我只是想找到你，可后来我看了你的通讯记录，你发出去的每条信息，收到的每条信息，我都看了。"

"你他妈凭什么这么干！"

"因为你是犯罪嫌疑人。"她没有进一步解释，而是说，"这些天，我主要去查证了几件事，伯爵，卢群，你肯定怀疑过这两个人，你发信息给他们，是以'饿兔子跳'的身份，你还分别和他们都见了面，然后……"

"我把他们两个排除了。"

"所以，你才把所有怀疑都指向了第三个人，也就是赖小光，对吧？我明白你为什么会怀疑他，要是你能早点配合，我们完全可以更早抓到他。你以为你了解他，可你根本就不知道这人的底细，他是个通缉犯。他曾经越境杀人，杀的还是警察。现在，我要你跟我回去，我有很多问题要你回答，这次你必须如实回答。"

"所以我现在是你的犯人？"

"阮金，"她显得十分忧虑，"你得为你的所作所为负责。"

"我的什么所作所为？"

"一开始，我怀疑你是在搞杀猪盘。我和周媛分析过这种可能，可周媛觉得不可能，她说你不是那种人，绝对不是。利用冬冬的照片搞诈骗，这不合常理，没人会用自己亲人的照片搞这个，后来……我越来越看不懂了，这就是你谈恋爱的方式？"

她这么说真的很蠢。我冲动地说:"对啊,我搞诈骗也谈恋爱,不行吗?"

辛捷火了,"你以为这些男人是好惹的是不是?你惹上他们,跟他们谈一段莫名其妙的恋爱,然后觉得这个不靠谱,拍拍屁股就走,再换下一个,你真觉得这么做安全吗?你真觉得这么做不用付出代价吗?就算你不为自己的安全考虑,也应该想想冬冬!"

她说得没错。我鄙视自己,我做的那些事荒唐、无耻,可我并没有犯罪,犯罪的是他们,是伯爵,是卢群,是赖小光他们!可现在一切都结束了,因为,冬冬死了……因为我,她死了。整个世界都塌陷了。

辛捷让我坐在副驾,坐在她旁边。

她并没有给我戴手铐,但我不明白,为什么非要让我跟赖小光一辆车!我对她怒目而视,但她根本不看我,也不说话。我转过头,看着后排的赖小光。他举起戴手铐的双手,两根食指指向我,不出声但用口型对我说了五个字:我要杀了你。之前查我身份证的小个警察坐在他的右边,一脸严肃。他可能从没押送过如此危险的犯人,没处理过这种情况,看上去非常紧张。没有人说话。

前面开路的警车里坐着副所长,那个高个警察和欧树,辛捷跟上他们的车,缓缓向东行驶。车子上了坡道,进入主路,大家还是沉默。

几分钟后,经过老街派出所时前车没有停,我们也没有。

赖小光警觉地问："警官，你这是要去哪儿啊？"

辛捷和小警察全都一言不发，面无表情。

"问你话呢，"赖小光倾身向前，对辛捷抗议，"不去派出所吗？"

"你老实点！"小警察猛地拽他。

赖小光冲他微笑，嘲弄地说："你是警察还是辅警？你是不是快吓尿了？"

"赖小光，"辛捷终于开口了，"你是七月四日中午二点到的鼓州岛，也就是阮冬冬失踪的当天，你购买船票、入住酒店，用的是两张不同的假身份证。在那之前，你躲在广州白云区石井中学家属院，房东叫贺强；再之前，你藏在云南红河州商贸城703商铺；今年三月，你在缅甸果敢参与制毒、贩毒，四月十二日晚上，你涉嫌杀害一名缉毒警……需要我继续说吗？"

我终于明白为什么辛捷说赖小光是个危险人物了，我甚至想，也许在很早之前他就已经是个毒贩了，他那些所谓的赌徒之旅其实就是去贩毒，他那些失常状态则说明他在贩毒的同时自己也吸。可他敢杀警察，我还是惊出一身冷汗。

"我们去码头，"辛捷继续说，"有艘轮渡半小时后出发去东海。赖小光，有几个你认识的人正在东海的码头上等着迎接你。"

"你这是想要我死……"赖小光声音变得低沉。

辛捷从后视镜里看着他，看了几秒钟，然后她说："要不要把你交出去，这取决于你的态度。"

"什么态度？"

"你说你杀了阮冬冬？"

"杀了，没杀，不记得了。"

"尸体在哪儿？"

我被这句话刺痛了。赖小光把脸扭向窗外。

辛捷用一种极为冷静的口气继续说道："你好好配合，我才能有理由不把你交给他们，明白吗？"

警车在十字路口停下，因为黄灯变成了红灯。前面通过路口的警车并没有等我们，继续朝码头方向驶去。车厢里一下变得很安静。我们都在等赖小光的答复。

终于，赖小光长长叹了口气，说道："好，我配合，我可以告诉你真相，但首先，那个警察的死不能怪我，不能完全怪我，你调查过就应该知道，他是个黑警，他自己就是毒贩。为什么这一路我总是被各种混蛋陷害？"他又狠狠瞪我一眼，才继续对辛捷说，"你把我交给那些人，我肯定会被弄死，而且会被设计成自杀的样子，这样，你们找阮冬冬的线索就彻底断了……我没有杀她，她还活着，而且我知道她在哪儿。"

"你撒谎！"我忍不住说，"你这么说只是想保住小命……"

辛捷阻止了我。她转身看着赖小光，"好，那你告诉我，她在哪儿？"

赖小光看了看我，他竟然笑了，我不理解这笑容的含义是什么。他没有立刻回答辛捷的问题，而是再次把头转向了窗外。

"好，"辛捷说，"你可以再考虑一下，可我必须提醒你，你最多还有十分钟时间。"她发动汽车,继续前进。

几分钟后,赖小光做了决定,他对辛捷说:"好,我说,我会毫无保留,但我只能告诉你一个人。"他把身体凑过去,嘴巴凑在辛捷脑后,低声说着什么。我能看清他的口型,但无法分辨他在说什么。我努力听,仔细辨认,同时有种不祥的预感。

"什么?"辛捷问,"你声音太小了。"

"好,那我大点声。"赖小光又往前凑了凑。

我感觉不妙。很不妙。突然间,赖小光戴手铐的双手已经伸到前面,勒住了辛捷的脖子。他向后猛拽,用整个身体的重量死死勒住辛捷。车子失控,冲上逆行车道。出于本能,辛捷腾出一只手想抓住手铐。小警察也反应过来,大喊着猛推赖小光,想控制他,最后干脆举拳猛砸他的脸,可赖小光毫不放弃——他的鼻梁断了,满嘴是血,仍死死勒着辛捷的脖子。

辛捷急踩刹车。这个刹车肯定是踩错了位置。

车子一下冲了出去——

顷刻间,车身剧烈摇晃,脚下像爆发一场风暴,尖厉刺耳的摩擦声,车子似乎要整个爆开,我感觉到失重,想抓住什么,可什么都没有。

警车冲出护栏,腾空而起——

大树,我最后看到的画面是大树迎面而来,接着是巨大的冲击,冲撞,一切变得沉重,脑袋,胸口……

刹那之后,一切都远去了。

21

恢复意识时我发现我在爬。风在耳边呼啸。

男人过来了。一团阴影,令人心悸。他先是一脚把我踹倒,接着抓住我的头发,把我拖进了甘蔗林。风把甘蔗林吹得噼啪乱响,锋利的叶片不断划过我的脸。我张嘴想喊,却发不出声音。我想停下,男人不许我停。车祸仍是一堆迅速掠过的碎片——

警车翻滚时我肯定是撞到了头,大腿上还有块皮肉可能被撕开了,火辣辣地疼。

直到出了甘蔗林,面前出现一小片海滩,他才把我往地上一扔。

我趴在地上,用力吐出嘴里的脏东西,试着用双手支撑起身体,暗中却抓紧一把沙子。他揪起衣襟清理脸上的血,手一碰到鼻子就嘶嘶吸气。我问他是不是杀了辛捷。

"谁他妈是辛捷?"

"那个女警察。"

"她死不了,"他朝身后望去,"不过脸上可能需要缝几针。"

"你又杀了一个警察。"

"我说了她死不了！"

趁这个机会，我一下把沙子甩出去。他大骂一句，同时一脚踢过来。太疼了，我怀疑他踢断了我的肋骨。

"还能反抗，那就别装了。"他又踢我一脚，接着指着海滩方向说，"知道那是谁的船吗？"

我拱起身子，爬起来就跑。

奇怪，我没听到他追上来，可我只跟跄跑了几步就摔倒了，头重脚轻，身体根本不受控制。他不慌不忙过来，先是俯身看看我，接着左右开弓扇了我好几个耳光，最后用脚踩住我的手——防止我再把沙子甩到他脸上。

"你不是要找阮冬冬吗？你不是想救她吗？"他再次指向那艘船，"她就在那儿。"

我朝他啐了一口。他后退两步，活动着肩膀说："那是陆渐平的船，你没注意到他每天都出海吗？一般是下午，更多是晚上。他以前没这个习惯，他告诉别人他是出海钓鱼，可他从没带鱼回来过。"

"干吗跟我讲这些废话。"

"你动动脑子！他每天都出海，去的时候总带很多东西，回来却两手空空。我一直盯着他，你跟踪我那天下午他也出过海。上船前他总会去老街，吃的用的买一堆，知道那天他买了什么？两包卫生巾。一个男人买卫生巾出海，你想想，这里头会没有问题？我没想要杀你，在船坞，我只是想给你点教训，懂吗？现在，识相就帮我个忙,我会放你走,以后也不会再见。"

"你要我帮你?"

"很简单,别跑,也别乱喊。"

"你只是想手上有个人质……"

他摇摇头,"我完全可以一走了之,之前,现在,我都有机会全身而退……你觉得我是因为什么一直留在岛上没走?阮冬冬失踪的第二天我就应该离开,谁能找到我?你还不明白?阮冬冬,她肯定被陆渐平藏在了那条船上。"

"可你说她死了,被你杀死在船坞。"

"你蠢不蠢!"

我们摸黑上了船。可船舱里根本没人。

他在撒谎,他说的那些全是胡扯——冬冬怀孕了,她根本不需要卫生巾!为什么他要骗我上船?我一边思考一边用拳头敲击壁板,假装想寻找夹层,慢慢向着舱门靠近。我猛地推开他,一冲上甲板就大声呼救。他追上来,先在我小腿上狠踢一脚,然后扑上来用胳膊肘死死压住我。

"放开我——"

"闭嘴!"他掐住我的喉咙,让我无法出声,"今天晚上他肯定会来。阮冬冬她不在船上,那就是被他藏在一个只有坐船才能到的地方,你最好动动脑子!"

我该相信他吗?我不信。他说冬冬被陆渐平藏在船上,这已经证实他是在胡扯。可我隐约又希望他说的是真的,至少有一点他说的可能是真的,如果他是凶手,冬冬失踪后,事情闹得那么大,他早就该离开鼓州岛⋯⋯带着这个微渺的希望,带着这一丝丝的侥幸,我盼着陆渐平赶紧出现。

黑暗中,我们在船舱里躲了很久。大约有一个小时。可是,什么都没有发生。

赖小光低头坐在舱门边。一度我以为他睡着了,或者干脆是死了,可有时他会忽然呻吟一下——我怀疑他受了内伤,伤势还不轻,他很虚弱,脸也因为肿胀变得十分可怕。眼前这个男人,和我认识的那个爱写打油诗的家伙,那个松弛诙谐的人,根本无法统一在一起。他忽然摇晃了一下,险些一头栽倒,他的脸涨得通红。

"你伤到哪儿了?"

"关你屁事。"他挪动一下位置。

"如果你说的是真的,冬冬,她还活着⋯⋯"

"她肯定活着,你最好闭上嘴。"

"陆渐平为什么要把她藏起来?"

他看向我,皱起眉头,"你是在问我,那个强奸犯为什么想囚禁一个年轻女孩?你是在问我这个吗?"

"我希望你说真话。"

"你真是蠢啊。你本人,你的长相,还有你的智力,都蠢得超出了我的想象。"

"我让你觉得恶心了？"

"恶心？没错。不过，"他冷笑了一下，"有件事你确实干得不错，在欺骗男人这方面，你不赖，你有点手段，你是个天生的骗子，你把我耍得团团转……在这个过程中，你是不是越来越恨她？恨你侄女。"

妈的我火了，想羞辱我？尽管来，难道我不会？

"敢不敢告诉我温文静是怎么死的，那天晚上究竟发生了什么？你敢不敢看着我的眼睛告诉我！你告诉我！"

"你脑残啊，闭嘴。"

可我继续吼："她根本不是自杀，她是被人推下楼的！被你，被你这个禽兽。"

他一下就冲过来，速度之快我根本来不及反应。他用力钳住我的下巴，粗暴地向上提起，接着从背后摸出一把刀子，压在我脖子上。

"别出声，"他的声音像是从喉咙深处发出，"别逼我杀了你。"

外面有动静。是口哨声。还很远，但越来越近了。是陆渐平？我想喊，可赖小光捂住了我的嘴。不久，我听到有人上了船。口哨声停了，那人脚步似乎很沉重。当我被赖小光持刀威胁着推上甲板，我看到，陆渐平抱着水果箱正朝驾驶舱走。

"站住别动！"赖小光命令道。

陆渐平愣住了，他缓缓转过身，脸上既有慌乱又有惊讶。赖小光把我向前推了一步，继续威胁说："东西放下，慢慢放，然后到船舱去,别耍花样,不然我杀了她。"

陆渐平迟疑一下,最终放下箱子。他摊开双手,"有话好说兄弟,别伤人。"

进入船舱后,赖小光继续用刀挟持我,他命令陆渐平把船钥匙放在桌上。这次陆渐平没有乖乖听话,"不是兄弟,你到底想干什么?"

赖小光手上一紧。过了漫长的几秒,我感觉脖子上血流下来了。

"好好好!"陆渐平急促地说,"你别激动。"

陆渐平把钥匙扔到桌上。赖小光从身后取出手铐,也扔在桌上。他让陆渐平自己把自己铐起来,铐在立柱上,陆渐平照做了,但立刻就后悔了。

"等等!我见过你……"他看向我,难以置信地说,"他就是那个赖什么光吧,这他妈到底什么情况?"他转向赖小光,试图说服他,"兄弟,这事跟我没关系,是她在找你麻烦,她觉得你绑架了她侄女……你们搞到我船上来干什么?"

赖小光没理他,把刀咬在嘴上,扯过绳子把我的手和脚全都捆住。他没打算放了我们。我又开始骂他,可他根本不理。

"你说话,你到底想干什么?"陆渐平又问了一次。

"借你的船用用。"

"用用?你想去哪儿?"

"涂山。你这艘破船,顶多也就能到那儿。"

"你想偷渡?涂山?到不了,不可能,偷渡干吗非要搞我的船?"陆渐平绝望地说,"真的到不了,那点油根本就不够。"

发动机轰鸣。没想到,赖小光竟然会开船。

船舱里只剩下我和陆渐平,他试了试想从那根柱子上脱困,可是发现不行。最后他放弃了,恶狠狠地瞪着我,"我他妈后悔了。"

"后悔什么?"

"我干吗不直接开溜?我管你干吗?"

"你是想让我感谢你?"

"我完全可以扔下你不管,对不对?他能把我怎样?我明明有机会跑,可我居然留下来了,为的是让他不用刀抹了你的脖子,对吧?你信不信,等到了公海,他就会把我们噗噗两刀,扔到海里喂鲨鱼!我刚才一定是脑子进水了。"

我不理会他的抱怨,问他:"苹果箱里是什么?"

"什么?"

"上船的时候,你抱着个箱子,里面是什么?"

"没什么,你操心点别的行不行?"他的眼神躲闪了一下。我已经熟悉他的这种躲闪了,没错,他心虚了,箱子里肯定有他解释不清的东西。

"里头有女人的东西,对吗?"

"有又怎样啊?跟你有关系吗?"

"你心虚了。"

"我心虚?妈的我心虚什么?"

"你又对我撒谎了……"

"我撒谎？我撒什么谎了我？"他故意显得生气，"你还帮他劫了我的船呢。"

"这是因为，"我盯紧他的双眼，一字一顿地说，"他告诉我冬冬在你手上。"听到这个他没说话，而是低头看看手铐，用力拽了一下。这就对了！他在掩饰内心的慌张。我继续说："他说，你把冬冬藏在一个只有开船才能到的地方。"

"他这么说你就信？"

他否认了，可声音明显提高了。没错，他又在撒谎，我心里燃起希望，继续逼问："你每天都出海，大晚上的，真是去钓鱼？"

"不然呢？"

"你从没带鱼回来过。前天你也出海了，对吧？走之前你去了老街，你买了卫生巾，买了两大包，你来月经啦？"

"你他妈也跟踪我？"他的慌乱更明显了。

"告诉我，你把冬冬藏哪儿啦！告诉我！"

我们目光对视，各不相让，我狂乱地叫喊着，故意显得歇斯底里，但我并没有真的丧失理智。有一个刹那，我感觉他放弃了抵抗，他明白自己是抵赖不掉的。果然，他收回恶狠狠的目光，悻悻说了句："我没撒谎，我只是……没说实话，没说全部。"

"那现在告诉我。"

"没错，对！她还活着！妈的。"

我一阵战栗，不敢再轻易出声了。

他的脑子好像很混乱，"可我没害她，我非但没害她还救了她的命……要是没有我,她早就死了。"他语无伦次,也可能是在拖延时间,我不想让他犹豫,不想让他想好对策再继续狡辩。"说吧老陆,"我鼓励他,"告诉我到底发生了什么,也许过不了多久我们都会死,就像你说的,噗噗两刀,喂鲨鱼。"

"我他妈真该跑。"

"说吧,死也让我死个明白。"

"好吧好吧好吧!死个明白,这理由不错。"他深深吸了一口气,好像又恢复了镇定,"这件事确实得从头说,我真没害她,这你必须相信我。"他再次深深吸气,然后一口气说道,"民宿提供早餐,但要提前预订,提前跟梅姐说。那天晚上,球赛前阮冬冬突然订了两份早餐,我猜是她在等的什么人就要到了,可第二天上午那个人并没有出现,阮冬冬也没去餐厅吃早饭。到了中午,梅姐去房间打扫,才发现她连人带行李都不见了。当时我还没有多想。那天我真是去钓鱼,我把船开到蚊子湾,远远看到礁石上趴着个人。当时她已经昏迷了,我把她弄上船。她脱水很严重,手脚都让礁石划伤了,整个人非常虚弱。醒来后她告诉我,她被人推下海,头天晚上,在码头。"

"是赖小光?"

陆渐平摇摇头,"她说那人从背后突然袭击她……她没看到是谁。"

"然后呢,你为什么没报警?"

"我第一反应就是去报警……可后来又改了主意,因为那个害她的人躲在暗处,她不知道是谁,如果事情闹大,想杀她的人就会知道她还活着……总之，我是经过深思熟虑的。我没带她回鼓州岛，而是把船开去了犬腹岛。"

"犬腹岛？"

"那是个无人小岛，岛上有个废弃灯塔，有时候出海钓鱼我会去那儿歇歇脚。我把她暂时安顿在那里，一个人回了鼓州岛。一回去我就发现电脑硬盘被偷了，想来想去，我觉得推冬冬下海的人，很可能就是那个骚扰她的男人，也就是偷走硬盘的人。我又想报警，可出于各种原因我决定再等等。我等了三天，什么动静也没有，我有点发愁，觉得还是报警算了，可这时警察突然找上门，来调查阮冬冬失踪的事。这是因为周媛报了警，阮冬冬失踪一下成了大新闻，因为她失踪前住在我店里，而我有前科，警察来了，记者也来了，好多人都想把我搞臭，把罪名安在我头上，那我还能说实话吗？当然就更不敢带她回来了——谁能证明推她下水的人不是我？连阮冬冬自己都说不清是谁干的。"

"你说的就像真的一样。"

"×，这本来就是真的！"

"为什么你的第一反应不是报警、送她去医院，反而是带她去了犬腹岛？"

"老实说，那算是我的一个判断失误吧，我把事情想复杂了，可后来……我真是骑虎难下啊，因为冬冬很生气，一口咬定是我把她推下海的，可你知道，那天晚上我根本没去码头……我明明是救人的那个……我想做个好人，可我也得先保护自己啊……我只好……"

"只好继续囚禁她?"

"那他妈能算是囚禁吗?"

"不是囚禁是什么?"

"我允许她自由活动,至少一开始……那个岛很小,没有船哪儿也去不了,后来……你肯定知道,冬冬,她脾气太犟了,不把她锁起来她迟早会死在岛上,那里到处是悬崖峭壁,还有蛇,毒蛇,我那么做完全是为了她的安全考虑……吃的喝的,她要什么我就给她买什么,我把她照顾得挺好的。"

他这番话破绽百出,他很清楚自己在干什么,也很清楚我根本不可能相信他这些鬼话。他知道自己在犯罪,囚禁一个年轻女孩却避重就轻,唯一合理的解释是,他在救起冬冬的第一时间就起了歹心。他囚禁冬冬,以为能神不知鬼不觉,他反复强调自己的不在场证据,想以此证明他的无辜,可他绝不可能是无辜的,可现在我不能揪住这些不放,还不到时候。

"老陆,我相信你。"我尽量以诚恳的语气说,"所以,我们必须去接她回来。"

"怎么接?"他用戴手铐的双手晃了一下立柱。

"我们得想办法夺回你的船。"

"你真想这么干?"

"不然呢?"

"好。"他点点头,"你身后有个柜子,蓝色那个,对,第二格抽屉,里头应该有把剪刀。"

我想站起来，可是不行。我费劲移过去，用脚弄开了柜子，却没有找到剪刀。我发现一个玻璃杯，我打破它，想用玻璃片割绳子，可手在背后被捆住割绳子很费劲。我试了几次，感觉手掌被划破了，可绳子还是弄不断。我不得不停下。

"别停啊你。"陆渐平冲我嚷嚷。

"还有件事我一直想问你，"我看着他，"朱越国的女儿朱琳……"

"别跟我聊这个！"他粗暴地打断我，"这件事我和任何人都不想再谈。"可是，才过了一会儿，他又说，"朱琳是个好女孩，可她真是自杀的，千真万确。"

"你亲眼看到的？"

"对，亲眼看到。"

"尸体呢？"

"那可是茫茫大海，找不到尸体不也很正常吗。当时是夜里，海面上能见度很差，不然我肯定能找到她，把她救上来……我尽力了，真的。"

"你为什么要伪造遗书？"

他愣了一下，显得很委屈，"我只是，想让她的家人好受一点。"

这个说法太滑稽了，就像他说把冬冬囚禁在孤岛是为她好一样，我怀疑这不是因为他太蠢，而是因为他觉得我太蠢了，太好骗，可以胡乱敷衍。

"伪造遗书是我干的最蠢的一件事，我这个人，有时候就是太多愁善感。"他看着我，"你跟我说这个，是想让我去给朱越国道歉，对吧？那就振作点，把绳子弄断。"

我继续切割绳子，也不再顾忌疼痛了。我感觉我就快要成功了，可船舱突然发出巨大的声响，猛烈震动了一下。陆渐平站起身，凑近窗口向外看了看，突然他大骂："你这个傻×！"

我听到发动机熄火了，然后又再次发动。不久，船舱底部传来刺耳的金属声。陆渐平火气更大了，他开始破口大骂，冲着舱门大喊大叫。

船身明显倾斜了，越来越斜。所有东西都掉在地上。

几分钟后，发动机再次熄火。

不久，赖小光来到船舱，他脸色很不好看。陆渐平怒不可遏，冲他破口大骂："你他妈到底会不会开船啊？这么大的海，你就非要冲进暗礁区？要是船舱漏水，我们都得死。你妈的你得赔我条船！"

"你去搞定它。"赖小光冷冷地说。

"怎么搞定？没法搞定。现在只能发信号求援。"

"发不了。我都砸了。"

陆渐平摇头晃脑地说："我真的，很想×你妈。"

"少废话。"赖小光飞快看我一眼，"要是你修不好，大家就都死在这儿。"他打开手铐，把陆渐平从立柱上解放，但立刻又给他重新戴上，把他的双手铐在身前。

陆渐平抗议，"这样叫我怎么修？"

"你能修，我知道你能。"赖小光推他一把。

他们一前一后离开了船舱。我不想坐以待毙，现在，我唯一能做的就是继续割绳子。双手被血弄得黏糊糊的,可我感觉不到疼痛。我觉得自己之前的动作错了,我应该调整切割的角度。我伸出双脚,用力蹬住后面的柜子,让身体变得紧绷。我重新握紧那片玻璃,对着绳索用力切下去。我控制着自己的绝望,继续尝试,不断切下去——被割破的不可能只是我的皮肉,绳索应该也在崩断的边缘了。

突然,发动机再次轰鸣,船身猛烈摇晃几下,然后恢复了平衡。可没过几分钟,发动机又再次熄火。我听到他们在甲板上争吵,两个人都在嘶吼,接着突然什么声音都没了。我怀疑两个人里至少死了一个。我不知道我更希望是谁死了。

过了漫长的几分钟,有人回来了。走进船舱的是陆渐平。

他手上拎着一把带血的大扳手,看我的眼神像是要把我也给杀了。有那么几秒钟,我真觉得他是想杀我。他摇摇晃晃朝我走过来,身体越过我的头顶,从抽屉里翻出剪刀,剪断捆绑我的绳索。接着,他找出纱布,给我包扎了受伤的手腕。

"你得上去帮我个忙。"他说。

赖小光仰面朝天躺在甲板上,整个头血肉模糊。

"他死了?"我问。

"应该还没有。"

"你想让我做什么? 帮你把他扔海里去? 我不做这种事。"

"×,你疯了吗? 我干吗要杀他? 你是真把我当成杀人狂啊。他可不能死。"

他让我帮他把赖小光抬进船舱。我们把他放在小床上。我检查了一下,伤口在额头,脸上只是血污。我伸出手,探了探他的鼻息。呼吸很微弱。我找到陆渐平刚才用剩的纱布,试着给赖小光包扎。

"我手上有轻重,他死不了。"陆渐平显得很不耐烦,"将来,警察要是问,你可得给我做证,是他先动的手。"

"我怎么做证?我又没看见。"

"你到底站哪边的?我才刚刚救了你的命。"

"想让我做证,就带我去犬腹岛。"

"不可能!"他立刻否决了我的提议,接着阴沉沉地看着我,做出了解释,"船底在漏油。"

"我不管,现在就带我去。"

"开始胡搅蛮缠了是不是?失去理智了?我再给你解释一遍,你听好了,我们现在的位置距离鼓州岛更近,就算全力以赴,能不能在油漏光之前回去都是未知数,这种天气,冒险往犬腹岛走,要是被困在海上,我们都会死。对,肯定会死,因为也没办法发救援信号。"

"你说冬冬没事,你说你是无辜的,那就证明给我看。"

"办不到。"

"你不带我去,一上岸我就报警,你跑不掉的。没人能保证警察会在第一时间赶去犬腹岛,要是这段时间里冬冬出了什么意外,就算你真是无辜的,也永远别想洗清嫌疑!还有,我会告诉警察是你先袭击了赖小光,你还想把我也给杀了……"

"×——"

"求你了。"

他眯起眼睛想了想,然后说:"你不怕吗?"

"怕什么?"

"你最好看看眼下这个局面,我完全可以把你杀了,把你们两个绑在一起,拴上一个铁锚,扔到海里去,神不知鬼不觉,这不是更简单吗?"

"太晚了。"

"一点都不晚。"

我先让他得意了一会儿,然后才说:"知道警察是怎么找上我的?"他皱起眉头想了想,提到警察,他再次心虚了。"有个女警察,北京来的,她一直把我当嫌疑犯,她监控了我的手机,一路追踪我到了鼓州岛,此时此刻,她肯定已经看到我的位置在海上……"我故意停下来,让他明白现在的处境,然后我说,"要是我死了、失踪了,用不了多久,警察就能查清楚我最后出现是在你的船上。"

22

看到灯塔了。

黑漆漆的岛。不亮的灯塔。

犬腹岛。是谁给它起了个这么恐怖的名字？我完全无法想象，整整十七个昼夜，冬冬就是被囚禁在这么一个阴森恐怖的地方。望着远处灰蒙蒙的灯塔，我感到眩晕，恶心，胸口像正被什么东西从内部猛力撕裂。

陆渐平指尖敲击仪表盘，提醒我看清眼下的局面。指针垂向红色刻度以下。

"瞧瞧，你瞧瞧，知道这什么意思吗？"

"怎么了？"我摇头。

"没油啦，一点都没了。"

"那又怎样？"

发动机回答了我。隆隆声渐渐变得无力，随后彻底熄火。周围突然安静下来，这使我的声音显得很大，"为什么，为什么灯塔会被废弃?"

陆渐平用力抓一把下巴,困惑地看着我,"大姐,我们现在被困孤岛,失去信号,无法求救,而你最想知道的是这个破灯塔为什么被废?"

"会有渔船经过吧,天亮以后。"

"不会,不会有人来。这个岛,不吉利。"

"什么意思?"

"这是个被诅咒的岛。"

"吓我?"

"十五年前,"他面色凝重地说,"岛上有一对看守灯塔的小夫妻。一天傍晚,女的正在煮饭,没有一点征兆,那男的拎着一把斧头走进厨房,砍掉了他老婆的脑袋……"他停下来,享受着这个故事带给我的惊吓。

我不想让他得逞,淡淡地说:"然后呢?"

"然后?然后那男的就拎着血淋淋的人头爬到灯塔顶上,用一根皮带把自己吊死了,再然后,这地方就开始闹鬼。"

"闹鬼?"

"后来,连续几个灯塔看守人都声称在半夜看到有个男人拎着人头在岛上游荡,目击的当晚,附近海域一定会出现轮船搁浅或沉没之类的事故,那谁还敢来?不只是灯塔,这整个岛都没人敢来了。没人想靠近这里。"

他在唬我,这表情我见过。很多年前,出差时我遇到个出租车司机，深夜的郊外，他跟我开玩笑说，你看这地方多荒凉，也没有摄像头，就算我杀了你就地埋了也不会有人知道。他还打开对讲机，故意和另一个司机讨论这件事的可行性。在那个雪夜，两个中年男人就如何杀人、埋尸聊得热火朝天。我只好告诉他我是女鬼，他从后视镜可以看到我的上半身，但我没有脚，下车的时候我会付他冥币，希望他不要太介意。我很幸运，那个司机从后视镜看了看我，然后停车，让我滚。此时此刻，陆渐平脸上流露的是和他一模一样的表情。

"行，"我故意显得很不屑，"还有心情讲鬼故事吓我，这很好，这说明你并不担心我们被困在岛上。"

"没吓到吗？"他幸灾乐祸地一笑，"真实情况是这样的，08年，南部海运拿下这个岛北边海域的开发权，说是要搞深海养殖实验场，也有说是干别的，盗采珊瑚什么的，究竟是什么没人知道，不懂他们是怎么做到的，估计上面关系够硬，总之，最后连海上的航运路线都被改了，东南亚过来的船不再经过这片海域，时间一长，灯塔就报废了。不过，我说这里死过人，那也是真的。"

我不想再听他胡扯，他说这些只能说明他很了解这个岛，他明白这个岛人迹罕至，而这正是他敢把冬冬藏在这里的原因。

渔船抛锚的地方离岸还有一段距离，陆渐平说想登岛只能蹚水过去，"放心，水不深。"

不深？纯粹放屁。一跳下去海水就漫过了我的大腿。浪不算狠，可我根本站不稳。不可能站稳。呛了几口海水之后，出于求生的本能我紧紧抓住他的胳膊。陆渐平先是用力甩开，然后又一把揽住我的腰，使劲贴向他的身体。他大步向前走着，十分得意。

天很黑，小岛显得神秘而阴森，但越来越近了。

此时此刻我只想赶紧上岸，泡在海水里，我的体温和勇气都在快速流失。等我们终于踏上陆地，我先跪在地上喘了一会儿。然后我坐在地上，尝试清理鞋子里的泥沙。没用，湿沙聚集在鞋底，根本清理不干净。陆渐平不知从哪搞到一支烟，抽了起来。他低头看着我，突然说："哎，你跟我说说……"

"说什么？"

"就说说你……用自己亲侄女的照片，骗那些男的搞网恋，是个什么感觉？爽吗？你把他们耍得团团转，一定很爽吧。"

"你觉得呢？"

"我觉得你有点冷血。"

"比你还冷血？"

"知道吗，"他嘿嘿笑起来，"你干的那些恶心事儿，我全都跟她说了。我还给她看了网上的那些传闻，专门挑那些最刺激的给她看。"

这次他得逞了，他成功打击到了我。本来，意识到马上就能见到冬冬，救出冬冬，这让我无比紧张、忐忑，但也不由自主地亢奋，可他这话却让我惶恐起来，我紧张到说不出话，心脏也狂跳不已。我起身朝灯塔走去，大步流星，但其实每一步都很艰难。

灯塔在远处看很小，走近却是庞然大物。那是一根高十几米或者几十米的白色立柱，之前肯定是白的，可现在灰扑扑的，看样子确实废弃了很久。灯塔底部有个结实的石砌小屋，窗户又高又小，里面漆黑一片。我们走过去。

"你不想知道她什么反应吗？"陆渐平问。

"不想！"我大声说。直到这时我才意识到自己有多冒失——要是这个破屋子里什么都没有呢？陆渐平从始至终都很轻松，虽然他口口声声说不想来，还找了各种理由推托，可其实他一点也不紧张，有一种可能，他是在欲擒故纵，他是想把我骗到岛上再杀掉、剁碎，然后埋了。我飞快思考这种可能，他突然拧亮手电筒，照向我的脸。

"你有病！拿开。"

"你害怕啦。"他很满意。

"我怕什么！"我鼓起勇气，再次对他强调，"你要搞清楚，我的手机可是被警察定位了的。"

他迟疑了一下，说："拿来我看看。"

我直视他的双眼，带着一种得意说："下船的时候我把它塞到赖小光口袋里了，你没想到吧？"

"你果然一直在提防我。你这个人，太不诚实了。"他转过身，朝渔船方向看去，"可为什么我觉得你是在骗我？"

"那是因为你心虚。"

"我心虚什么？有意思。"

他用手电筒光飞快扫了我一下，这才照向那道门。一扇铁门，锈迹斑斑，看上去也许有一百年了，但触目惊心的黄铜大挂锁却是崭新的。这不是囚禁是什么！

我很愤怒，质问他："你就这么把她锁在里面？"

他没理我，从脖子上取下一样东西，摊开手掌向我展示。是一把钥匙。他突然向我靠近，很近很近，压低声说："这会儿她应该在睡觉，你不想吵醒她吧。"

他说这话的语气让我毛骨悚然，但他已经转身将钥匙插入锁眼。随着钥匙旋转，他打开挂锁，他把它抽出来挂在门把上，动作十分熟练。接着他轻轻一推，门就开了。门轴一定是上过油的，因为没有发出一丁点声音。我头皮发麻：也许，他像这样，趁冬冬熟睡，在午夜潜入，并不是第一次。

他回头看了看我，挤一下眼睛，然后就走进去，消失在了黑暗里……

我站在门口，愣在原地。

一时间我无法确定接下来将会面对什么，是安然无恙的冬冬，还是陆渐平抡着一把生锈的大斧子从黑暗里冲出来，砍掉我的头？

灯亮了。

一盏悬挂在屋顶的昏黄小灯，却足以让我辨清屋里的情况。最先看到的是墙角的床，上面确实躺着一个人，她蜷缩一团。我不受控制地走了过去。

一进门我就闻到整个屋子里除了潮湿还有一种熟悉的味道，是酒，陆渐平自酿的那种烈酒的甜腻臭味。我尽量稳住步伐，不流露慌张。躺在床上的是冬冬，是她没错！可我不知道她是不是还活着——她的双眼、嘴巴全紧闭着，像个僵硬的一动不动的遗体。

我的身体也一样僵硬。

我走到她的面前，缓缓蹲了下去。我从千里之外跑来找她，如今离她这么近，近在咫尺，却不敢触碰她，也不敢发出声音。一只蟑螂从她背后的墙壁缝隙之间探出头来。一只硕大的蟑螂。

我差点就要哭了。

我想叫醒她，可我不敢。有一刻，她的嘴好像微微张开了，像在梦中呢喃。我发现自己一生还从未体会过这样的幸福——她活着，是的，她还活着！

陆渐平在屋里转了一圈，又回到门口。

我转过身，冲他点点头，趁机迅速观察四周：这里简陋得吓人，但所有东西都摆放得非常整齐，这不是陆渐平的风格，应该是冬冬每天都在整理，这透露出了她的求生意志。西侧墙壁上有一扇很小的窗户，但是焊死的。可以肯定，灯塔小屋绝不是什么海钓歇脚的地方，陆渐平说的那些理由统统站不住脚。我猜得没错，从一开始，从他打定主意要带冬冬来犬腹岛，他的目的就只有一个：囚禁她、占有她。我不能停止将事情往更坏方向去想——朱越国的女儿朱琳，会不会也曾被他囚禁在这里？想到这儿，我提醒自己，绝不能给他机会把我也关在里面。

见我对他点头，陆渐平下意识回应了一下，可他的反应明显慢了半拍，这让我意识到他正在思考，他的大脑正在飞速运转，正在做着某个抉择。

我认为眼下他只有三个选择：第一，把我也关起来，和冬冬囚禁在一起；第二，趁冬冬没醒，把我杀了，尸沉大海。这两个选择都有同一个问题，等警察赶到，他必须跟他们解释我的去向，他可以告诉警察我掉海里淹死了，可警察不会相信。这么一来，他就只剩一个理性的选择——坚持之前说的，他是在帮助冬冬，他的本意并不是想囚禁她，而我可以为他做证。我站起身。我想回到他身边，我必须做点什么，先稳住他。

这时，冬冬忽然睁开了眼睛。我愣住了。

花了好一会儿她才认出我。她没说话，可表情像是马上就要哭了。我也一样。最后，是我先抱住了她，"没事了冬冬，没事了……"我反复说着这句话，眼泪再也忍不住，喷涌而出。

她猛地推开我，大喊了句什么。

她的声音又大又刺耳，却很含糊，让人难以忍受。她似乎受到了惊吓，那样子好像我轻轻触碰一下她就会破裂。这一刻感觉无比漫长，实际却只是短暂的一瞬。她突然喊出了我的名字，扑向我，用力将我抱紧。

我和她交颈大哭起来，都把眼泪蹭在对方的脸上。片刻之后，她再次推开我。

"有跳蚤。"她委屈地说。

"跳蚤？"

"它们咬我，床上，衣服上……"她呜呜咽咽。

一瞬间我特别害怕,怕她的精神是不是出了问题。我不敢过分沉浸在悲伤与欣喜交织的情绪里,还不是时候。我嘴里说着"好了好了,姑姑会带你回家"这样的话,一边安抚她一边盯着门口的陆渐平。发现我在看他,陆渐平有些尴尬,他走到桌子那儿拿起水壶晃了晃,转身像是要出门。

"放心,警察就快来了。"我大声对冬冬说。我是故意的。

"警察?"

"嗯,警察马上就来。"

我大声跟她解释说我的手机被警察定位了,一个精明、勇敢的警察,她很快就会找到岛上来。这话我是说给陆渐平听的,我必须让他相信警察真的会来。他好像上当了,因为他停下来,再次向我确认,"警察真定位了你的手机?"

"没错,那个女警察,她是不会放过我的。"我不能给他时间思考,立刻又说,"你手机能借我用一下吗,我想给冬冬妈妈打个电话,我想告诉她这个好消息。"

听到妈妈这个词,冬冬的嘴又嘎巴起来,要哭。

"没信号,"陆渐平说,"真的,我试过了。"

这兔崽子心虚了,很好。我恢复冷静坚定的语气:"那我想到山顶去试一下……我想让家里放心,我想尽快告诉他们这个好消息。"

"我去吧,你陪陪她。"他说,"有信号,我回来喊你。"

我点点头,但他朝外走时我立刻跟了出去——绝不能让他把我们锁在屋里!

我嘱咐陆渐平,无论有没有信号都要尽快回来,我们需要他,我甚至提醒他注意安全,注意用手电筒照亮脚下。他的眼神里有犹豫,但还是转身走了。很好,他确实是在朝山上走,手电光标记着他的位置。当他走到我认为十分钟之内不可能返回的地方,我迅速回到屋里。

冬冬已经穿好衣服起来了,她甚至叠好了被子。

我快步回到她身边,低声说:"陆渐平,他是个坏人,我们绝对不能相信他。"她愣了一下,然后用力点点头,眼睛又红了。我忍住内心的刺痛,尽可能简短地告诉她发生了什么,每说一会儿就问她听明白了没有。冬冬反应非常快,她立刻就理解了我们眼下的处境。我让她告诉我这些天究竟发生了什么,她也一五一十全说了——

冬冬到鼓州岛的那天下午,赖小光在民宿堵到她,他们争吵,她被他吓坏了。晚上,赖小光又来了,敲响了她的房门,当时她正和欧树语音,就问他什么时候能到,欧树说他刚到东海,但错过了最后一班轮渡,所以最快第二天上午才能到岛上。冬冬问他能不能再快点,最好今晚,因为那个人又来了,她很害怕。欧树一听就急了,说他立刻去想办法,他打算去租一艘快艇。这时,赖小光开始猛砸门。冬冬问欧树怎么办,欧树想了想,让她跳窗,去码头,他会去那里接她。

冬冬跳窗逃了出去,没忘带上拉杆箱。她一直朝着码头方向跑,一路都感觉有人在后头追她。到了码头,她给欧树打电话,却没有信号,她四处走动着打,就在电话终于打通时,有个人突然从背后猛地推她……海面漆黑一片，浪很大，她拼命向岸边游，却一次次被海水卷了回去。不知过了多久，她筋疲力尽，终于看到一块礁石，就游了过去，死死抓住……然后是第二天，陆渐平开船路过，把她给救了。她以为陆渐平会送她回岛上，会帮她报警，就去船舱躺下，并很快睡着了，因为真的是太累了。一觉醒来，她发现自己被带到小岛上。她抗议，大骂陆渐平，威胁他，又哀求他，但都没用。

那之后，差不多每隔一天陆渐平都会来一次，如果白天来，他会让她到礁石上陪自己钓鱼，晒太阳。他告诉她，灯塔附近是个极佳的钓点，而冬冬想的是，既然这里是绝佳的钓点，也许会有别的什么人来，只要有人来，她就有机会逃走。可希望却落空了，之后几天根本没有船只经过。有一天，她实在忍不住就决定逃，她趁陆渐平钓鱼时下了水，拼命游向小船，她爬上了陆渐平的船，却没办法把船开走。陆渐平追到船上，揪着头发把她扔进海里，他不让她上船，一次次把她踢回水里，直到她筋疲力尽，呛水，向他保证不会再跑……

我强忍眼泪，让她先不要说了，因为在陆渐平回来之前我们必须做好准备。我告诉她一会儿会发生什么，我们该怎么做，我们该如何解决陆渐平。

冬冬，她的表现让我吃惊，在经历了如此漫长的囚禁和折磨之后，她依然异常冷静，眼睛里甚至没有一丝恐惧。当我们完成了必要的准备，她突然抱紧我。

她没有说话。我也没有。

我回到门外，等着陆渐平出现。

奇怪的是，我没看到手电筒光。瞬间我就慌了——也许他识破了我？也许，在去山顶的路上他做了决定，决定干掉我？也许，此刻他正藏身暗处，准备随时对我发动袭击？经过极为难熬的两分钟，他突然从黑暗中走了过来。

"不行。"他说。

"什么？"

走到离我几米远的地方，他停下来，摇摇头，"山顶也没信号。"

"啊，"我故意显得沮丧，"看来只能等天亮再说了。"

他没有向我靠近，而是再次试探着问："天一亮警察就会来了，对吧？再等几个小时，也没什么。"

"肯定会来，"我说，"随时都会。"

"冬冬人呢？"

"哭累了，"我说，从敞开的门朝屋里看了一眼，"我让她再一睡会儿。"

我们用衣服堆了个假人，蒙上被子，冬冬并不在床上，她就躲在铁门后面，手上拎着一根木棒。计划是，我骗陆渐平进门，引向床的方向，我们会同时对他发动袭击，我们必须控制住他。老实说，我没有把握，一点都没有。可我们只能冒险。

"什么时候了，还能睡着？"陆渐平有点不信，朝门口走了两步，"心也太大了。"

见他朝屋里走去，我一阵窃喜，同时紧张到想吐，可他刚跨进门就停下来，回头看我，警觉地问："你不进来？"

"里面太闷了。"

"是啊。"他又退了出来，回到我面前。他看着我，突然显得很诚恳，甚至是带着一丝胆怯对我说，"我是真想救她，你能明白吗？我做的这些，只是想救人……"

"你救了她，没错，她也是这么说的。"

他点点头，"你会帮我跟警察解释，对吧？"

"会，冬冬也会。重要的是结果，不是过程。"

他再次点点头，神情变得有些伤感，变得有点不像他。"我喜欢灯塔，"他说，"真的，从小就喜欢，海那么大，它就一点点亮，关键时刻却能救下一整船人的命……你明白我的意思吗？"

我不明白，我不明白为什么他突然想跟我说这些，但我说："你说得太好了，我能理解，最关键的是你确实救了她，没有你，她肯定会死在海上。"

他用力点点头，显得很感动。可我感觉不对劲。

"臭婊子！"他突然一把揪住我的头发，"真当我是傻的吗！"他狠狠给了我腹部一拳，把我拽进屋门，往床的方向猛拉。我手脚并用地挣扎，踢他，可他力气太大，我一下就被拽倒了。我看到他手臂一挥，掀开被子。

灯突然灭了。

屋门"哐"一声关闭。

一片漆黑。

发生了什么？冬冬，她是想把我们两个都关在屋里吗？

我听到陆渐平在疯狂咆哮，可手始终死死抓着我的头发不放，我感觉他是想把我往墙的方向拽——他想去开灯。我撞翻了椅子。我赶紧抓住它。

头顶"砰"的一声！

灯泡被砸碎了。

"阮冬冬！你想干什么？"陆渐平大吼，对着黑暗威胁，把我挡在他前面。我听见有东西掉在地上。他蹲下来，在地上摸索。

"别过来——"他冲着黑暗威胁，"敢过来，我干死她。"

一阵风掠过。手电亮了，刺眼的光，然后又是"砰"一声。陆渐平闷叫一下。我感觉抓我的手松开了。手电光再次熄灭。

一切都很混乱。紧接着，我的手再次被人攥住，一股力量把我拉向某个方向，接着门就开了。冬冬把我推出去，然后用力关门，对我大喊："锁！锁！快锁门！"

我紧张到无法呼吸，但还是以最快速度把黄铜大锁扣紧。

几乎与此同时，门后传来巨大的撞击声。陆渐平在里面怒吼，咒骂，但是谢天谢地，我们成功了！我们把野兽关进了笼子。

冬冬激动得胸口上下起伏，"老船长，你输啦！"她冲着门里大喊，"你不知道吧，每天，每天我都在练习！"

"练习什么？"我问。

"在黑暗里看清东西。"她兴奋地说。

陆渐平吼了一阵突然不叫了。接着,他开始哀求,又在说一些巧言令色的话。他可怜巴巴地说:"冬冬,你忘了我是怎么打死那条蛇了吗?还记得当时你跟我说了什么吗?"

冬冬愣了一下。我差点就以为她会心软了,可她走过去把手放在门上,冷冷地说:"陆渐平,你敢再多说一个字,我就放火把你烧死。"

正是黎明前最黑暗的时候。海上起了风。

我们决定躲到灯塔里去。在灯塔的基座位置有个小门,如今只剩门框,门早被什么人或者风、海浪给摧毁了。面对漆黑一片的门洞,冬冬直接就走进去,我只好跟上。里面风小多了,可这里除了黑暗,还十分阴冷。海风从敞开的门洞灌进来,在头顶发出恐怖的呜呜声。

"我们上去吧。"冬冬打开手电,向上照射。

"上到……灯塔顶上?"

"嗯,上面很干燥,空间也不小,总比待在这里舒服。"

"你上去过?"

"我第一次逃跑失败,他就把我关在上面。"

"……第一次逃跑?"

"嗯,那次他弄了根皮绳,把我绑在灯架上,我记得很清楚,那是他把我绑来的第四天……"她开始讲述当时发生的事,我感觉她眼神有些失焦,像是陷入了回忆,那不可能是美好的回忆,因为她整个人都变僵硬了。我想打断她,但她已经回过神来,"没关系的,姑姑，现在我们安全了，我们上去。"

她转身朝台阶方向走，可我好像看到了什么。

"等一下。"

我让冬冬照一下墙角。她照做了。

那是一只立柜，黑色的，有一人多高。我走过去。门上也有一把黄铜挂锁，但没锁死，我把它抽出来，打开柜门，里面是些乱七八糟的工具，锤子、撬棒、铲锹……我后退一步，把门关上，这时我看到旁边用毡布覆盖的东西。一只墨绿色的油桶。

我掀掉毡布，试着推了推，桶很沉，液体在里面震荡。我拧开盖子闻了闻。我猜得没错，这是满满一大桶燃油。陆渐平，之前他那么轻松，他敢把渔船燃油耗尽来犬腹岛，果然是早有准备的。也许，我们可以利用这些油开船回鼓州岛？万不得已的时候，我打算这么做。

"是柴油吗？"冬冬问。

"是，是柴油。"我点点头。

冬冬望着油桶出神，我不知道她在想什么。

"姑姑，你猜我在想什么？我想用这些油，把他烧死。"我的心一揪，但她已经整顿好情绪，转身走上台阶。"你别怕，"她轻松地说，"我不会真那么做的，虽然他是真的该死。"

我们向上攀登，台阶又窄又陡。

冬冬走在前面，但她会不时将手电光移到我脚下，好让我看清台阶，以免踩空。我让她不用管我，我能跟上，她说好，但还是不时给我照亮脚下。这就是冬冬,她总是能飞快适应环境,在经历了那么多痛苦和漫长的囚禁后,一旦获救,她仍能迅速调整状态,对环境做出反应,可这却让我感到更辛酸了。我感觉自己就要被内疚击溃了。

在我们枯燥的脚步声中,空间变得越来越狭小,那些重复的台阶像是根本没有尽头。我压抑得无法自持。

"冬冬……"

"你想休息一下?"

"有件事,我想跟你说……"

她没有转身,但她说:"我知道你想说什么。"听上去她像是在笑,但其实是哭,"开始的那几天最可怕,我觉得我会死在这儿,尤其到了晚上,那滋味,真的难熬死了。那个时候我最恨你。"她深吸一口气,这才转过来,看着我说,"可现在不了,真的,没什么了不起的,我们不要再提了。"

"事情比你想的复杂……"

"那也别说。别现在说。求你。"

她转身继续走。她还没有哭完,我能感觉到。她一边哭一边走,可仍然不忘把手电光照给我。我觉得难熬极了,简直无法再呼吸,不得不坐了下来。

"我不行……"我说。

"深呼吸。就快到了。"

她在身上摸了摸,然后把一个东西塞在我手上。

我吓了一跳,因为那东西手感很怪,硬,还刺手。她用手电筒照它,好让我看清是什么。一枚红色的小海星。扶住我的肩膀,看着我的眼睛,她笑了,脸上的泪都来不及擦掉,可她笑着说:"这次,我们也要一起回去,好吗?"

终于到了台阶尽头,面前出现一道厚重的铁门。

冬冬用一只手试着推了推,不行。她把手电筒交给我,换两只手握住门把手,扭转,然后用尽力气,这才终于把它推开。门里豁然开朗,空间比我想象的更大,大得多,正是灯塔的核心部位。巨大的灯架里面是中空的,灯早就不见了,四周的玻璃窗没有一片破碎,全都保存得很完好。

地上铺着一块蓝色防水布,上面压着一只铁皮工具箱。周围的窗台上摆满粗壮的蜡烛,有些燃烧过,有的没有。这样的陈设太诡异了,可我还没说出我的疑惑,冬冬已经一屁股坐在防水布上。

"好啦,"她长出一口气,"接下来我们就在这儿等,这里很安全,我们只需要找个东西⋯⋯把门顶上。"说着她再次起身,用一把破椅子顶住了门。"妈的,好累,"她回到防水布那儿,再次坐下,"真的需要休息一下。我们坐下来,好吗?"

"好。"

我这么说着,却没有坐下,而是跪在防水布上,慢慢打开那只工具箱。我用身体挡住冬冬的视线,迅速看了一眼,和我猜的一样,里面是各种刀,锯子,扎带和宽胶布⋯⋯我吓得魂飞魄散,飞快合上盖子——这里不是陆渐平休息的地方,这里,是他用来杀人和肢解尸体的地方。蜡烛,那些布满窗台的蜡烛,也不是单纯用来照明,而是为了营造一种氛围,让他的暴行更有仪式感,让他能体验更刺激的杀人快感。

"他是想在这儿把我杀了,对吧?"冬冬说,语气十分平静,竟然一点也没有害怕的成分。我惊得不知该说什么才好,而她慢慢靠过来,依偎在我身上。

不知过了多久,她轻声说:"知道吗姑姑,我觉得我还挺棒的。"

"是的冬冬,你很棒!"我知道我在流泪,但我控制着我的声音。

"有天晚上,我突然从梦里惊醒了,他就站在那儿,"她指了指窗台的位置,"我吓得,简直了,魂儿都要没了,我以为他是想强奸我,可他突然说了句话……比强奸还恐怖。"

"他说了什么?"我紧张得心脏突突跳。

"他说:'乖,为爸爸撒尿好吗?'"冬冬停了一下,继续说,"然后他就过来,把一束花放在我胸前,开始摸我的脸……我拼命挣扎、扭动,可我发现他就是喜欢看我扭,我越挣扎他就越兴奋。我干脆不动了,像死人一样,任他摆布。他调整了皮绳的松紧,把我胸前的绳索拉紧,然后把脚也绑得更紧。我试着抬高双腿,但他抓住我一边的脚踝,用另一手压下我的膝盖,再用皮绳绑住脚。接着他走到另一边,把我另一脚也束缚住,然后他说,'我数到三,你不尿,我就把这束花塞进你×里。'我只能照他说的做……看着尿从我裤子里流出来,他眼睛都放光了。我知道他忍不住了,他就要强奸我了，所以我也豁出去了，我……"

"你做了什么？"

"我拉了大便。"她笑了，竟然是无比灿烂的笑，"这还是你教我的呢，记得吗？那时候你真教了我好多奇怪的东西啊，没想到，还真用上了。他非常生气，简直是暴怒，他骂我下贱、恶心，我感觉他就要开始揍我了，可最后他拾起地上的衣服给我盖上就离开了。他一走我倒放松不下来了，我一直想，这王八蛋究竟想干什么？姑姑，你看过那个电影吗？《禁室培欲》，我觉得这老混蛋就是想驯服我，想让我做他的奴隶……我把能想到的方法都用尽了，可我不知道还能坚持多久。然后，有一天，他说台风就要来了，他把我转移到了石屋。之后有五天他都没来，每天我只能听到狂风、海浪……到了第四天，发电机也坏掉了……等台风过去，他终于来的那天，我差不多快要饿死了。他炖了一大锅羊肉，我饿得要命，但对他捧到面前的肉汤置之不理，我骂他他不理我，我求他放了我他也不理我，我又继续骂他，可一切都是徒劳……我发现我的意志就要垮掉了，精神也不正常了，我命令自己冷静，命令自己吃东西，命令自己活下去……我吃了很多肉，喝了很多汤。他特别高兴。那天晚上我做了梦，但不是好梦，我梦到森林里烧起大火，各种乱七八糟的动物全跑出来，浑身都是火，我闻到肉烧焦的味道……"

"那天晚上，他有没有……"

"没有。"她摇摇头，"后来我想明白了，折磨我才是让他最有快感的，他真的，太变态了。"她语气平静，可我发现，她的手一直紧紧攥着防水布。她继续说,"第二天早上,我求他下次来给我带几包卫生巾……这是我能想到的最后的抵抗方式了。"

"他信了?"

"没法不信。我事先打破了鼻子,把血染在内裤上。这也是你教我的。"说到这儿她扑哧笑了出来,好像很满意自己的勇敢和机智,而我忍不住背过身去,哭了出来。

大约过了一个小时,很奇怪,天还是没亮。

我起身来到窗边,向远处眺望。天色阴沉,很压抑,整个海面破碎不堪。过了好一会儿我才分辨出渔船的位置——浪变大了,看上去正把它推向远处。我一下紧张起来,要是船被吹走,我们就真的没希望了。

"我得下去一趟。"我说。

"你要下去?"

"放心,我去船上拿个东西,很快就回来了。"

"别走。"

"你待在这儿。我很快回来。"

"你不要走……"

这一刻,冬冬的眼神突然变得非常无助,她哀求我的样子让我心碎。

我不得不告诉她我们面临的处境:没人知道我们在这儿,手机定位什么的,都是我骗陆渐平的,我的手机早在车祸时就弄丢了。

犬腹岛，这是个无人经过的荒岛，不会有人来，我必须去船上，拿到赖小光的手机，打电话报警，或者修好船上的设备，发救援信号。

"我和你一起去。"冬冬说。

我摇摇头，"船上那个人，就是推你下水的人，他叫赖小光。手机在他的口袋里。他被陆渐平打晕了，可他随时会醒。他很危险。"

"可你怎么过去？"她看向窗外，"你又不会游泳。"

渔船并没有被吹走，是涨潮让它看上去离岸更远了，这是好消息，可现在蹚水过去已经没有可能了。

"等退潮吧。"我安慰冬冬，"我们先回灯塔去。"

可她站着没动。她的牙齿用力咬着下唇，盯着远处的船。我见过她这种表情。

"你确定，他被绑起来了？"她问。

"你想干什么？"

她展开双臂，做了个自由泳动作。

"不行！绝对不行。"

"放心，我有数，我现在体力很充沛！"她冲我一笑，"我很清楚，他随时都会杀了我，任何一天都有可能，所以后来我一天也没闲着，每天都尽量吃很多，还坚持运动……这也没有多远，四百米？三百米？几分钟我就能游过去。拿到手机、打了电话，我马上就回来。"

她信心十足，已经蹬掉鞋子，开始脱上衣。

我知道她是对的,可要是她在海里出了状况,比如抽筋,我根本都没办法过去救她。我真恨自己当初为什么半途而废,还没学会游泳就放弃了。而她已经走到水里。

我跑过去拉住她,却不知道该说什么。

"放心啦,阮金,你要对我有信心!"她笑着捏了捏我的脸。我觉得我又要哭了。

她果然游得又快又好,很快就到了船边,可船舷太高,她没办法爬上甲板。我的心又揪起来。尽管距离很远,但我看得很清楚,她试了好几次都不行。我看到她游到船的另一边去了,也许是想找一根垂下的缆绳。可之后很长时间她都没有露面。

我大喊起来。

海浪吞没了我的呼喊。

23

  海水没过腰,冲击胸口,可我来不及害怕,还继续向前走。

  浪一个个拍溅在我脸上,冲进鼻孔和嘴,海水不是咸,是苦。脚底下突然踩空了,失去平衡,我的身体向后仰倒,想站起来却怎么也做不到。我慌了,奋力抬头想露出水面,结果却整个人被海水裹挟,上下动荡。一个大浪袭来,我感觉后背重重撞在了礁石上。剧痛无比!可我抓住了这个宝贵机会——奋力翻身,先用一只手然后是双手紧紧抓住了礁石,终于勉强站了起来。用力吐掉嘴里的海水,我大口吸气,在又一个浪过来前屏住气息。我紧抱礁石,忍受海浪一次次的冲击,但再也无法前行。潮水汹涌,礁石不时被吞没……

  眼睛火辣辣的,可我看到船上有个人影。

  开始我以为是冬冬,可很快就发现,那不是她。

  不知为什么,赖小光弯着腰,左右摇晃的样子让我很害怕。终于,我看到冬冬了,她正在奋力朝我这边游过来。她拼命挥手,我知道她在对我大喊，可什么也听不见。浪太大了。一着急我又想游过去，可立刻就被浪卷倒。吞了一大口水，我才重新抓住礁石，我紧紧抱住它，不敢再松开。

赖小光从甲板上一跃而下，消失于破碎的海面。

此时冬冬其实已经离我很近了，我听到了她的呼喊，但看不到人。海浪再度袭来，我感觉我顶不住了，就要被浪卷走了。一只手抓住了我。冬冬，她真的好快！

"他醒了，"她气喘吁吁地说，"他弄断了绳子！我踢他……"

一上岸我们就拼命跑。

"我打了，打了电话！"冬冬十分亢奋，"我打给欧树，他和警察在一起呢，他们马上就会出发。好了好了，他们就要来了。"

太好了，几个小时后救援就会到来。

我们应该立刻回到灯塔里去，现在，也只有那儿还是安全的。

但是，海滩那边，赖小光也快上岸了。灯塔，没错，那里很安全，可紧随而来的赖小光让我非常不安，虽然囚禁冬冬的不是他，可推冬冬下海的人是，他先是被陆渐平袭击，醒来又被冬冬袭击，他会不会因此失控，彻底发疯？要是发现我和冬冬躲在灯塔上，他会不会气急败坏放把火？别忘了，还有个陆渐平！要是他骗赖小光打开了那道铁门……要是他们联手，他们能轻易杀了我和冬冬，然后驾船逃走。

"知道吗姑姑，"冬冬突然抓住我，兴奋地说，"你们来的时候其实我早就醒了,每次他夜里来,我好像都有预感,会惊醒。我躲在门后面,我听到你们说话了,我一下就听出你的声音,我……"

"没事了,当时你装睡是对的。"

"不是不是,你听我说,我当时装睡其实是害怕你们是一伙的……"我吓了一跳,而她还在继续说,"后来,门开了,你进来了,我能感觉你蹲在我面前,我紧闭双眼,可好像还是能看到你……一下子我就明白我错了,你是来救我的……我真不该怀疑你……"

我抱住她,不让她再说下去。

我紧紧抱着她,感受着她的激动和身体颤抖,同时迅速做出了两个决定:第一,无论如何,我都必须首先保护好冬冬,必须保证她的安全,不惜一切代价;第二,赖小光,我要和他当面做个了断!

"冬冬,你相信姑姑,对吗?"

"当然。"

"好,那你听我说,等下我们要分开跑,然后在灯塔里会合。"

"为什么要分开?"

"以防万一,"我撒谎说,"我们不能一起被困在灯塔里,分开跑,这样万一出了什么状况,还能相互有个指望。"

"那你去灯塔,我去引开他,岛上我比你熟。"

"别争了,"我再次用力抱紧她,"记住,灯塔会合。"

我从手腕上摘下皮筋,用牙咬住,然后拢起她湿漉漉的头发。我看着她,她也看着我,从她的眼神里我能感觉到她对我的信任,尽管发生了那么多事,她还是毫无保留地信任我。我给她扎好头发,坚定地说:"灯塔见。"

她点点头,"灯塔见!"

看到她钻进灌木丛,消失,我立刻就朝山顶方向跑去。

我打开手电筒,冲海滩那边照了几下。直到确定赖小光看到我,冲我这边来了,才继续往上走。是的,刚才抱冬冬的时候我拿走了手电,只有这样才能确保赖小光会来追我。过了一会儿,我将手电筒压低,照亮前方的地面。每当我把光线指向灌木丛,就会看到那里有黑影一闪而过。可我明白,现在,我才是黑暗中移动最明显的物体,赖小光肯定能看到。我又朝山下看了一会儿。有个黑影冲这边来了,速度很快。

很好。冬冬应该到灯塔了。她安全了。

我继续向山顶走去,但放慢了一点速度。我用手电在山路上胡乱照射,以确保赖小光不会跟丢。不知过了多久,当我抬头向海上眺望,心跳突然停了一下——

海面漆黑,但海天之间已经有了光亮。半小时,最多一个小时,白昼就会完全取代黑夜,这真是不可思议。

我来到了山顶。放眼望去,再也无处可去。

往前走几步就是峭壁,风从深不可测的海上呼啸而来。我不想走了,也走不动了。我在石头上坐下,大口喘气,用袖口擦掉额头上的汗。

好吧,让他来。

我感觉自己做好了准备，虽然我不确定那是什么，可我知道我准备好了。不知过了多久，我突然打了个冷战。我按亮手电筒，照向来时的灌木丛。

是他。赖小光直挺挺站在那里，一动不动。

他的样子可真是狼狈，头发披散下来全粘在头皮上。他伸出手掌遮挡光线，但没有呵斥，也没有命令我。我把手电筒转向海面，那道光被大海吞没。

看上去，他好像没有要冲过来袭击我的意思，而是双手撑在腰间，朝山下望去。他在看的应该是灯塔。

"她很美的对不对？"他说。

"你说灯塔？"

"我是说阮冬冬。"他朝我走过来，但步子很慢，"陆渐平呢？怎么看不到那混蛋了，你们不会，把他给杀了吧？"

"他没死。"

"可也跟死了差不多了，对吗？你是在发抖吗？看到我怎么像看到鬼一样。"

"你再别过来了。"

"你怕我？"他停下脚步，"阮冬冬，她狠狠给了我一脚，为什么？我吓到她了？她害怕我，这好理解，可你怕我什么？"

"我没怕。"

"我没骗你对吧？你找到她了，要不是我，你能找到她吗？"他突然捂住脑袋，慢慢蹲了下去，看上去很痛苦。

"小光，你需要把伤口处理一下。"

"海水，"他疼得龇牙咧嘴，"海水灌进我脑子了。"

"让我帮你。"

"别过来！我不用你帮。"

他在身上摸索，最后找到了他想要的东西。他拿出它，小心撕开，将里面的东西倒在虎口上，飞快用鼻子一吸，接着就瘫坐在地上，头颅低垂。足足有一分钟，他一动不动。我以为他死了，小心朝他走了过去，可他突然仰起头来，仿佛大梦初醒一般，深深吸了一大口空气。他看向我，"你猜得没错，我现在离不了这东西了。"

"是他们逼你吸的对吗？那些毒贩。"

"开始是的，没错，"他点点头，"可后来就不是了。这东西真的妙不可言，你瞧，我被打得头破血流，就剩半条命了，可只要来一点这个，就又满血复活了。"他站起来，"来吧阮金，趁我现在还清醒，我们谈谈。"

"你想谈什么？"

"不复杂，我只想弄清楚一件事。"

"你说。"

他点点头，"你就是'饿兔子跳'，对吧？"

"对，是我。"

"阮冬冬和温文静长得很像，你是怎么发现的？"

"钱译，他给了我你们的合影。你，钱译，还有温文静。"

"明白了。"他苦笑一下，"没想到你居然能找到他……所以，一看到文静的照片,你就全都明白了,对吧?"

"是的,我一下就明白了。"

"你是怎么想的?"

"温文静,你很爱她,她的死让你崩溃,你肯定试过自杀,可你没勇气死。后来,'饿兔子跳'出现了,这让你重新燃起了活下去的希望……可后来,我把你拉黑了,甚至你自残来求我我也没理你,这对你的打击一定很大。你跑去缅甸,在那里染上了毒瘾。再后来,你无意间看到冬冬的直播,你追踪她来到鼓州岛,可她根本什么都不知道,你很恼火,一气之下,就把她推下了海……"

"什么直播?"

"冬冬的直播,你不是看到直播发现她的吗?"

"我是嗑大了吗? 为什么我不明白你在说什么。我之所以去鼓州岛,跟阮冬冬没什么关系,是因为你,饿兔子跳,是你让我来的,你给我发了微信,其实那时候我已经准备好了,要去日本……"

"我说过了,我没发信息叫你来。"

"我也没推阮冬冬下海!"

"别狡辩了,不是你是谁?"

"我告诉你阮冬冬被陆渐平藏在船上,我骗你了吗? 如果我想杀了阮冬冬,为什么还非要带你上船?"

"我真的没发那条信息……"

"呵,你没发。手机就在这儿,你要看看吗?"他拿出手机,苦笑一下,"你发了微信,说想见我,说你需要我,我全都当真了……"

"手机进水了对吗？我们可以想办法把它弄干。"我伸手问他要，我说我需要看看那些微信对话，因为我根本没发过。

"太可笑了，"他又上前一步，"不被信任是最糟糕的，这个你懂，对不对？"

"是的，那很糟，你说得对。"我缓和着自己的语气，想让他高兴一点，"把手机给我吧，让我试试……"

"这还重要吗？"

"这不重要吗？你想知道真相，那我就告诉你真相。"

"你只是想继续骗我，你只是想拖延时间，没这个必要，"他摇摇头，"这没有意义。"

"好，那你告诉我，温文静究竟是怎么死的？小光，我没有要指责你的意思，我是真的想知道。"

"没有指责我的意思？"他叹息一声，但终于放松下来，或者说是陷入了另一种情绪，"没错，确实是我害死她的。"

"我不信，我不信是你把她推下楼的，我那么说只是想激怒你，我知道，我知道你很爱她，你唯一爱过的人就是她……"

"可她却爱上了别人。你想听吗，听听我和温文静的悲惨故事？"他苦笑一下，又弄了些毒品在手上，然后用力吸掉。

"我想知道。你说吧。可你别再吸了，你会死的。"

"好，可我只说一次。"他兀自点了点头，神情仿佛进入了另一个世界，"那年秋天，我工作特别忙，几乎没时间陪她，她公司组织去西双版纳团建，她跟我说她不想去，我劝她，我让她出去散散心，多带点钱，全花光！她在那边遇到一个男的，在夜市上，那人耍了些手段让她染上了毒瘾，这么控制的她。最开始，他其实是想把她卖到缅甸去，后来发现，也可以利用她运毒，带毒品到上海……她就这么被他操控了，之后几乎每个月都要往返云南、上海一次，可笑的是，当时我完全没意识到发生了什么，还以为她只是单纯爱上了云南。这中间她肯定向我求助过，暗示过我，可我完全没有觉察到，那时候我满脑子就是挣钱。等我发现她染上毒瘾，已经太迟了，已经是几个月之后了。她把事情全都告诉了我，没有隐瞒，可她不让我报警，她说她宁可去死也不想坐牢。我要求她戒毒，可又实在不忍心把她一个人丢到戒毒所去。我自己帮她戒了几次，可每次都功亏一篑。她有她的软弱，我也有我的。到了最后，她也明白了，要么戒，要么身败名裂然后死掉。最后的那次，我把我们锁在婚房里，那本来是我准备给她的惊喜。我寸步也不敢离开她。我们坚持了整整一个星期，这次我没有心软，整整七天没敢合眼，结果还是睡着了。醒来她没有逃走，而是在厨房里忙，炖她最拿手的梅干菜扣肉。我特别激动，以为她终于是挺过来了，熬过了最难的阶段。可吃饭的时候我突然感觉不对，她的状态也太好了，好得不正常……我问她，你是不是趁我睡着了出去过？她说没有，我问她是不是在家里藏了冰？她不说话，我不停追问，然后骂她，羞辱她，用最难听的话刺激她。她突然说：小光，我怀孕了，孩子不是你的。我气疯了，我揍她，我凿她的头……我可能把她的肋骨踹折了……她一声不吭。最后她说，那我死，可以吧。我说好啊，一起死吧!她哭了,想吻我,可我把她推开。她说她爱我,这辈子就只爱过我一个男人,下辈子再做夫妻吧,然后就跳了下去。凌晨三点……轮到我了。我怕了,我给自己找了个理由:我得先去杀了那个男的……"他突然干笑几下,"我拿了她的手机,一直追到缅甸,才发现那个人竟然是个警察。"

"就是后来被你杀了的那个缉毒警?他是中国人?"

"是个缅甸警察,但的确是中国人,是不是很荒谬?"

"谁能证明你说的这些?"

"没人,没人能证明,那些毒贩,他们巴不得把我灭口,怎么会帮我?"他费力眨着眼睛,好像眼睛被海水泡坏了,"可这就是事实,就是全部的真相。"

不知为什么,我相信他,我相信他说的这些全是真的。我能理解温文静选择自杀,如果我从小家境优渥,人生顺利,却意外染上毒瘾、无法自拔,又发现自己怀了强奸犯的孩子,也许我也会选择自我了断……我也理解赖小光因为她的自杀而崩溃,选择堕落,自我放逐……是的,我同情他们。我从没这样深刻地同情过一个男人。

我小心问他:"你是什么时候去的云南?"

"你是想问我,我什么时候跑去杀的人吧?"他再次捂住脑袋,表情有些扭曲。

"又开始疼了吗?"

"别说话,别打断我。"他努力振作起来,继续说道,"我一共去了云南三次,第一次是在文静死后不久,可我没找到那个人,还被骗光了钱，生了场大病。我回到上海，办了离职，其实是他们把我开除的。我不甘心，卖了房子又返回云南，花了更多时间、更多钱，终于找到他了。可事到临头我害怕了，结果被他反制，他其实完全可以杀了我，可他放我走了，他说他欠温文静一条命，现在还给我，我和他扯平了。那一刻，我竟然……感觉很解脱。我觉得我彻底完蛋了，一败涂地，就像他们说的，堕落成了一个真正的无耻之徒，我苟且活了下来，变得非常刻薄，我恨自己，也恨所有人。然后，你出现了——不，不是你，是你制造的那个幻觉，'饿兔子跳'。她太像文静了。虽然我知道，那是因为我骨子里的软弱，是我的求生意志在作祟，但当时我告诉自己这是神启，是上天想再给我一次机会。我回到上海，还很天真地想，也许我可以振作起来，回到正常人的生活，可以和这个'饿兔子跳'重新开始自己的人生。我错就错在，为了取悦你偷了别人的身份，你发现了，你拉黑我，把我最后的那点希望又夺走了。我走投无路，我自残，几次自杀都是真的，但最终我意识到，无论如何我都必须先去把那个人干掉。就这样，我第三次去了云南，我偷渡去了果敢，终于找到机会把他杀了。他的同伙想干掉我，又觉得太便宜我了，就逼我运毒，好几次，最后那次我差点就死了。我找到个机会跑了，先躲在红河，然后是广州……我花钱买了假身份，准备去日本，从此隐姓埋名……逃走时我偷了他们一大笔钱，够我重新开始了，我只想去日本……别府，我和文静，当年我们在那里旅行……我们都喜欢那儿，很冷，可是很干净，她每晚都要泡温泉……我做好了一切准备，护照，船票，可你又出现了，你，发信息给我，要我尽快到鼓州岛来见你，你说你需要我，需要我的保护……"

"小光，你相信我，我真的没发信息给你。我发誓。"

他盯着我看了一会儿，突然咧嘴一笑，"无所谓了。你看这样多好，现在，我们都以真面目见到了对方，还可以叙叙旧，说说和别人说不了的话。"

"小光，你可以把毒瘾戒了。我会帮你。"

"你竟然觉得我还有救？谢谢啊。"他摇摇头，"放心吧，你们已经安全了，警察就快到了。阮冬冬，她打电话的时候……我猜，接电话的应该是个她喜欢的人，对吧？我听得出来，只有恋爱中的女人才会像那样说话。我忍不住想看看她……那一刻，我觉得我看到的人是文静……"他咧嘴一笑，"真的，她来接我了。"

我觉得他开始神志不清了。是不是吸多了？

必须让他保持理智，保持冷静，"小光，你听我说，如果那个警察是毒贩，你一定还有机会……"

"什么机会，投案自首然后死在监狱里的机会？"他笑了一下，朝我走过来，"饿兔子跳，阮金，不管你是谁，我恨你，你玷污了我唯一爱过的人。"他从口袋里摸出刀子，砰的一声，弹出刀刃。

我吓了一跳，"你要干什么？"

他还在朝我走，"可我又有什么理由恨你？路都是我自己选的。我就应该，当时我就应该和她一起跳下去……"他突然将刀子反转，递向我，"我整个人早就已经支离破碎了，灵魂也千疮百孔，我都不知道这个样子去见她她还能不能认出我……帮帮我吧，趁现在我还有这个勇气，帮帮我……"

"不，没必要这样。"我一边摇头一边向后退。

"来吧，这是你欠我的……"

我用力摇摇头，继续后退。

那把刀让我太害怕了。让我害怕的还有他的状态。我差点一脚踩空。

悬崖下，风在往上涌。我转身看着他，鼓起全部勇气朝他走了两步，哀求他："小光，你冷静，你听我说……"

可他继续向我走来，眼里的光已经完全涣散了。

"帮帮我，帮帮我……"他喃喃自语。

突然，我看到了冬冬。在赖小光身后几米远的灌木丛里，她猫着腰，手指放在嘴唇上冲我微微摇头。根本来不及反应，她已经冲出来，几乎瞬间就到了赖小光身后。我没看清她手上的东西，应该是石头，她狠狠砸了赖小光一下。赖小光趔趄一下，但本能地抓住了她。刀在他手上，他狂乱地大吼，右臂疾挥，朝上方甩去……

我无法分辨他是要杀她还是要做别的！我冲过去，拦腰抱住他。他太沉了，又急于甩开我，竟将我一起带向了悬崖边。他嘴里嘟囔着，像个喝醉酒变得力大无穷的人，惯性让我们失去了平衡——

漫长的跌落。

……

我最后看到的是他的头撞上礁石。赖小光,一动不动,沉向了海底……脚下像是裂开一道深渊,转瞬之间,他就被黑暗吞噬。

接下来就是我了。

尸沉大海,这是最好的结果……

完美结局。

24

我最快乐的一次旅行(上)

作者：阮冬冬

从小到大，我妈都喜欢对我进行"羞耻教育"，她想把我变成一个听话的人，意思是，听大人话，听她的话，乖巧，敏捷，服从。结果可想而知，我的叛逆期比其他女孩来得更早，更猛烈，而她想出的对策就是送我去白银。

印象里那之前我从没去过白银，可妈发誓说我去过，她说小时候带我去小表舅家，我尿床还死不承认，非说是梦里屁股出了汗。妈说，小表舅长了癌，八成是熬不过春节了，我们去见他一面。出发前一天她收拾了大包小包，让我也收拾一下，别忘带上寒假作业，意思我们要在白银住几天。我心想，待在那儿干吗？等着看小表舅咽气吗？

出发时，下大雪。雪越来越大，可妈把车开得飞快。不过，鹅毛大雪迎面打在挡风玻璃上还怪好看的，盯久了感觉就像是穿梭在时空隧道里……路上，妈不怎么说话，心情很沉重的样子，我不敢烦她，就一直低头玩手机。那时候我在网上认识了个男孩，还没见过，但我们约好要在这个寒假见面，完成彼此的初吻。后来我想，妈一定是偷看了我手机才决定把我骗到那个地方去。

到了白银，我说这怎么这么破啊，比兰州破多了，妈说小表舅不在市里住了，搬镇上去了。可到了镇上她没停车，又开了好一会儿才停，那地方不像住家，像是一个废弃很久的小学校。她打电话，说我们到了，你们出来吧。不一会儿小学校里出来三个男的，妈就叫我下车。一下车那几个男的就过来了，我都不认识，他们一个去后备厢拿行李，一个上来就抓我胳膊，我叫他别碰我他也不听。我回头喊妈，她不理我，跟一个戴眼镜的男的说着什么，我听到她最后说，那就拜托你们了。我这才意识到是怎么回事，我很震惊，但忍住没喊，也不再挣扎了，就死盯着我妈，等她和我目光接触，给我一个解释。妈走过来，没收了我的手机，说了句你要听话，别给我丢脸，就回车上去了。直到车发动开走，她都没敢正眼看我。

跟我妈说话的眼镜男走过来，很和蔼地说："来吧阮冬冬，欢迎你来我们这里接受改造。"改造？这叫什么话？怎么这么瘆得慌。

我被带到了一间教室，里头没暖气，冷得很。眼镜男说他姓雷，让我以后喊他雷教官。我说我是被我妈骗来的，我要回家。他说你再说一遍，我说什么？"么"字刚出口，嘴巴子就扇过来了。我火了，吼他，你凭什么打我！

又一个大嘴巴甩过来。

两个耳光把我打蒙也把我打清醒了——抽人耳光虽然不算什么酷刑，可它真的很伤人自尊，一瞬间我明白了，我只能妥协，否则他会一直打，打到我屈服为止。

雷教官问我："知道这是什么地方吗？"

"知道！"我说，"这里是白公馆，这里是渣滓洞。"

他笑了，"哪有那么夸张，我们这里可是全省最好的戒网瘾学校。你母亲，她出于信任才联系了我们，所以，你也要放下你的偏激，选择相信我们。接下来我们会对你进行为期30天的矫正培训，你将和其他兄弟姐妹一起学到做人的价值。别想着跑啊，跑一次多加15天，费用翻倍。"

听到这个我是真慌了，心里想的是舞团的任务还没做，还有要把初吻给我的男孩，他会不会觉得我在耍他？我打定主意，到了晚上就跑，可心里好难过啊，一着急还是没出息地哭了，这次姓雷的没打我。我哭得上气不接下气，被他带到第二间教室，里面有很多上下铺，很多人，都是跟我年纪差不多的学生，全是女孩，穿的不是校服，是迷彩服，看着像一群打了败仗的人。我们一进去，她们突然全面朝我们立正，异口同声高喊："欢迎新学员回家！"

雷教官把我交给一个短发胖姑娘，说她是我的班长，他再次警告我："第一，不准跑；第二，不准绝食，明白吗？"

见我没反应，女班长冲我大吼："教官问你明白不明白的时候，你要说,明白!"

我只好说:"明白。"

她又吼:"大声说,明白!"

我扯起嗓子大声吼:"明白!"

当天晚上,晚自习后,我趁上厕所的机会跑了。

这里,我必须说说这个傻×集中营里所谓的"晚自习",它不是叫你读书或者写作业,不是,都不是,它是让学员排成一排跪下,头顶地,屁股朝天,大声背诵《三字经》!背完一遍休息两分钟,做够六组才能下课,每次背到"人之初、性本善",妈的我都想笑。

我是趁天黑直接从大门出去的,奇怪的是,门卫老头明明看到我了却没拦,还冲我举起拳头,做了个加油的手势。一跑到镇上我就直奔网吧,来的路上我就看到它了:正义网吧。我找了个最靠里的隐蔽位置,开机赶紧上QQ,先后给那个男孩,姑姑,还有舞团的赵颖留言,告诉他们我被我妈骗进戒网瘾学校了,在白银的一个小山沟里,但我偷偷跑出来了。等了半小时,他们三个都没上线,我就到处借手机,想给我爸打电话——我怀疑我被送来这事爸还被蒙在鼓里。我找到个吃泡面的小胖子,成功借到手机,正要给爸打,那男孩QQ上线了,他问我在哪儿呢,我激动得差点就要哭了,可我才刚回了他两句,一只大手突然从背后伸过来,给我电脑关机了。我张嘴就骂,一回头吓得魂不附体。是雷教官。

雷教官看着我,笑眯眯地说:"你说好笑不好笑,但凡第一次跑的，百分百都会直奔这儿来自投罗网。阮冬冬，知道吗，这网吧是我们开的。"

我被抓回去，关了小黑屋。三天三夜，吃喝拉撒睡全在里面，那真是太煎熬了。

出来后我学乖了，不管遇到怎样的刁难都打不还手、骂不还口，因为我已经意识到了，再跑的话，必须先摸清情况，知己知彼才能有胜算。关小黑屋的三天，我是靠胡思乱想撑下来的，我幻想那个男孩会来救我……我会吻他，和他手牵手在街头狂奔，我在脑海中不断完善那个场景，越想就越觉得，它肯定会发生。

接下来的两周我特别注重体能训练，罚长跑、罚蛙跳、罚做俯卧撑……我都拼尽全力去完成，表面装作苦不堪言，内心却十分激动。学校当时一共有六十九个学员，最小的才十一岁，个子小小的像小萝卜头，不知道他父母怎么能这么狠心，最大的都二十一了，就是我们的班长。我和他们没什么太深的交流，不光我，大家其实也都刻意保持着距离，因为这地方特别鼓励检举揭发，没人值得信任。

一个阳光明媚的下午，学校组织看电影，叫《暖春》，看完要我们轮流上台发言，讲讲从电影里学到了什么。女班长第一个上台，说着说着她突然哭起来，说想家，想妈妈。她一哭，很多人也都跟着哭，哀号声响彻小礼堂。雷教官大怒，当场就任命了新班长，一个没哭的男孩，还说要把女班长关小黑屋，女班长当场就给他跪下了，哭得撕心裂肺。看到这一幕，我想跑的决心更足了。

再走大门是不可能了，我的计划是翻墙。

学校围墙是经过加高的，有四米多，不过东边围墙那儿有一排小杨树，攀着杨树爬上墙头，应该就可以翻到对面的院子。当天晚自习，我跟男班长打报告说要上厕所，他贱兮兮给我打了一个"1"的手势，意思是一分钟。我出了教室，走进厕所后立刻向外观察，这时我突然害怕起来，慌得不行，要不要跑啊？再抓回来肯定关小黑屋，那可就不是三天了，估计是七天？十天？蒙了半分钟左右，我决定了：跑！必须跑！

我猫腰小跑来到那排杨树下，一秒都没耽误就开始爬。好不容易上了墙，突然看到男班长从教室冲出来，这家伙远远看着我，冲我咧嘴笑，接着就吹响了哨子。

我吓得差点一头从墙上栽下去。

我赶紧蹲下，手脚并用狂爬，结果一紧张还是掉了下去。幸运的是，我落到了围墙外面，跌在软绵绵的雪堆上，下面是厚树叶。我爬起来就跑，跑过烂尾楼，看到一家修车店的后门，想也不想就冲了进去，里面有几个干活的维修工，都看着我。

出了修车店正门我沿马路使劲跑，边跑边得意，体能训练终于派上了用场！

过了一会儿，后面一个黄毛不知怎么回事骑个破摩托追上来，我真怕他是学校的人。他车没停，和我并肩前行，嬉皮笑脸地问我："美女，去哪儿啊？哥带你呗。"我冲他吼了声滚！黄毛停下来，骂了句傻×，掉头回去了。

我继续玩命跑,感觉快没力气的时候看到一个阿姨,骑个电瓶车,我就大喊阿姨救命,有人要害我。阿姨吓得不知所措,我说阿姨求你了,你带带我吧求你了,我不想死啊。

阿姨把我带到镇子的另一头,指着一个小小的派出所说,姑娘,快去报警吧。我哭了。阿姨见我可怜,摸摸兜,硬塞给我十块钱。我走进派出所,可我没有报警。我留了个心眼,担心警察里也有网瘾学校的眼线,这种可能性很大。这时,一个挺帅好像易烊千玺的小警察问我想干吗,我脑筋一转,问他回兰州的长途车在哪儿坐,他给我指了路,很有耐心。我看窗外阿姨已经走了,就道了谢然后离开了派出所。

路过小卖部我买了瓶可乐,也不管冷不冷,咕咚咕咚一口气喝完,然后就用公用电话给姑姑打电话,问她怎么办。姑姑让我别在电话里说,找个网吧,上 QQ 和我商量。

手上还有几块钱,我溜达到菜市场,吃了碗砂锅米线、一个腊汁肉夹馍,填饱肚子身上又没钱了。我看附近有个小网吧,就决定去搞钱。进去一看,全是小屁孩,我挑了最小的一个,看着连三年级都不到。我瞅准四下没人,就学着雷教官扇我的方法扇他,骂他:碎皮娃,才多大就来上网?有钱没有?再说没有,嗯?啪,又一巴掌。小孩蒙了,赶紧把兜里的钱全掏出来,我夺过来就跑。

没跑太远,我又钻进另一个网吧,办了个夜机,买了汽水、薯片,然后就上线。

姑姑在等我呢。她问我在哪儿,我说在白银,红星网吧,接着又把我妈是怎么把我骗进戒网瘾学校，我是怎么跑了第一次、第二次，全告诉了她，我说我不敢回家了，怕我妈再给我送回来，我没有家了。姑姑让我先别急，别哭，她会来接我，让我就待在网吧别动。我这才踏实了。

姑姑下线没一会儿那男孩就上线了，我们聊起来。这时候我已经没那么慌了，反而有点兴奋，我跟男孩说了我在哪儿、经历了什么，男孩夸我机智又胆大，我还挺得意的。我们聊得挺开心，不知不觉就到了凌晨一点。上厕所的时候，我听到一个熟悉的声音，汗毛顿时全立起来，接着就看到了雷教官。

我问网管有没有后门，他说没有。没办法，我只好先回包房躲起来。我听外面有几个人和网吧老板吵，网吧老板说你们要找不到就赶紧走，别人怕你们我可不怕。我见情况不妙，就赶紧把门锁死，又搬了把椅子顶上。刚弄好就有人砸门，我赶紧蹲在电脑桌底下。外面网吧老板又和他们吵起来，乱哄哄的，持续了很久。突然，我好像听到我妈的声音了，等我确定来的确实是我妈，就把门打开了。上一秒我还恨我妈，这一秒，我又想抱着她哭。

妈捧着我的脸看了看，我感觉她也快要哭了。她过去跟一个中年女人说想和我单独待一会儿，那女的想了想，点头同意了。我听到妈管她叫校长，可我记得我们校长叫龙金隆，是个大胡子。这女校长四十多岁，微胖，化着浓妆，头发吹得又高又卷，穿紧身黑皮裤。女校长一挥手，其他人就都退到了一边。

妈把门关上，压低声问我：他们打你了？

我说，打了，抽我耳光，每天体罚，大家还相互检举揭发……

妈想了一下，说，冬冬，你听我说，我可以不让你回去，我可以带你回家，可你得向我保证，以后不再上网，得专心学习，行不行？

我不明白，我说，上网怎么了？上网就要被你们这样对待是吗？

她生气了，和我吵起来，我也生气了，和她对着干，总之就是两个人都不服输，越说话越重。她突然就急眼了，你才多大，就学会早恋了，啊？

我火了，我说我哪早恋了？你哪只眼睛看到我早恋了？

她说，你再瞪我一下试试！说着就掏出手机，给我看聊天记录。这一刻我感觉天在旋、地在转，曾经的很多东西都崩塌了——万万没想到，那个男孩，那个和我约定初吻的男孩，竟然是我妈。

我说，周媛，你真是我亲妈吗？

这一刻我不只是想骂人，还很想抽我妈一个耳光，让她也尝尝那滋味，可我做不到，最后只能像个被俘的地下党那样梗着脖子说，牛×你现在就让他们打死我吧。

我妈一脸愤怒地说，阮冬冬，我再给你最后一次机会，你以后能不能不上网了？你看看你还有没有个学生样子！

愤怒顶在我胸口，我坚定地说：不能！我宁愿离家出走，宁愿死在外头，也绝不向你妥协！

我妈抬起手来。

我说，你打！你打啊。

她到底还是没打我。她叹了口气，说，你待着，我去给你买瓶水，说完就出去了。

　　这时候我也有点心软了,觉得不该那么跟妈说话,她毕竟是我妈啊。不知过了多久,我正内疚呢,三个教官推门进来了,一进来就强行拉我,我死死抓着桌子不放。见拉我费劲,他们干脆把门关上,开始轮流揍我,其中一个还说,别打脸啊。我死命尖叫,没用,根本没人来阻止。最后,三个男人像拖死狗一样把我往外拽的时候,我看到我妈其实就站在门口,她在哭,两眼通红。我最恨她这种心疼又无能为力的样子。一度,她也想拦住那几个教官,让他们下手轻点,可女校长拽住她的胳膊,不让她拦。

　　三个教官把我架出网吧,扔进一辆破金杯,车子马上就发动了。

　　我大吼着说,你们让我死吧,我想死。他们却嘻嘻哈哈笑起来。我明白了,再怎么反抗也没用了,等待我的肯定是小黑屋。

　　让我无法理解的是,我妈竟然背叛了我,双重背叛。

　　这也太残酷了。

25

我最快乐的一次旅行(下)

一回学校,女校长就把我拉进政教处。

我真害怕了,传说政教处是教官们专门用来打男生的地方,那些男生提到政教处,无不瑟瑟发抖,眼神躲闪。门一关,女校长一脚就把凳子腿踹折了。真看不出来,她还有这本事,我怀疑她靴子里头有钢板。她走到我面前,开始拿食指戳我眉心,戳!戳!戳!一边戳一边威胁说,下次断的就不是凳子腿了明白吗,阮冬冬?我立刻大声回答,明白!

我心想,算屎,不跑了,还跑个屁呀,连我妈都不要我了,我还跑个屁。

女校长对我这个反应很不满意,她命令我跟雷教官上楼去,把怎么跑的、逃跑过程中都干了什么、联系过谁、说了什么,一五一十全写下来,写不完,写的态度不端正,不准睡觉。

雷教官带我上了三楼。我以为他是要送我进禁闭室，没想到他直接给我领到了教官宿舍。屋子不大，可条件比学员宿舍好太多了，靠窗有个取暖用的铁炉，他让我把羽绒服脱了，先烤烤火。从进门，另一个坐在床边的教官就一直盯着我笑，这时他冲我比画了一下说，小妹妹，你会打手枪吗？我摇摇头说，没打过，我都没摸过枪。他愣了一下，接着哈哈大笑。雷教官也在一边狂笑，他拍拍大腿说，冷吧阮冬冬，来，过来烤烤火。

我说我不冷，我不想烤火。

雷教官脸色一沉，叫你过来，你听不见是不是？

当时我已经十五岁了，什么不明白？我不说话，就死死盯着他，又摇了摇头。我心想，妈的今天你们要是敢逼老子，老子就跳楼，死给你们看！那个瞬间，我想他一定是读懂了我眼里的决绝。但说实话，我不知道接下来会发生什么，我认真想了想跳楼的后果，三楼，估计死不了，可以后肯定是没法再跳舞了……这时，雷教官把烧得通红的火钳抽了出来，他慢慢走到我面前，飞快划了一下。我什么都没感觉到，既没感觉烫也没感觉到疼，但那之后我的额头就留下一小片烫伤，很多年以后，每当我情绪激动那片绯红还会显现，就像哈利·波特。哈哈！

我一口气写完了交代材料，内容当然都是胡扯，雷教官看了很"满意"，说必须奖励我，他命令我去操场跑圈，五十圈。我一直跑到天亮，差不多跑了个半马，我为自己的体力和毅力感到十分骄傲！

第二天下午，女校长把奔驰车开到操场上，我们正练踢正步呢，她下了车，一直似笑非笑地看我。然后来了辆大卡车，两个工人卸下一堆斧子，女校长让男生一人拿一把，去围墙那儿，把那排小杨树全砍了。男生砍树的时候女生要在旁边喊加油，只有我一声不吭。

三天后，女校长又来了，身后跟着个新学员，个子挺高的，我老远一看，靠，这不姑姑吗！可她一脸冷漠，明明和我对视了一下却好像根本不认识我。我立刻就明白了，心头一热，眼泪差点掉下来：姑姑，她是来救我的。

这时候我已经被分到小间了，七人间，姑姑正好被分配到我上铺。一直到晚饭后，姑姑才终于找到机会悄悄跟我说，她是来救我的，但我们得装作不认识。我激动地说，我知道我知道。

相比大间，七人间没有待遇更好，它其实是关押"重刑犯"的地方，一进门就是厕所，没有墙，也没有门，马桶还不让拉屎，只能小便。每个七人间会安排一个宿管，也是学员，但属于改造比较好的那种，负责监视其他人。比如，要是你胆敢在马桶上大号，她就敢逼着你当众把它吃了。大号只能去操场那边的旱厕，开始我以为是因为马桶坏了，其他学员悄悄告诉我说没坏，好的，他们就是不让你痛快。真行，拉屎也不能痛快。

几天后的中午，吃饭时姑姑偷偷告诉我，明天有个教官要结婚，下午他们会去市里聚餐，晚上估计也回不来，你做好准备，我们明晚就跑！我问她怎么跑？她眨眨眼睛说，到时听我号令。我觉得这话挺搞笑的，心里却激动起来。

第二天，教官人数果然明显少了，到了中午，连那几个最狠、最难缠的家伙也不见了。傍晚时分，姑姑嘱咐我熄灯后千万别睡着，每隔十五分钟挥一下手表示醒着，等其他人都睡死了，我们就行动！结果因为亢奋我根本也睡不着。宿舍九点熄灯，等到十二点多，我感觉大家都睡熟了，就小声问姑姑，怎么跑？她说，翻窗户出去。我问她，防护栏咋搞开？上了锁的，铁锁，那么结实。她说，放心，我力气大得很，用手给它掰开。我信以为真，还建议说，那你搞的时候我打呼噜掩护。她激动地说，聪明！我们商量好，再等一个小时。

一点多，我们穿好迷彩服，准备行动！我心里非常激动，马上就要走了。

姑姑先下了床。过了一会儿，我也下床，轻手轻脚走到宿管面前。她睡得死猪一样，我想掏她裤兜，看有没有钱，可她迷彩裤不知挂哪儿了，摸半天也找不到。这时，姑姑在窗口给我打个手势，我就开始打呼，学的是我爸打呼噜的动静，很像。我听见"咔嚓"一声，姑姑竟然真把铁锁生生给掰断了，我吓了一跳。姑姑冲我招手，可以走了。

我们从窗口跳出去，又把窗户关好，铁栅栏还原，然后一口气跑到围墙那儿。墙头新上了铁丝网，我慌了，这东西昨天还没有呢！姑姑说别急，有办法。

围墙尽头有个雪堆，只见她在雪推上扒拉几下，就抱起一大片石棉瓦，我赶紧过去帮她把石棉瓦竖起来，靠在墙上。踩着它，姑姑先上了墙。她一手抓住铁丝网，另一只手一下就把我拽了上去，她的劲可真大啊！我提醒姑姑，上次我是沿围墙爬到烂尾楼那儿摔下去的，下面有枯树叶。姑姑说，不用，我们就从这儿直接跳下去。她教我怎么跳，落地要做个前滚翻，这样膝盖就不会受伤了。说完她就跳了下去。我蹲在墙头，下面是什么情况也看不清，我有点害怕，可这时主楼三楼有个窗口灯亮了，我牙一咬、眼一闭，就跳了下去。因为太紧张，我忘了前滚翻，却毫发无伤，原来，我摔在姑姑身上了。

我俩歪七扭八躺在地上，浑身酸痛，却都很兴奋，都使劲憋着笑。过了一会儿，姑姑说，这么大的荒地肯定有出口或者大铁门。我们走了走，果然发现有个铁门，门外就是大马路，就是自由！我们翻过铁门，沿大马路边跑边笑。

姑姑说，我的妈呀，终于可以大声讲话了。我说，以后我们就是患难之交了，我说，姑姑你可真牛啊，那么大锁一下就给掰开了。她从兜里摸出一串东西塞我手上，我一看，这不宿管的钥匙吗？我俩再次哈哈大笑。

姑姑说我们得先去白银，去找她一个朋友，是她高中玩得很好的一个男生，没考上大学就回了白银，人很可靠。不过去白银我们得先搞点钱，好买车票。我出主意说，去网吧搞吧。半夜三点左右，我们找到一家叫红树林的网吧，里头乌烟瘴气的。我跟姑姑溜进一个包房，有个男的正睡觉呢，光脚跷在桌上。我翻了翻他外套口袋，啥也没有，他的脚可真臭啊，熏死我了。我们又去了另一个包间，有个额头一绺紫发的女孩在打游戏，姑姑派我去装可怜，我过去跟女孩说，姐我好饿啊，能不能借点钱？她瞟了我一眼，二话没说就甩给我一张五十的，真的太帅了。用这钱我和姑姑买了车票和烧饼，当晚就坐车到了白银市。

到白银是早上六点，天还很黑呢。穿过铁路的时候我问姑姑，这地方你熟吗？她说不熟，我没来过白银，这地方有个杀人狂，专门杀女的，特别恐怖。我吓了一跳，说，啥？杀人狂？她说你不知道吗，全国都很有名的白银案，白银恶魔啊！你妈真是疯了，敢把你一个人送到这儿来。我一听，心里又难过起来。

姑姑在小卖部给她同学打电话，我就逗那家的小孩，逗着逗着，那种明天怎么办的忧愁感袭来，死闷死闷想撒尿的感觉想大便的感觉，那感觉说也说不清，你说不好吧，好像也没什么不好的，虽然无处可去，可至少自由了。

电话通了，同学不在家，他爸说他下矿了，后天一早回来。姑姑说行，她后天中午去家里找他，同学的爸爸很高兴，说行，丫头你后天准来啊。姑姑说准去，就挂了电话。我问姑姑接下来咋办。姑姑想了想说，去逛公园吧，我说行。

到了公园，竟然不要门票的。逛了一会儿我说好冷啊，去玩碰碰车吧。碰碰车两块钱一场，姑姑数了数剩下的钱说，行，玩吧。一开始我俩相互乱撞，后来见车就撞，都兴奋得不行，中间还把一个小男孩给撞哭了。男孩的妈妈估计是上厕所去了，姑姑就捏那孩子的鼻子，又摸他头，等他妈妈回来的时候他已经不哭了。

就这样，我们鬼混到下午四点多，兜里又没几个钱了。见我愁眉苦脸，姑姑拍着我的肩膀说：怕个锤子，有我呢。这真是我这辈子听过最带劲的一句话！我终于理解了有大哥罩着是什么感觉，我是个废物小弟，我俩在陌生城市的街上横行霸道、肆意妄为，这真是我最快乐的一次旅行。

我们溜达到回民街，这里有很多摆地摊的，各种稀奇古怪的东西，刀子啦，杂志啦，光碟啦，还有很多我没见过的小吃。我和姑姑溜溜达达吃了些小吃，炸馓子什么的，很香。后来天快擦黑了，我说姑姑，咱们买把刀子吧，要是再遇上那帮人就跟他们拼了！姑姑太牛了，她不仅搞到刀，还弄了几盒火柴，都没花钱。刀是折叠刀，中间有个卡扣，她说把刀立起来卡住就不会伤到手了。我把它攥在手里，沉甸甸的，感觉很酷，心怦怦直跳。可姑姑又把刀收走了，说这东西只能防身，不能玩。我问姑姑干吗还拿火柴，你学会抽烟啦？姑姑说，万一再被抓回去，我就放火把那地方烧了！哇，姑姑，你可真棒！

离开回民街我们准备找地方正经吃个饭，然后再去通宵上网。

走着走着我看见一个小女孩，十岁左右吧，戴个绒线小红帽，不远不近跟着一个穿制服的女人，应该是税务局什么的吧。开始我以为她是女人的小孩，可姑姑说，你猜那小孩干吗的？

我说，不是跟着她妈逛街呢嘛。

姑姑小声说，贼娃子。

我说，不可能！

她说，走着瞧，一会儿你就知道了。

我们悄悄跟上去。过了一会儿，只见小女孩跟在女人左后方，突然吐口唾沫在手里，然后手指一弹，弹纸条似的把口水弹到女人左脸上，那女的下意识往左看，小女孩就趁机掏她包，可几次下来都没能得手。

我小声跟姑姑说，这小贼娃子技术也不行啊，还不如你呢？

姑姑就笑着假装要捶我。

我说，大街上就敢掏兜，不怕被抓住挨揍吗？

姑姑突然很紧张地说，别说话，赶紧跟我走。

出了那条街，走老远了姑姑才放慢脚步，跟我说，小孩后面有人，骑摩托那男的，我们再跟着可要倒大霉了。

我俩走到一个小区，玩起了健身器械，准备熬到饭点。姑姑教我玩单杠，让我试着拉个引体向上。我试了试，一个也拉不起来，姑姑说，要用背部肌肉发力，不是只靠胳膊使劲。我说我都要饿瘪了，咱们这么瞎混，能撑到后天吗？姑姑笑了笑说，走，姑姑请你吃大餐去！

出了小区，七拐八拐我们来到一个城中村。这里是一条竖街，两边都是小旅馆啊，小饭馆啊，黑网吧什么的。姑姑找了家客人很多的川菜馆，挑了离门最近的位置坐下，我说这儿冷啊，去里边吧。姑姑把迷彩服拿出来让我穿上，我说吃饭呢，穿这个干吗，丑死了。她小声说，这是作战服，等会儿我们得打一场硬仗。我立刻心领神会，嘿嘿笑起来。

一开始我很尿的，只敢叫了个雪菜肉丝面，姑姑也有点谨慎，就要了个蛋炒饭。店里客人挺多的，只有两个服务员，一男一女，都忙得四脚朝天。姑姑扒拉几口蛋炒饭就开始看菜单，等服务员过来她说要加菜，来个水煮牛肉，一个火爆腰花，再来个干烧大黄鱼，都是硬菜啊，我好开心！女服务员应着，一点也没有怀疑。我眼睛越瞪越大，姑姑看我这样就没忍住笑了出来，我一看她把鼻涕都快笑出来了，就也跟着笑。服务员一离开我就小声问她，一会儿怎么跑啊？她说，先吃先吃，吃饱了再说。

这顿饭我吃得无比满足，可以说是有生以来吃饭最爽的一次，我们把所有饭菜全干光了，风卷残云。看男服务员在邻桌收拾碗筷，姑姑小声跟我说，等会儿我再点个菜，然后我说闪、你就跑，出门直接右转，能跑多快跑多快，一直跑，别回头。我点点头，心里开始咚咚打鼓。

等男服务员回了后厨，姑姑打个响指把女服务员叫来了。姑姑以前就很喜欢打响指，她说她平时打篮球，手指贼有劲，所以打得响。她跟女服务员说，小妹啊，再给我们来份麻婆豆腐，添两碗米饭，搞快点啊。

我们坐在门口，里面的客人抽烟的抽烟，喝酒的喝酒，很嘈杂。等女服务员转身回了后厨，姑姑给我个眼神，我立刻把椅子往后一腾，头也不回出了门，撒丫子就窜，遇到巷子就钻，七拐八拐地跑啊，一直跑到大汗淋漓才放慢脚步。

一高兴我就边走边唱，我一唱姑姑也跟着唱起来，唱的什么我还记得——

> 在一个晚上我的母亲问我
>
> 今天怎么不开心
>
> 我说在我的想象中有一双滑板鞋
>
> 与众不同最时尚跳舞肯定棒
>
> 整个城市找遍所有的街都没有
>
> 她说将来会找到的
>
> 时间会给我答案

我们路过另一个城中村，这时候大概是晚上八九点钟的样子，这个城中村是有夜市的，我们就在夜市上瞎溜达。姑姑说，不行不行，外头太冷了，还是得去网吧。我们边走边找网吧，不时还逛逛两元店。姑姑给我买了顶帽子，豹纹的，地摊货，不知道什么材质，非常暖和。

我们先后找了三个网吧，第一家是个大平房，门口挂个棉布帘子，黑乎乎都包浆了。我们进去转了一圈，感觉太吵就放弃了。第二家是个三层楼，中间有院子，一楼二楼都是网吧，分几间大房，姑姑和老板娘聊起来，老板娘说她家可以包夜，八块，也可以包周，五十。我和姑姑都觉得这里不错，位置隐蔽，前后都有门，有楼梯，出了事跑也容易。包夜是晚上十二点开始，我们就决定去别家看看，没合适的再回来。

第三家花了不到十分钟就找到了，前边是麻将馆，很多人吞云吐雾，呛死个人，里面是个像仓库一样的超级大网吧，可是不通风，还只有一个出口，我们果断放弃。我们回到第二个老板娘家的网吧，什么名字不记得了，院里拴着条大狼狗，耳朵竖着，舌头吐在外面，看人的眼神很温顺，就叫它狼狗网吧吧。这时候，院子外面突然有人放起了鞭炮，噼噼啪啪，接着空中就出现烟花，这味道真好闻啊，我这才想起来，再有几天就是除夕了啊。

我跟姑姑办了个夜机。来搞通宵的人挺多的，基本都是学生，很上头地玩着游戏。因为还在逃亡途中，我一开机就赶紧上QQ，想看看有没有新消息。我一上去蓝色头发的头像就亮了，是我妈。还有一群喇叭在响，找我的，加我的，问我在哪的，我一概不理。

其实我心里挺矛盾的，到了最后，还是看了我妈的留言。我不想点开，我已经不相信她了，可还是没能忍住。

香水有毒：你在哪呢？我给你拿点钱。

姑姑在旁边说，姥姥也给她QQ留言了，一样的话，在哪呢？没钱了吧？给你拿点钱。姑姑扭头跟我说，你姥可以吧，QQ也会！我说是啊，我姥那可真不是一般老太太，然后又忍不住继续看我妈的留言——

香水有毒：冬冬，快回家（泪水）

香水有毒：快回来吧，妈妈想你（哭了）（哭了）

香水有毒：妈妈知道错了，回来吧，不再送你去了

香水有毒：回来吧妈妈求你了

香水有毒：回来。

香水有毒：回来。

香水有毒：回来。

妈妈一直在发这两个字。

看着看着，我眼泪掉下来了。姑姑过来拍拍我肩膀。我一下抱住她，失声痛哭。

香水有毒：回来吧，别再躲妈妈了，妈妈知道错了（泪水）

香水有毒：冬冬，回家吧

姑姑说，要不要回家，你决定。

我说，回吧。

第二天一早，我们离开狼狗网吧，坐大巴回了兰州。到家后，姑姑和妈妈大吵一架，一个人回厦门去了。走之前她问我，在她去营救我之前，我是不是怀疑过她和妈妈是一国的，出卖了我？

我说，我知道你不会的，我知道，你永远都不会出卖我。

（完）

26

我们被安排住在海军第二疗养院。

疗养院占据一片高地,这里的视野十分开阔,可以看到大半个海湾和海湾里一艘退役军舰。院区风景宜人,绿树成荫,如同一个热带植物王国。病房条件也很好,设备簇新,管理井井有条。

我的情况还可以,除了双手、大腿、后背都有不同程度割伤和擦伤,其他并无大碍。冬冬住在我隔壁病房,有欧树寸步不离陪着她、保护她,这让我很放心。其实,我有点想让医生给冬冬换个病房,换个不临海的房间,因为担心她会受不了夜里的海浪声,可冬冬说她没事,她喜欢房间的大窗户,白天阳光灿烂,夜里偶尔听见轮船的汽笛也让她感觉安心。她说她没再做噩梦了,睡得都很不错,只有一次凌晨被饿醒了,她没有叫醒欧树,自己去走廊的售货机买了MM豆,和值夜班的护士一起分着吃了。不知为什么,我感觉她举手投足都有很大变化,好像一夜之间长大,变成了一个成熟且极有主见的女人。让我无比内疚的是,孩子没了。

从那么高的悬崖上跳到海里救我，我认为这是导致流产的原因，可冬冬不这么看，她甚至安慰我，悄悄对我说："没事的姑姑，我还年轻，而且我本来就不想要，这样倒不用纠结了。"有一次，我去送水果，看到她和欧树紧紧抱在一起。我觉得他们是在哭。我转身离开了，没敢进去。

院长强烈建议冬冬在疗养院多住一段时间，他们会安排专业的心理医生为她进行辅导，我和欧树都觉得这样很好，反而是冬冬自己觉得没有必要，她说她想回家。

阮文和周媛正在赶来的路上。他们想把冬冬接回兰州，我听冬冬在电话里答应可以回去待一周，最多两周，然后就要回北京，准备下一学年的功课。孩子的事，讨论后我们达成一致：冬冬想先瞒着父母，她说等到合适的时候会自己跟他们讲。我不知道什么才是那个"合适的时候"，但我尊重她的意见。

警察来过，每次都带着鲜花和水果，他们问了冬冬一些问题，也问了我。一位市局的领导征求我意见，问什么时候可以向外界公布消息？我请求他等一等，等孩子的父母来了再定，他表示理解，然后同意了。我们对外封锁了消息，因此，暂时还没有媒体来打扰。

辛捷告诉我，警察彻底搜查了犬腹岛，但没能找到赖小光的尸体。让我难过的是，赖小光制造的那场车祸在她脸上留下一道很长的伤痕——碎玻璃割破了她的左脸，差点就伤到眼睛。对于破相她不太在意，还开玩笑说到那个小个警察，说他车祸后脑震荡昏迷了二十四小时，醒来第一句话是："谁能给我剥个橘子？"但他没事。

之后她向我告辞，说明天就要回北京，"孩子太小，离不了妈妈。"

我真蠢，似乎直到这一刻，我才在她脸上看到了母性的光辉。我为自己的鲁莽还有之前对她的不信任向她道歉，她说这没什么，能理解。她还拿宝宝的照片给我看，"是女孩，"她说，"不过长得更像爸爸。"

"眼睛好大，皮肤好白，"我故意说，"看来真的像爸爸。"

她笑起来，"你呢，想过要一个吗？"

"没有，"我苦笑，摇摇头，"没想过。"

"不想，还是不敢啊？"

这话击中了我。是啊，作为一个女人，我当然也反复问过自己这个问题。不过，这么多年了，这好像还是我第一次主动想和别人说说自己的真实想法，我跟她说了我和母亲的紧张关系，我说我害怕成为像母亲那样的人，很小我就已经意识到，我无法胜任那种单纯的、持续性的爱和责任，我怕到最后我会用自己讨厌的方式去对待小孩，我认为那将是个灾难，"所以我既不想结婚更不想要孩子，可就像你说的，其实是不敢。我觉得，我根本就不会爱。"

"完全理解。"辛捷点点头，"可我得说，学习爱，永远都不晚。"

她说得对，学习爱，永远都不晚。我半开玩笑地说："你这么着急回家，是不是还有另一个原因，你是不是害怕见到周媛？"

她笑了，"十五年没见，我们肯定都老了。"

有天晚上，朱越国给我打来电话，我们聊了很久。

他说陆渐平不知道怎么想的，居然想请他做自己的辩护律师，他们在看守所见了一面。陆渐平坚称自己无辜，他说他把冬冬弄到岛上、藏在岛上，只是想保护她。我告诉他，陆渐平说的全是鬼话，他是个极度危险的罪犯，老朱让我放心，"不管他怎么装疯卖傻，最后也一定会进监狱，这次他逃不掉的。"

我很想问老朱，他是不是会继续留在鼓州岛，继续寻找？其实我有点想劝他放弃，结束那种漫长的煎熬，可还没开口他突然感谢我，他说他不会放弃寻找朱琳，因为我找到冬冬给他带来了希望。很难形容那一刻我的心情，相比老朱，相比他过去、现在和将来要承受的所有痛苦，我是多么幸运。

我接受了警察几次正式询问，我把知道的情况都如实告诉了他们，唯一隐瞒的是一个细节：在悬崖上，赖小光确实因为伤势和毒品失去了理智，他神志不清，但他并不是想杀我，而是想自杀。这一点我对所有人都隐瞒了，包括对冬冬，我不想让她意识到是她的判断失误导致了赖小光坠崖。只有一件事我没弄明白，赖小光说的那条微信，他反复说是"饿兔子跳"约他去鼓州岛，他认为整件事是我在耍他——可我没有，我真的没有。

那条微信，真的存在吗？

从常识来看，一个一心求死的人没必要说谎，我相信赖小光说的是真话。我不会放弃追查，他的手机虽然石沉大海，可信息不会消失。我想到欧树，我想找他帮我。

傍晚时，冬冬突然过来找我，她说这几天她一直反复想一个问题：在犬腹岛，陆渐平曾多次强迫她陪他钓鱼，那个钓鱼的地方，陆渐平叫它"聚宝盆"，冬冬说，每次看着那片海水，她都会莫名恐惧。她想了很久，最后得出结论：她不是第一个被陆渐平囚禁的女孩，之前的受害人，很可能被他沉尸在那个钓点。欧树认为这种可能性不大，他私下和我讨论，怀疑这是冬冬创伤后的反应，可我觉得并不是。

反复权衡之后，我把这个信息告诉了朱越国。

万万没想到，冬冬的这个直觉，竟然给朱琳案带来了至关重要的突破。

27

老朱很振奋,他认为冬冬提供的信息非常重要。他立刻驾船前往犬腹岛,他决定亲自潜入"聚宝盆"水下,来印证冬冬的猜测。冬冬也很棒,她竟然仅凭记忆就绘制出了海岛地形图,并准确标注出"聚宝盆"的具体位置,而老朱,真的就在那片水域找到了东西。

电话里,老朱跟我说,浪特别大,"聚宝盆"水下能见度很低,但他还是冒险接近了那个可疑物品,他的手触到的东西,他认为是捕鱼用的钢丝鱼护。放出浮标后他回到岸上,稍事休整,又戴着灯再次下潜回去。强力电筒的光束在水下收到反光,他看到陡峭礁石下方有个特殊器具躺在深度约九米的水底,在那个器具里,他看到疑似人骨的东西。在无法形容的激动中他立刻打了两个电话,一个打给我,另一个打给东海市公安局刑侦支队的刑警马朝晖——他是当年朱琳案的负责人,和老朱一样,他也从未放弃过这个案子——马朝晖刚刚结束一个会议,朱越国在电话里声音颤抖地说:"老马,我可能找到她了。"

第二天，警方的正式打捞开始了。六名训练有素的潜水员被火速调往犬腹岛，他们分成三组，轮流下水。第一组没有任何发现，第二组和第三组则证实了朱越国的说法，他们看到了被固定在水下的神秘网箱。

不知为何，消息竟然走漏了，有几个记者包了艘船，企图在第一时间登上犬腹岛，但最后一刻被警方发现并劝阻。警察在灯塔周围拉起警戒线，非调查人员、船只，一律不准登岛。

收集骸骨的机械装置、特制容器很快被送到了岛上，因为担心骸骨在收集过程中会被激流冲散，他们又以最快速度调来一位经验丰富的潜水员，此人有在水下处理犯罪现场的经验。他很快完成初步勘查，并从不同角度给网箱拍了照。照片显示，网箱内装有一只铁锚，这种锚爪啮土面积大，抓力强，适用于砂质或土质松软的海床。由于网箱长期在海水中浸泡，吸附了大量漂浮物，网衣上还附生着大量海藻，这位潜水员在接受任务时带足了工具，可打捞难度还是让他感到大为棘手，不过，凭着一贯的严谨和高超技艺，最终，他将网箱完好无损地捞了上来。

警察将网箱放置在灯塔外的指挥部，由省厅高级法医徐茹军老师亲自操刀，小心翼翼一片片取出骸骨。次日，无名尸骸骨被送往鼓州岛。当天上午，无数记者和等待答案的人守在码头，警察现场宣布，他们在犬腹岛发现一具人类骸骨，下一步将通过DNA确认死者身份。尽管尸骨身份尚未确定，一家媒体却率先发布了这样一则消息：《犬腹岛惊现人类骸骨，疑为四年前鼓州岛失踪的少女朱琳》。

消息引发了震动。媒体开始对此案进行轮番报道，网上则充斥着灯塔不同角度的照片和地形图，不过多数其实是伪造的。不久，DNA对比结果出来了，警方宣布了骸骨的身份：朱琳。

警察继续勘查犬腹岛犯罪现场，潜水员则在周边海域展开细致搜索，以印证是否会发现更多尸体残骸。不久后，灯塔仓库的勘查有了重大进展，鲁米诺试剂发现两处陈年血迹：绞盘下的地砖缝里有一处，墙面的小血滴则是切割时溅射造成，这两处血迹，都是朱琳的。

2019年7月24日，陆渐平被正式逮捕。

审讯时，陆渐平承认他肢解了朱琳，但他坚持说自己只是毁坏了尸体，并没有杀人，"她是意外坠海淹死的，我把她捞上来她已经没气了。我把她背进灯塔库房，那里有鱼刀，我切下她的头，放进网箱。就是这样。"

在后来的法庭庭审中，人们看到了总计七十六张照片——诗意盎然的灯塔、礁石、蓝绿色的海水，潜水员在海底拍到的网箱照片，一根纤细的骨头伸出网外，像要挣脱出去……其他照片源源不断：扭曲变形的鱼护，生锈的钢丝，腿骨和脊柱，以及被割下的头颅。

法庭上，陆渐平陈述了他对朱琳的所作所为——

那时，陆渐平和前女友魏丽刚刚分手，确切地说，是他被抛弃了。在整个2月和3月，他强烈渴望和女人上床。他先后骚扰了朋友的妻子，入住民宿的女背包客（并因此被投诉），但遇到朱琳的那天，他变得极富耐心：他为她拍照，陪她散步，还买了遮阳帽和奶茶送给她……但这些只是表面，实际上，当时他已经决定在那个晚上"得到她"，并做好了必要时杀人的心理准备。他的计划是先引诱她，把她带上摩托艇，前往灯塔，然后在那里实施犯罪。

法官问他是不是事先就想好了尸体的处理方式，用网箱沉尸？这个问题包含了这样一层信息：如果网箱是提前准备的，这就是一起蓄意谋杀。陆渐平极力否认，他说网箱早就有，是之前的灯塔看守人为养鲍鱼定制的，并非他刻意准备。接着他再次重申，朱琳的死完全是个意外，他确实做好了杀她的准备，但她是自己坠落摩托艇淹死的，后来他毁灭尸体，完全是出于另一种"激情"。

激情，众目睽睽之下，他用的就是这个词。

法官问他朱琳为什么会坠海？陆渐平说，当时朱琳要求他送她回到岸上，她在他耳边大喊大叫，说一上岸就要去报警。"她就是不肯老老实实坐着，她自己掉了下去，我能有什么办法？我说了，我已经做好准备要杀她了，我都承认想杀人了，坦白到这种程度，你们怎么还是不肯相信那是个意外？"

没人相信那是意外。

陆渐平不服，他向法官要求重述当天的整个事发经过。法官询问朱越国是否想回避这个部分。朱越国表示，他不想回避。

陆渐平的陈述如下——

那天下午四点左右，我在老街吃西瓜，远远看到朱琳一个人走过来，正好和我打了个照面，我问她，朱琳！你干吗呢？她说她想去海边走走，我问她，吃瓜吗？她说不吃。我说我有车，我送你。我开车带她去了清水那边一个海滩，那地方很少有游客知道，她说这是你的秘密基地吧，真不错，沙子又细又白，人也不多。我从冰箱取来啤酒，给她也带了一瓶，她没拒绝，我抽烟，她也抽了。后来我在林子里绑了吊床，她上去试了试，很喜欢。我提出给她看手相，她没有拒绝，我说了她一些好话，试图讨她喜欢。摸她的手，让我很激动，从她的眼神我能看出来，她对我也很有感觉，总之，在海滩的那几个小时我们聊得很投缘。后来，太阳下山，我看光线不错，就提议帮她拍照，她看了我拍的照片很高兴，问我是不是学过摄影，我说没有。

下午快六点的时候我们回到老街，去了一家新开的酒吧，Perlas，之前我去过几次，酒好还便宜。我喝了几杯啤酒，朱琳只喝可乐。后来我摸她脸，第一次她没躲，第二次她躲开了，说白天晒多了，脸有点疼。这时外面来了辆车，下来个身材不错的小帅哥，帅哥叫了她的名字，朱琳有些尴尬。我不知道她在这里还认识别的男人。她跟帅哥介绍我，说这是我住的民宿的老板，又跟我介绍帅哥，说这是我的潜水教练。帅哥对我笑了笑，我没笑，他可能觉得有我在不方便，就让朱琳去他车上，他想和她谈谈。朱琳没去。帅哥有点不高兴，自己回了车里，又过了十分钟才开走。他一走，朱琳的情绪明显变得有些低落，我试着逗她开心，她说想回去冲个凉。我们约好两小时后还在 Perlas 见面。

她一走我心里也空落落的，就去旁边的马华超市吹冷气，到处转了转,但最后什么也没买又回到 Perlas。酒吧那时刚开业不久,还有折扣,天一黑开始上客人,人不少。我继续喝酒,可觉得没什么意思,我想起她说的脸被晒伤,就去了小眉服装店,到的时候是七点半左右。

店里有个姑娘,但不是小眉,我进去她正收拾东西,说要打烊了。我说想给我妹买个礼物,买顶遮阳帽,今天她生日。女人说那你赶紧的,帽子都在最里面。我挑了两顶遮阳帽,一个灰蓝色,一个红色,我请女人分别戴上给我看看,又问她喜欢哪顶,她说喜欢灰蓝色,我就付了两顶的钱,只拿走了红的。

出来我遇到个女的,她是老街卖黄金首饰的,我们之前干过几次,我看她好像哭过,就拉她去我车上坐了坐。我们吸了几支烟。我摸了她一会儿,她没湿,我没了兴趣,问她是不是遇上什么难事了,她说想借钱,我问多少,她说了个数,我说现在没有过两天再说,她不太高兴,但还是亲了亲我的脸,才下车走了。这时我看看表,感觉朱琳差不多该回 Perlas 了,就往回走。路上我接到个电话,是我一个供应商,我们约好晚上一起喝酒,可我早忘干净了,我说今天算了,改天吧,他说行。

回到 Perlas 是八点半左右,这时候比起白天凉快了不少。我有种感觉,朱琳不会来了,走进酒吧发现她果然没来,我很失望,但还是等到差不多十点。酒吧越来越吵,我不耐烦了,就决定去找个足疗店解决问题。我离开酒吧,路过菲菲奶茶店,又想起朱琳下午说很喜欢这家店,就进去买了奶茶。拎着奶茶我又回到 Perlas,让他们给我放冰箱。这时候我已经相当烦躁了,就去门口抽烟,一出去就看到有辆出租车正要掉头,我问司机,是不是刚放下一个女学生,她人呢?那男的一脸嫌弃,好像很怕我会上他车,当时我酒气熏天,口气也很冲,我确实有点火大,很想跟他干一架。这时,朱琳从夜色中走过来,她说,你真的一直在这儿等我呀?我说,是啊,那必须的呀。我们回到店里,又喝了几杯,这回她不喝可乐了,我喝什么她就喝什么,所以慢慢地不光是我兴奋起来,她也变得很亢奋。我跟她说我给你买了奶茶,在冰箱,我去给你拿,她说,去他妈的奶茶,老子要痛饮这里所有的酒!喝完你要带我出海。我说出海?大晚上的,你当真?

她说,陆渐平,你是不是尿了?

听到这话我心花怒放,明白今晚肯定有戏。半个小时后,我们拎着酒去了码头。我问她是不是可以出海了,她说,不!还不够黑。这姑娘,真是让人难捉摸,我觉得真实原因是她一直在手机上和男的聊天,可能是吵架了,我猜不是那个潜水教练就是她男朋友。过了一会儿,她说,老陆,出发吧。我就帮她套上了救生衣。

那天晚上,海上没有风,月亮大得吓人。骑着摩托艇,我在海上狂兜圈子,一会儿开得飞快,一会儿又来个急停,搞得她相当兴奋,一个劲催我往深海开,我说不行,不安全。她不说话,突然解开我裤子拉链,把手伸了进去。她一边摸一边问我有没有在海里搞过?我把摩托艇停下,想和她亲热,结果一激动栽进水里。漂在海上,她还是兴奋地咯咯笑,我亲她,她躲,我就掐住她的脖子亲她,她没害怕，反而说，有种你就再用力点。我们互相摸了一会儿，我感觉隔着救生衣不够舒服，就干脆脱了。她一看，也开始脱。那一刻，月光下，她美得简直无法形容……我说，我知道个好地方，那里有白色的灯塔，只有灯塔和满天繁星，只有我们两个。她大笑着说，大叔，你不乖。我们爬上摩托艇。我非常亢奋，猛然加速，可能兴奋过头了，酒劲也上来了，竟然没注意到她掉了下去。等我调头回去把她捞上来，她已经咽气了，我尝试急救，但太晚了。

抱着尸体，我在水里上下起伏……

我想了几种可能，最后决定还是带她去灯塔。我不想再坐牢了，也不想把她一个人孤零零扔在海里不管。

到了犬腹岛，我把她扛进灯塔，在那里肢解了她。我想到常钓鱼的地方水下有网箱，就用绳子拽上来，把分割好的四肢、躯干和头放进去，又在里面扔了个铁锚，放上几块石头，然后把这堆东西全推到海里。我把她手机卡取出来，砸碎，连同手机一起扔到海里。之后我烧了她的衣服，她的包，也烧了自己的衣服。我一边干这些事，一边流眼泪。岛上那时候真的只有我们俩，还有满天的星星。

—— 这就是朱琳生命的最后一天。白天，她还和刚认识的潜水教练亲吻，在酒吧痛饮冰可乐，自拍、P 图，连发六条朋友圈，几个小时后，她就被人残忍谋杀、肢解，沉入无尽的黑暗的海水。

陆渐平的陈述令人毛骨悚然，但他这些狡辩并没能得逞。

法官表示，朱琳是否自愿和陆渐平出海，她是否自己坠海，并不是此案的重点，朱琳有可能自己坠海，但她并不是死在海上。法医报告显示：朱琳并非溺亡，而是被勒死的。她被带到犬腹岛时应该还活着，陆渐平准备肢解"尸体"，她醒了过来，她反抗过，很激烈地反抗，陆渐平勒住她的脖子，力量之大甚至勒断了舌骨，这才是她死亡的真正原因。

面对铁证，陆渐平陷入沉默。

他转身和朱越国对视，对视了很久，脸上一直似笑非笑。最后，他转身对法官说："没错，人是我杀的。"

28

我一眼看到阮文和周媛时，他们正手挽手、肩并肩走在一起——看上去，就像是两个来此地疗养的老人。刹那间，我嘴里发苦，很想转身逃走，可双腿却被固定住，热风从海的方向吹到我脸上。我想象过再见到周媛的场景，我想她这辈子都不会再和我讲话了，她会把我彻底隔绝在她的世界之外，可她正朝我走来，阮文则被她留在了原地。

大脑出现了短暂的空白，而周媛已经来到我面前，我这才看清楚，她的两鬓竟然全都花白了。我的喉咙一阵发痒，却不知该说什么。她也没有立刻说话，而是拉起我的一只手，默默走到长廊下。通道的两侧长着一种疯狂的藤类植物，向上攀附，几乎爬满了整个长廊。

"像不像兰州的啤酒花？"她轻声问。

"像。"

接下来，我们开始轻声交谈，但都刻意回避了那些尖锐的话题，说的只是些无关紧要的事。这反而让我感到更压抑——我期待的是她的爆发，就像以前吵架时那样，她尽情宣泄情绪，而我不会为自己辩解一个字，最后，她结结实实给我两个耳光，愤然离去。可是没有，这种情况并没有发生。

周媛显得有些疲惫，但却非常平静，这不寻常的平静让我越来越窒息。这时，她突然问我，阮文有没有告诉我她为冬冬招魂的事。

"说过一次，"我点点头，"你当时，一定很绝望。"

"嗯，那晚最难熬，现在想起来，还是觉得很荒唐……"她回头看了看远处的阮文，他蹲在地上，在逗一只流浪猫。周媛继续说，"那天半夜我突然醒了，阮文在旁边呼呼大睡，跟平时一样，鼾声如雷，这差点让我以为我们是在家里，过了好一会儿我才慢慢想清楚我们在哪儿……我盯着他看了半天，第一次感觉我为自己选的丈夫像个陌生人。我起身离开了房间，走到露台上，在一张凉席上坐下来，认真思考一个问题：我和阮文，我们怎么就变成了自己当初讨厌、极力避免成为的那种父母？你也许不信，但我其实一直都很清楚，我这人控制欲太强，你们都很讨厌我这一点，对吧？到了早上，我是被鸟叫声吵醒的，我爬起来，第一次认真看了看那片海。然后我猛然想起头天晚上神婆说的一句话，她说：有个女人一直在纠缠你女儿，让她不得安宁……"

我险些脱口而出："她说的那个人，就是我。"

可这时她说："在那个早上，我突然意识到她说得没错，一点都没错，确实有那么一个女人，她纠缠冬冬，伤害冬冬，和她近在咫尺，让她不得安宁,那就是我。"她忽然抱紧我的胳膊,像是怕我会摔倒或是自己倒下,"阮金,我想告诉你一个秘密,这我从没告诉过任何人,冬冬出生的时候,看到她的第一眼我就知道我没办法爱她……有两三个月的时间,我根本不想看到她,听到她哭我就心烦,我觉得她把我的生活全毁了。我讨厌给她喂奶,她很用力,每次都弄得我很疼,有时候我会一边让她吃一边骂她,看着她的眼睛,大声骂她……"

"我知道,"我小心地说,"阮文告诉我,你经历过一段产后抑郁。"

"他们都说那是产后抑郁,会过去的,很多人都经历过……可我觉得根本过不去,不可能过去。生孩子太可怕了,跟我想象的完全不一样,我觉得自己的身体变成了一座废墟,每天都很疲惫,做什么事都没法集中精神,我变得暴躁、易怒,经常对阮文又打又骂,发泄完又万念俱灰,对自己特别失望……"

"我知道,我也有过,我是说抑郁,那很煎熬,也没有尽头……"

"没有尽头,看不到希望,是的,没错,就是这样。我感觉自己成了一个破碎的女人,却只能选择承担,隐忍和退让,可是凭什么啊?有一天,我中午打了个盹儿,醒来发现她拉得到处都是,被子上,枕头上……她就坐在她的屎和尿里冲我发脾气,大喊大叫,哭闹个不停。我恶心得要命,还得强忍着作呕收拾那些脏东西……突然间我就崩溃了,心想,妈的,为什么我要干这个?为什么我要过这样的生活?那一刻,我产生了一个特别强烈的念头……我想从楼上跳下去。我真这么干了,我走上阳台,打开窗户,心里想着,凭什么不可以，凭什么我就不可以一了百了！我闭上眼睛，就要往下跳了，可身后突然传来哭声，她哭得撕心裂肺，喉咙都要喊破了。我到底没能忍住，还是转过身看了她一眼，她站在自己的小床上，一双小手紧紧扒着护栏，突然不哭了，就那么看着我，两眼泪汪汪地看着我。她那么小，小得简直不可思议。我一下就不行了，就是在那一刻，我突然明白自己是谁了，我是妈妈，是我而不是别的什么人把她带到这世上来的，我终于第一次有了做母亲的感觉，就是在那一天，我下定决心，既然要做那我就要做个好妈妈，一个最好的妈妈……所以你明白吗金子，你明白我想说的是什么吗？"

我摇摇头。我真的不知道。

她笑了，她咧嘴笑的样子也和冬冬一模一样。

"知道吗金子，这些天发生的事，全都太可怕了，不只是可怕……其实我已经做好了最坏的打算，最坏最坏的打算……所以，我很高兴，很高兴你把她带回来了，你不光救了她，其实也救了我，否则我会一辈子不原谅自己，我会一辈子觉得是我害死了自己的小孩……"

我眼里噙满泪水，而她突然捧住我的脸。

"不许哭，我不允许你哭！"她大声命令我，却又继续笑着说，"你可能不信，我其实很高兴在她身上看到我的影子，她很叛逆，经常把我气到半死，尤其是在我鬼迷心窍送她去了那个戒网瘾学校之后，我们彻底完蛋了，我能感觉到她是想把我隔绝在她的世界之外，每天她都在用她的聪明和我对抗。有一次，我突然意识到一个问题，她的这些叛逆、隔绝、敌意,好像就只针对我一个人。多残酷啊,我明明是世界上最爱她的那个人,可她对谁都那么宽容,却偏偏只恨我一个。有好几年的时间,我对修复我们的关系基本已经绝望了,我带着内疚和她对抗,她也带着内疚和我对抗……她动身去北京的那天,在站台上,我感觉万箭穿心,感觉我彻底失去了我的女儿,那种撕裂感,你能理解吗?"她停下来,看着我的眼睛,忽然带着一种欣喜对我说,"可你知道昨天发生了什么吗? 当我在病房见到她,当我看到我失去的女儿重新出现在面前,我们凝视着对方,我感觉好像又回到了那个想跳楼自杀的下午,我一下就释然了,我不管,我不管她是在用一种怎样的复杂心情爱我,我只知道我永远是她妈妈,她永远是我的女儿。"

"你原谅了自己。"

"也许,这一切都是命中注定。当初是你从戒网瘾学校解救她的,现在,又是你,从那个变态手里救了她。"

"可造成这一切的也是我,不是我救了她,是她救了我……"

"别这么想。"她打断我,摇了摇头,"你做的那些事,真的,太蠢了,直到现在我还是不敢相信,那会是你能做出来的事……可你知道吗,其实我也并不是完全不能理解的。我太知道你了,你从来就不是什么恋爱脑,你想要的也根本不是什么爱情,你只是,太孤独了,你选择的人生,注定了这种孤独,孤独就是孤独,爱也是孤独……可一个不争的事实是:伤害冬冬的人不是你,推她下海的人不是你,把她囚禁起来折磨的人,不是你。"

我就要没法呼吸了。

"你是阮金，"她再次拉起我的双手，"你是我妹妹，就像冬冬是我的女儿，我没得选……就像阮文，他绝对是个不完美的老公，鬼知道当初我为什么会看上他，还非要从别人手里抢过来，也许是因为他说话总是柔声细语，从不对我大喊大叫，从不对我发脾气，从没有过。他这个人，感情上没什么大的起伏，可也没有浮夸的一面……他会出那种事，后来我也想明白了，那也有我的责任在里面。所以，只要他回头，只要他是真心的，我愿意和他继续走下去，不管那有多难。你是知道我的，决定了的事我肯定会竭尽全力、毫无保留。我这么说，你可以放心了吗？"

我点点头，强行忍住眼泪，不让它流下来。

她再一次用力抱住我，"金子，"她终于还是忍不住哭了出来，"我会原谅你，冬冬也会，可最重要的是什么你知道吗？"她捧起我的下巴，用力捏了捏我的脸，"是你也要试着原谅自己，你明白吗？你懂我的意思吗？"

我被她紧紧抱住，我也紧紧拥抱她，这一刻，我感觉自己正在融化，很多东西都融化在了这个相互的拥抱里。

"将来，她会更需要你。"她在我的耳边轻声说。

"我知道，我明白，"我说，"如果她选择原谅……是的，以后她会更需要我。你不想这样？"

"不，我想这样。所以我才需要你振作起来，没必要，没必要因为内疚而难过得太久。"

"我会的……"

"我也会的,你相信吗?"

"我信。"

那天,之后的时间我都一个人在海边。我在沙滩上待了很久很久。

当太阳缓缓落下,孩子们的叫声渐渐变弱,大海好像变成了一整块活跃的液态金属,美到失真。海滩永远不会空,它广阔,无边无际,总有人在上面。瞧那对情侣,他们光脚走在沙子上,相互挽着对方,那种拥有彼此的满足感如此强烈,充满了他们,也感染了我。

很奇怪,我竟然收到了卢群的微信。很长。非常非常长。

"六年前,她爱上了她的工作伙伴,一个既不年轻也不热情的男人,很像她死去的父亲……"

只一眼我就不想继续往下看了。

我知道他想说什么,他要告诉我关于他妻子的事,他想告诉我使他坠入黑暗的复杂心路……可我已经不想和这个人再有任何的瓜葛,我不想知道他的故事,不想知道他后来作恶的动机,也不想知道他此刻的态度,无论那是在炫耀还是在忏悔,我都统统没有兴趣。

我把他删了,没有一丝遗憾,也不再有任何好奇。

沙滩上,那对情侣已经走到很远的地方,他们迎着光走,渐渐和天边融为了一体。远远看着他们,我感觉像是看着两位虔诚的朝圣者,不知为什么,在周媛面前竭力忍住的泪水,这一刻突然倾泻而出。

29

海滩那边，一辆白色斯巴鲁陷到沙地里出不来了。人们奔走相告，都跑来看热闹。不久，一辆赶来帮忙的越野车也陷了进去，围观的一下子变得更多了。

海水正迅速涨潮。沙滩上，两辆车的底盘被淹没，情况越来越危急。

有人竟然搞来了挖掘机。挖掘机司机很厉害，才没过多久，他就先把越野车成功拖了出来。越野车迅速转移到硬地上，司机打开了大灯，帮忙照明，然后下了车。可斯巴鲁的情况却更糟了，能明显看到车头正随海浪上下起浮，不争分夺秒，它肯定会被海浪卷走。斯巴鲁司机好像放弃了努力，从车窗爬出来，逃到岸边，垂手站在那里。

海滩上聚集着很多人，大家全都很安静，紧张关注着事态发展。挖掘机还在尝试，它又朝前开了几米，突然，它朝左侧猛地倾斜了一下。人群发出惊呼。

除了海滩，公路这边也有不少人在围观，大家全举着手机在拍。我想下到沙滩上，看清楚一些，听听大家都在说什么。当我走到下坡台阶那儿，忽然看到一个熟悉的背影，他双手捏着手机，以横屏的方式在拍视频。我朝他走过去，想吓吓他。

突然，周围爆发出一阵欢呼声。人们在鼓掌。

挖掘机司机绝对是今晚的英雄！他经验相当丰富，不但自己安全脱困，还把涉险的斯巴鲁成功拖了出来。我已经走到那人的身后，而他正缓缓转身，将镜头从沙滩扫向围观的人群……

看到我，欧树愣住了。我笑起来，冲镜头挥了挥手，玩笑道："怎么，你是又在做什么重大决定吗？"

"什么？"他没反应过来。

我指了指自己的嘴唇。他有些窘迫，忙把半截烟掐灭在垃圾桶上。

"冬冬呢？"我四处看了看，"她没跟你一起来吗？你该带她多出来走一走，这场救援还挺刺激的。"

"我都拍下来了，一会儿回去就拿给她看。"

"干吗不带她出来散散步？你好像还是第一次把她一个人留在病房里呢。"

他点点头，有些窘迫地说："她和叔叔阿姨在一起呢，我感觉，他们可能需要单独待一会儿。"

"你见到周媛啦？"我又笑了，"所以才这么紧张，是吗？"

"周阿姨，她好像还挺喜欢我的。叔叔我不确定。"他努力挤出一个微笑，"我确实有点紧张，不过那是因为……阮金，我决定了，我要向她求婚。"

我吓了一跳,说话时喉咙都噎住了,"求婚?"

"明天,要是天气好的话,我想……"他拿起手机,像是要查一下天气。

"在哪儿啊,就在这儿吗?"

"对,我来就是想先看一下场地。"他点点头,"越野车那个位置,看到吗,海水涨潮也不会淹到那儿。"他指着下面宽阔的海滩说,"我想在那个地方点上一堆篝火……我问过管理员了,他们说没问题,这片海滩可以点篝火,还可以露营。"

"在海滩上点火?"

"火能让她感觉安全,对吧,也更有气氛。"

我有点蒙,可我不能光愣着,就说:"再让我看看戒指,可以吗?"

他没有迟疑,立刻就取下戒指,递给我。我走到路灯下,仔细端详:红宝石,璀璨夺目,品位不俗,确实漂亮。我该说点什么,送上祝福,对吗?是的,我应该立刻送上祝福,不过一开口我说的却是:"这个时候求婚,会不会太仓促啊?"

"不会,这是最好的时机。"

见他如此坚定且有信心,我忍不住又笑了,"你肯定不知道吧,冬冬其实特别讨厌求婚仪式,她连婚礼都讨厌。"

"她讨厌婚礼?"

"嗯,至少以前是。我和她一起参加过好几次婚礼,我对婚姻……"我撇了撇嘴,"可婚礼现场,那种特殊的氛围,每次我都会忍不住泪流满面，冬冬，她才是真的全程臭脸。有一次，新娘新郎还在宣读誓词呢，她就忽然低声跟我说，好丢脸啊。我问她干吗这么讨厌婚礼，她脸涨得通红，说，你不觉得这就像个交接仪式吗，交换战俘，bullshit！我笑个不停，觉得她的想法既古怪又有趣，可她说她是认真的，'我宁愿被架在火上烤，也绝不搞这个！'我可真是，替你捏把汗啊。"

欧树笑了，终于放松了下来，"我们要不要赌一把？"

"赌她会开心还是会逃跑？"

"嗯，赌她会不会嫁给我。"

"你很有自信嘛，这蛮好的。"我把戒指还给他，"不错，很漂亮，很有品位，放心吧，她肯定会喜欢的。"

"谢谢。"他将戒指收在手心，微微攥拳。

我将目光移向海滩，想象着那里有团盛大的篝火正在燃烧，火光中，两个年轻人相互发誓，要将命运连接，永不分离。不知不觉间，我的眼眶竟然湿润了。也许，欧树说得对，这是最好的时机。恍惚间，我又想起了赖小光。这些天，我总会不由自主想起他，那个隐约的不安我需要欧树帮我打消。想到这儿我问欧树："那时候你一直盯着陆渐平，对吧？"

"对。"他转过身来，看着我。

"那你肯定知道他每天都出海钓鱼。"

"是的，我知道。"他皱了皱眉，"这有什么问题吗？"

"他每天都去，每天都出海，却从没带鱼回来，你不觉得奇怪吗？"

"我没想过。"他想了想,带着一种解释的语气说,"我检查过他的船,我偷偷上去过,不止一次,可什么都没找到。"

"但是赖小光一下就猜到了……"

"猜到什么?"

"猜到冬冬还活着,猜到她是被陆渐平藏在一个只有驾船才能到的地方。"

"你想说什么?"

"赖小光,直到最后一刻他还在跟我强调,是'饿兔子跳'发信息约他去鼓州岛的,可我没那么做,我发誓,我真没有。也不可能是冬冬,对吧?"我停下来,等他做出反应,可他没有任何反应,表情也没一点变化,我只好直接说出我的想法,"赖小光的手机掉海里了,可我知道号码,我记得你说过你认识一些很厉害的黑客,对吧?"

"你是想……"

"我想请你帮我个忙,帮我查查他说的那条信息是不是真的,如果有,是谁发给他的……我必须搞清楚这个,不然心里不踏实。"

他没表态,而是转身看着沙滩上正在散去的人群。他不看我,好像我不存在了一样,但突然,他问我:"阮金,你后悔吗?"

我愣住了。

他转过身,看着我说:"你后悔用她的照片做了后来那些事吗?"

不知为什么,我感觉他的声音变了,不只如此,他整个人好像都变了,变得有一种压迫感。我的心突突跳起来。"是的,我后悔,当然。"我极力克制心里的惶恐,"要是能重来一次,我绝不会再那么干。"

"那你觉得,她会原谅你吗? 从心底原谅。"

"我不知道。"

其实我想说的是,冬冬可能已经原谅我了,无法原谅我的是我自己。可这时他说:"那你希望她原谅你吗? 我的意思是,为了让她原谅你愿意付出一些代价吗? 我是认真的。"

付出代价,这是什么意思? 我很困惑,真的困惑,但我不置可否地发出一声"嗯"。

"嗯? 嗯是什么意思?"他摇摇头。

他拿出一根烟递给我。我接过来,用牙齿咬住,接过打火机,点燃后猛吸一大口。我狠狠吐出烟雾,又深吸了一口气。对我来说,冬冬不原谅我,并不会抹去我们之前存在过的情感,原谅,也不会减轻我的罪恶,我想告诉他的就是这一点,但这时他说:"你怀疑过我,对吧?"

"你也怀疑过我啊,记得吗,我们第一次通电话的时候你就说过,你怀疑是我绑架了冬冬……"

"那现在呢?"

"现在什么?"

"你还怀疑我吗?"

我的头皮仿佛过了电,突然麻了一下。我明白他身上那种微妙的变化是什么了,以及它为什么会让我不安。他又向我靠近一步,在他蓝黑色的眼睛里似乎闷烧着火焰。

我不由后退,而他压低声音说:"阮金,知道我最讨厌你什么吗?发生了这么多事,牵扯到这么多人,全都是因为你,你一点不感到羞耻吗?现在,事情总算是往好的方向走了,可你,又来了,又想亲手把它毁掉。"

"我不懂你在说什么。"

"你很清楚我在说什么。"

"……我没想毁掉什么,我只是想搞清真相啊。"

"你所谓的真相,说出来,只会让每个人都更痛苦。"

一瞬间,我全明白了,我知道他在说什么了——那些脑海中曾经一闪而过的可怕念头,不祥的预感,互相矛盾的线索,终于汇成一个答案向我袭来。有句话险些脱口而出,可我忍住了,我问他:"你是不是有话想对我说?好,那你就说吧。"

"你知道我要说什么。"

"我不知道。"

"别装了。你全都知道。"

不等我反应他已经转身朝山坡走去。我赶紧跟上。

沿山路向上,我们并肩走着,但都不再开口。这感觉太奇怪了,是的,我心里有个很明确的想法,可我不敢求证,我希望他能自己说出来,但隐约又希望他不要说。

在一个路灯照不到的高岗,他停下来。面朝大海,他沉默了足足五分钟,然后他开始说了,不看我,而是望着漆黑一片的海面,这番话像是说给大海听的。

"我们第一次见面是在五道口。'妒火',一个很烂的酒吧。有不少女孩,她们喜欢在那儿勾搭老外。那天,她是一个人来的,上来就喝得很猛,给我的第一感觉,她是想把自己灌醉。同去的几个朋友跟我打赌,说我肯定要不到她的微信。我过去,踩了她的鞋,和她搭讪。让我意外的是,我请她酒,她立刻就喝了,还说,帅哥,我也请你一杯吧。就这么简单。聊了一会儿我才知道,她是个大学生,那是她第一次自己一个人去酒吧。不过这种话我听多了,当时并不相信。接着我们喝酒、聊天,都挺好的,可中间她接了个电话,情绪突然变得低落。我问她怎么了,她犹豫了一下,然后就说了她被骚扰的事,还有,有人在利用她的照片……老实说,当时我不确定她说的是不是真话,可我来了兴致,想试探她一下,我说我可以帮你,帮你找到那个暗中算计你的人。她很高兴,和我碰杯,说,我就知道你肯定会帮我的,我这个人看人很准!接下来她又说了更多的秘密,还有很多细节,然后她征求我的意见,可这让我首先感到的其实是惊讶,她遇到了麻烦,对吧,她在明,那人在暗,可以说她正身处险境,可她居然还是那么粗心大意,对我这么一个陌生人,一丁点防备也没有。"

"这就是她的性格,"我说,"看上去她好像是个很容易轻信别人的人,这是因为她相信自己的直觉,她也不是对谁都这样,她当时那么信任你,显然是因为第一眼就对你有好感。"

"也许吧。"

"后来呢？"

"她喝醉了，命令我送她回学校。"

"命令？"

"对，命令。她挺霸道的。"

"然后呢？"

"然后，我就开始跟踪她……"

"跟踪？"

"对，跟踪，暗中保护，这是我们酒后的约定。可我没想到，知道我会跟着她，暗中保护她，她的胆子竟然越来越大，有时候甚至会故意挑衅搭讪她的男人。一次，有个家伙醉得很厉害，骂了她，骂得很难听，她动了手，对方回了她一耳光，我看到了，但没有出手阻止，因为我断定那人并不是目标，我轻易现身反而会惊动真正的坏人。后来，她走到一个僻静的地方突然喊我出来，她对我大发脾气，推我，骂我……我解释说我不出现是因为那并不是她要找的人。我看到，眼泪在她的眼里打转，可她却笑起来，夸我是个靠得住的男人。就是那一刻，我发现我喜欢上她了——我喜欢看她激动的样子，喜欢她毫无顾忌地触碰我，她又难过又欣喜的样子让我感觉整个心脏有一股电流涌过，她明明在笑，可眼里全是眼泪，真的太动人了……"

"她对你充满信赖，对你不设防，这激起了你的保护欲。"

"不仅仅是保护欲……也许一开始是吧，可那天之后，情况变了。"

"因为你意识到，她其实也非常喜欢你。"

他点点头，却又很遗憾似的叹了口气，"可我明白，我们是没可能的，她是个大学生，聪明，漂亮，前途无量，我呢……我就是个给有钱人开车门、撑雨伞，还有跑腿的。我必须克制我的感情，对吧？没必要真的陷进去。"

"你怎么会有这么庸俗的想法。"

"庸俗？"他愣了一下，"这可不是什么庸俗，这是现实。人活着得有自知之明，不然就会倒大霉，这是我爸说的。不管怎么说，我说服了自己，我的注意力开始被另一种兴奋占据，我成了一个保镖、一个侦探，而狡猾的对手隐藏在暗处……意识到我将面对一个真正的罪犯，也许是偷窥狂、跟踪狂，甚至是强奸犯，这让我充满斗志。"

"你觉得，这很刺激？"

"让我接着说。很快，那个叫伯爵的傻×就出现了，我狠狠教训了他一顿，就当着冬冬的面。我是故意那么做的。接下来，情况果然有了很大变化，根本性的变化，冬冬，她开始主动约我出去吃饭，约我看电影，看矿石展览，还带我回了她的公寓……"

"你们？"

"不是你想的那样。我说我可以睡沙发，可她让我到床上去，但她不许我碰她，她说她可以动我，但我不能动她……她真的很会这个，拿捏你，让你欲罢不能。"

我错愕，"这就是你的想法？她对你表现出信任和好感，可还保持着距离，还在观察，而你觉得她这是在……拿捏你？"

"好吧。"他充满厌恶地看我一眼，"可我每天都想她，这也是实情。那时候我满脑子都是她，每天只有和她在一起我才开心，看不到她就度日如年，真的就是度日如年……这就是爱对吧？随着我爱她越来越深，我开始担心，她并不是真的喜欢我，而是……"

"一时冲动？"

"没错。冬冬有多善变你最清楚，可我已经彻底沦陷了，原本我还是进可攻退可守的，可就因为我先动了真感情，我成了被动的一方。理智告诉我，这种时候我要么干脆放弃，掉头就走，要么就必须想个办法变被动为主动。我必须对她更有价值，只有这样才会有机会，对吧？"

"当然不对了，"我说，"感情不是博弈，不存在谁必须掌握主动权……"

"你到底要不要听我说？"

"你说。"

"那之后我开始主动调查，就从伯爵入手。我查了他的通话记录、微信记录，你知道他有三个手机吗？其中一个是专门用来约炮的。顺着这个线索，我终于搞清他为什么会找上冬冬，而那个冒充冬冬的人，'饿兔子跳'，也根本不是个我之前想象的危险人物，当我确定了那人就是你，我太他妈震惊了，在网上拿别人的照片招摇撞骗的很多，可利用自己的亲人，自己亲侄女，这种情况我闻所未闻。我特别纠结，担心告诉她真相会对她打击太大，我甚至想过去找你，和你面对面谈一谈,看能不能找一个最妥善的办法……"

"可你并没来找我。"

"是啊,没错。"他的嘴角露出一丝不易觉察的微笑。

"你笑什么?"我忍不住问,"是因为你突然意识到,这是个可以利用的东西,对吗? 你可以靠它夺回你所谓的……主动权?"

我是真生气了,可我这么说他却没有恼火,脸上的微笑还渐渐变成了得意。

"你看,这就是我讨厌可又很欣赏你的原因,你脑子转得很快。你,我,我们都是无所畏惧的人,至少是对自己非常坦诚的人,我们直面自己的欲望,也能看穿别人的,可在冬冬面前,我却变得越来越患得患失……谁知道呢,也许在一起的时间长了,很长很长时间以后,我们也会相濡以沫,对吧。总之,想清这些之后,我决定告诉她实情,告诉她全部……"他停下来,看着我。他是故意的。

"好吧,你告诉她了,她怎么说?"

"你绝对想不到,我也完全没有想到,她的第一反应竟然是冲我发脾气。"他苦笑了一下,"没办法,我只好给她看证据,你的聊天记录……见到实锤,她沉默了,沉默了很长时间,接着她突然开始骂我,态度很恶劣,完全是把我当成了一个出气筒。之后她就走了,不接我电话,微信也拉黑,可我坚信她肯定会回来找我。果然,过了一周她又找到我,她说:'其实我早就知道那个人是小姑,我只是不确定,不敢确定。'"

"她这么说,你不相信,对吧?"

"开始我确实不信,可她说,有个男孩,总是尾随她,在公交车上给她递纸条。那男孩不和她说话,但给她塞了好几次纸条,其中一张纸条上有句话:'那你现在还打篮球吗,还能扣篮吗?'那个瞬间她一下就明白了,是你,只能是你,因为她宿舍的女生根本没一个会打篮球的。"

我太震惊了,震惊到无法再说任何话。

冬冬,她早就知道,她全都知道。所以,她被男孩尾随、骚扰,这么可怕的事她没跟我说,没来向我求助,而是去找了黄杉。

欧树并没有停下来等我消化这些震惊,他还在继续说:"当时她故作轻松的样子我至今记忆犹新,她说,现在她确定了那个人是你,那她就放心了,她的原话是:'如果是这样,那也没什么大不了的。'这可不是我想要的反应,我说,怎么可能没什么?她哭了。她说她没办法面对这件事,没法面对面跟你谈,她做不到。我说,那让我去谈,你猜她说什么?她说:'欧树,你敢去,我们就完了。'说实话,我没想到你对她那么重要,重要到了这种程度。所以阮金,有个问题其实我一直想问你,在你那么干的时候,你到底有没有哪怕一次顾及过她的感受?你把她完全暴露在危险当中,就不后怕吗?"

我脑袋发蒙,头皮发紧,与其说我是在回答他的质疑,倒不如说是在喃喃自语:"我知道有风险,可我觉得概率很低……我当时太无知、太自私了,根本就没有……"

"无知?自私?这就是你不肯停下来的原因?我这么说不是为了羞辱你,我是真的好奇。"

"一种侥幸心理,我确实是,抱着一种侥幸的心理……"

"你这么说我倒是也能理解,侥幸心理,谁没有呢。"他点点头,"那现在呢,你很内疚,对吗?"

我没有回答他。我转身就走。我想立刻去见冬冬,我觉得我不是内疚,而是就要被内疚击溃了。我有太多话想和她说,面对面说。我无法想象我的行为让她承受了怎样的委屈和屈辱,而这一切,她全都选择了自己默默承受。我想起她的小作文,为什么她要写那个?为什么她要拿给我看? 当时我还以为那是她在梳理和周媛的关系,可现在我全明白了,她是想告诉我,无论我做了什么,无论我多对不起她,她都不会放弃我。

眼泪在眼眶打转,我阻止它掉落,快步往回走。

"你等一下!"欧树喊住我,"我话还没说完呢。"他快步朝我走来,拦住我的去路,"我知道,你很想去见她,想向她忏悔,对吗?我会放你走,但你得先听我把话说完,如果你不想对她造成新的伤害,就必须听我说完。"

这话起了作用。我不确定他要说什么,我问他:"你答应过她,绝不会把这件事告诉我,对吗?"

"是的,我答应过,我在她面前发了誓。"他点点头,显得很满足,"可我觉得你有必要知道,你有必要知道她有多爱你,还有,她有多爱我。那天之后,我能明显感觉到她更爱我了,一起保守这个秘密让我们之间变得更亲密了,可与此同时我却越来越心虚,对她究竟是个怎样的人完全失去了把握。我想不通,连这种事都能容忍,都能默许,她脑子里到底在想什么? 除了说明你们的关系非同寻常,除了说明她爱你爱到了可以毫无原则的地步,肯定还有些别的什么,对吧。再后来,她突然开始搞直播,她说她想赚钱……"

"这也是你的主意?"

"怎么可能! 我不喜欢她搞这个。我不喜欢我爱的女人像那样抛头露面……让我更不爽的是,我发现她很享受,享受粉丝的簇拥,享受他们给她点赞、刷游艇、送礼物。我偷偷看了她的私信,有很多男人想约她,话都非常露骨。我试探她,她一点也没否认,还觉得很好笑,她说她对那些男的没兴趣,纯粹只是觉得好玩。我怀疑这是受了你的影响。没办法,我又去查她的通话记录,把她的一切都查个底儿掉,可越是找不到证据我就越心慌……我被嫉妒折磨得快要发疯了。后来,她前男友也给她发信息,想挽回她,这次她的态度很暧昧,因为我试探时她隐瞒了,没跟我说实话。就是那一天,我突然意识到,在她身上有一种很可怕的东西,一种会让我不断妥协、不断放弃自我的东西,我怀疑到了最后我会跪在她面前哀求,求她不要离开我……我觉得我就要输了,我不能允许那种情况发生,我必须想个办法。"

"什么办法?"这个问题一出口我就知道答案了,"你故意让她怀了孕。"

他又笑了,"我很幸运,对吧? 可这难道不是好事吗? 只有这样才能让我们的关系真正发生质变,只有这样,我才能永远拥有她……她告诉我她怀孕的那天,我向她表达了我的喜悦,我激动得语无伦次……原本她还很懊恼,很惶恐,听我这么说她又高兴起来。那天晚上我们聊了很多,我把心全掏出来给她,这让我自己也感觉无比充实和幸福。可是,才没过几天,她又告诉我她想拿掉孩子,语气非常轻描淡写,她说她还没想过那种结婚、生子,像妈妈们那样的生活……我问她,那我呢?孩子也是我的,你不考虑我的感受吗,你猜她怎么说?"

"身体是我的,当然是我来决定。"

"没错!就是这样,她就是这么说的,和她的原话一模一样!"他瞪大眼睛摇头,显得难以置信,"我非常生气,从我们认识的那天开始,那应该是我第一次在她面前失控。我故意没像以往那样克制情绪,而是尽情狂怒,因为我意识到这是一个关键时刻,我不能表现出一丝一毫的软弱和妥协。我告诉自己,你必须强硬,因为你后半生的幸福就决定于这个时刻。果然,见我真生气了,她赶紧又说了我很多好话,她说她还是爱我的,不要这个孩子不代表她不想和我在一起,更不代表她不爱我了。我让她告诉我不想要孩子的真实原因,她吞吞吐吐半天,最后才说,她觉得脑袋里有个声音不断告诉她不可以,就像烟雾报警器,房间里没有烟也没有火,可它就是会每隔几秒响一次,嘀嘀,嘀嘀,让她无法忽视,嘀嘀,嘀嘀……"

"你觉得她在演戏?"

"不,我觉得那是真的。怀孕这件事非常困扰她,她焦虑,失眠,陷入恐慌,而我想帮她,想让她明白无论发生什么我都会陪在她身边,我们可以一起克服恐惧,这只是个必经的过程,可我一追问她又开始发脾气。这种情况反复了好多次,我哄她,她发脾气,我生气,她又哄我……最终,我清醒了,我第一次清醒地意识到,虽然我为她付出全部真心,发自肺腑想和她共度余生,爱她,保护她,可她却可以无视这些……我太绝望了,我这么爱她,无怨无悔,她怎么就是不明白呢?同时我也非常清楚,我不能和她分手,因为只要我一放手她立刻就是别人的,就是在那一天,我决定……"

"决定什么?"我的心都提到嗓子眼儿了。

"我决定恨她。我恨她,那完全是因为我在深深爱着她……"

"欧树,你不觉得你这话荒唐吗?"

"不觉得,我说的都是我的真实感受。"

"然后呢?"

"我告诉自己:你必须采取行动。"

"什么行动?"

他直视我的双眼,"你就是非要让我亲口说出来是吗?"

我的心怦怦直跳,可我必须问:"是你,是你怂恿她去鼓州岛的,你还故意给她订了陆渐平的民宿,所有的一切都是你计划好的,对吗?"

他看着我的眼睛,点了点头。

我觉得我的心死了一部分。内心深处最可怕的想法最终还是被证实了,我极力避免去思考的可能性,却是最后的谜底。我要崩溃了。

他还在继续说:"早在很久以前我就关注过朱琳的案子,也研究过陆渐平,我很肯定,他就是凶手。他很狡猾,钻了法律的空子,因为没有尸体就没法给他定罪。我不确定他是不是会再次作案,可我知道,我只需要让失踪案发生在他的民宿,警察肯定会第一个怀疑他。"

"我还是不懂……"

"不懂什么?"

"如果是这样,你为什么又要骗赖小光去鼓州岛?一个陆渐平还不够吗?"

"不够。嫌疑人越多我就越安全,我需要把水搅浑……我这个人很理性,做事一定会多考虑两步,三步,从小就这样。很自然地我想到了你,在你那些混乱的关系里,赖小光是最合适的人选。没错,是我用'饿兔子跳'的名义约他去鼓州岛的,他果然立刻就上钩了……这个计划,简直完美。"

我快没法呼吸了,可我必须冷静下来。我问他:"然后你又故意去了香港,买了戒指,是为了制造不在场的证据?"

"我做了两手准备。在那一刻来临之前,其实我并不确定自己最后会怎么抉择,我不知道自己有没有勇气杀了她。去香港出差是真的,而我利用这个打了个时间差,我提前一天解决掉公务,赶到鼓州岛。我暗中观察,结果发现每颗棋子都在预料中各就各位:陆渐平果然对冬冬很感兴趣,他跟踪她去了海滩,和她搭讪,而冬冬……这也是让我心碎的地方,她主动让他给自己拍照,拍了很多,各种角度,好像完全意识不到这个男人正在打她主意……"

"是你亲手把她送入虎口的,然后又要挑剔她这些?"

"你是想激怒我,对吗?"他眯起眼睛,慢慢向后退了一步,"你激怒我无非是想让我和盘托出,没必要,我肯定会告诉你一切的,毫无保留,因为我根本不怕你知道。"

我终于明白了,明白了他突然和我坦白这一切是为什么——他先是让我对冬冬感到愧疚,然后才告诉我整件事的真相,他认为我们会因此结成同盟,我会因此闭上嘴,永远闭嘴。

"因为你觉得我知道了也不敢说出去。"我说。

"难道不是吗?"

我摇摇头。

"别否认了,否认也没用。"他继续说,"那天下午,赖小光去了民宿,他不光吓坏了冬冬,还和陆渐平发生冲突,这真是太棒了。到了晚上,他跑去敲冬冬的房门,这倒是我没料到的,当时我就在院子里……冬冬打电话问我怎么办,我让她翻窗去码头,她没有犹豫,立刻就照办了……记得在派出所看的监控录像吗?码头上,那个黑影,那根本就不是什么赖小光,那是我。我就站在那儿,和她近在咫尺……我盯着看了她很久,心里非常痛苦,简直心如刀绞……最后推她下水我感觉我也死了,万箭穿心……只犹豫了不到半分钟我就跳了下去,我想救她,可海太黑了,浪也太大……"

"等等!"我被他的自恋和虚伪惊呆了,可我必须搞清一件事,"所以,你究竟是想杀了她,还是想把她推下水再去救她,以此重新获得她的信赖?请你说实话。"

"老实说，我不知道。我只能说，"他仰头看向夜空，"那一刻非常奇妙，当时我是真想杀她，可立刻就后悔也是极真实的反应，这难道不是天意？我做了个愚蠢的决定，差点永远失去她，可上天却帮我纠错，让一切又回到了正轨……现在，所有问题都解决了，两个嫌疑人，一个死了一个进了监狱，他们都罪有应得，而冬冬还活着，唯一可惜的是……"

"是什么？"

"孩子没了，这都该怪你，是你造成的！你为什么不能就那样死掉呢，她就应该让你淹死在那片海里。"他这么说着，眼里噙满了泪水，"可无论如何，她还在，而且比之前更爱我了，她终于明白只有我会一直爱她……所以阮金，你明白吗，我就是应该在这个时候向她求婚，我必须在这个时候求婚，这是最好的时机……"

"欧树，"我浑身颤抖，"你刚才亲口承认了自己是个杀人犯。"

"可结果并不坏……"

"难道你觉得你们还能回到从前？"

"不是回到从前，"他摇摇头，充满自信地说，"是比以前更好，好一万倍！但这需要你配合……听我说阮金，我需要你要做的并不复杂，保持沉默就行，永远保持沉默，那对大家都好。赖小光死了，没人能证实那些……你说的什么微信记录，你以为能拿来做证据的东西，我已经处理掉了。要是你非要到处去说什么真相，你觉得，会有人信吗？"

"你以为，发生了这么多事，我还会只在乎我自己？"

"你在乎，你当然在乎，因为你是个自私的女人，捡回一条命的不只有冬冬，还有你。冬冬，她一次又一次原谅你，还一次又一次救了你的命，也该是你为她做出点牺牲的时候了，不是吗？况且，这牺牲也并不大。"

"你错了欧树，正是因为这样，我才更不会眼睁睁看着她活在你的谎言里。"

"谎言？"他哼了一声，"既然你非要这么想，也可以去试试看，去跟她说吧……我保证，你会失去她，你会失去所有人，你会彻底沦为一个孤家寡人，这你心里很清楚。知道吗，经历了这一切，冬冬对我已经绝对忠诚，有多忠诚你恐怕无法想象，现在，我在她的心里就像神，我是她的信仰，我们之间发生的一切都是神迹，她会放下自我进入我的世界……你这种没信仰的人理解不了。而且我劝你保持沉默也是为了你好，因为只有这样，你才能继续留在我们的生活里，甚至可以见证我和冬冬的美好未来……"

"美好未来？"

"你是在挖苦我吗？你竟然觉得你还有资格挖苦我？"他摇摇头，"该说的我都说了，剩下的你自己决定。我可以宽恕你，但你也要明智一点。"

我无法呼吸了，面前的欧树已经不是欧树，他模糊成了那团黑影，那个长久以来让我害怕、让我觉得这个世界充满危险的黑影。他极为冷血而残忍地谋杀了冬冬一次，现在，他还想继续控制她，不，不只是控制冬冬，他还想控制我……

"如果冬冬不像你想的那样呢？"我质问他，"如果明天，她当众拒绝了你的求婚呢？你会怎么做？你会再杀她一次，对吗？"

"你也太悲观了。"

"我不是悲观，我是想让你明白，你以为的那些东西根本就不是爱！"

"不是爱是什么？"

"占有欲，控制欲，我不确定那是什么，可我知道它不是什么。你以为你爱她，你以为这份爱让你可以掌控她，就像你以为现在可以掌控我一样……可你并不真的了解冬冬，她不是你想的那种人，你控制不了她，也没有这个权利，谁都没有。"

"你还是没搞懂，我是真心爱她的，为了她，我可以付出一切！我想陪伴她，我想陪在她身边，成为一个好丈夫、好父亲，我会不惜一切代价保护我爱的女人和孩子……"

"一个好丈夫、好父亲，绝对不会把他爱的人推到海里去。"

"我说过了，"他咆哮道，"那是个意外！那是天意！"

这声咆哮让我浑身颤抖，我也大声回敬他："那绝不是什么意外，更不是什么狗屁天意，如果有一天，你发现她想离开你，如果有一天你发现她背叛了你，她又爱上了别人……你会怎么做？"

"我会让她付出代价。我会，让她死。"

血液全部涌向了大脑。我看到，此刻在他眼里没有任何情绪，没有愤怒，没有同情，没有懊悔，没有恨，也没有爱，有的只是意志——他的自恋人格和意志在下达指令，而他会依此执行。没错，有一天，当他再次感到一切失去控制，他就会杀了冬冬。

我想大声尖叫。我真的绝望，我看清了这个男人——他是如此年轻，如此英俊，却又如此扭曲，他根本就不明白爱为何物，却以为自己是爱的化身，他就像一团毒雾，混迹在人群之中，不动声色地捕猎，之后却想全身而退。他曾经的暴行，一场未遂的谋杀，他认为那只是一场合情合理的"惩戒"，是一个天赐的礼物，让他的爱得到了"升华"。谋杀，没错，一次不行，那就再来一次！这样的人会改变吗？我认为可能性是零。悲剧会再次发生，一定会，而这才是真正的宿命。我该怎么办？

公路上传来隆隆声。那台挖掘机开过来了。

我的心脏突然停跳了一拍——

欧树转过身去，背对我低下头，试图点燃手里的烟。打火机在他手上咔咔作响。现在，几秒钟之后，只要我拼命用力一推！他就会当场被轧死。

我能结束这一切。

是的，我能。以我的方式，不计代价。

夜色中，挖掘机隆隆驶来，如同一个有着生命的庞然大物，沉重的履带抓着柏油路面，它越来越近，而我的心跳如同战鼓，咚、咚、咚、咚，敲个不停……